Hartmut Mechtel

Das Netz der Schatten

Kriminalroman

Zweite Reihe 2016
Argument

Redaktion: Wolfgang Fritz Haug
Lektorat: Gabriele Reinhold

Die Deutsche Bibliothek – CIP-Einheitsaufnahme
Mechtel, Hartmut:
Das Netz der Schatten : Kriminalroman / Hartmut Mechtel.
Orig.-Ausg., 1. Aufl. – Berlin ; Hamburg : Argument-Verl., 1996
(Zweite Reihe ; 2016)
ISBN 3-88619-916-9
NE: GT

Originalausgabe

Eppendorfer Weg 95a, 20259 Hamburg
Telefon 040 / 40 18 00 – Fax 040 / 40 18 20
Titelgrafik und Signet: Martin Grundmann
Fotosatz: Steinhardt, Berlin. Druck: Alfa, Göttingen
Gedruckt auf säure- und chlorfreiem Papier
Erste Auflage 1996

Greifswald, 12. Juli, 22.30 Uhr

Mein Schicksal nahm wieder einmal keine Rücksicht auf mich. Es setzte mir einen Mann vor die Haustür, der mein Leben veränderte. Dabei war es nicht mal meine Haustür. Ich hätte vorbeigehen können, auch noch, als er mich ansprach. Es gibt keinen vernünftigen Grund, in der Dunkelheit auf jemanden zuzugehen, der schief auf den Stufen vor der verschlossenen Tür eines Mietshauses kauert. Ein betrunkener Penner, der schnorren will, das war der erste Gedanke, auch wenn die Stimme nüchtern geklungen hatte. Schwach, aber nüchtern: »Können Sie bitte mal zu mir kommen? Ich brauche Ihre Hilfe.«

Ich zögerte, und das war der entscheidende Fehler. Da ich ohnehin stehengeblieben war, konnte ich ebensogut näher treten.

»Ja?« fragte ich.

Er lehnte sich so in den Hauseingang, daß nur seine Beine vom Licht der Straßenlaterne getroffen wurden. Eher ein Schatten als eine Person.

»Ich brauche Ihre Hilfe«, wiederholte er. »Verstehn Sie was von Wunden und Verbänden?«

Klang österreichisch, registrierte ich.

»Nein.«

»Ich bin verletzt«, erklärte er.

»Soll ich einen Krankenwagen rufen?« fragte ich und sah mich um, ob in der Nähe eine Telefonzelle zu entdecken war.

Seine Antwort überraschte mich.

»Nein«, sagte er. »Sie werden doch selbst einen Verband anlegen können!«

»Ich besitze nicht mal einen!«

Der Unsichtbare war mir unheimlich; ich wollte ihn einfach sitzenlassen, doch konnte ich längst nicht mehr in freier Entscheidung ausführen, was zu tun oder zu lassen mir in den Sinn kam, wie ich Sekunden später nur zu deutlich bemerkte.

»Wohnen Sie allein?« fragte der Mann.

»Das geht Sie nichts an«, erwiderte ich.

»Doch«, sagte er, bewegte seine rechte Hand ins Licht und zielte mit einer Pistole auf mich. »Machen Sie kein Theater!« sprach er beruhigend auf mich ein. »Ich will nicht schießen. Ich will Ihnen überhaupt nichts tun. Ich brauche wirklich nur Ihre Hilfe. Ich bin kein Verbrecher, auch wenn ich mich im Augenblick so zu benehmen scheine.«

»Sondern?« fragte ich. Tatsächlich blieb ich ruhiger, als er und ich erwartet hatten.

»Sondern was?« fragte er zurück.

»Kein Verbrecher, sondern ...«, erklärte ich.

»Manchmal geraten auch Leute in Schwierigkeiten, die auf der Seite des Gesetzes stehen«, sagte er. »Helfen Sie mir hoch.«

»Ich denke ja nicht daran.«

Ich behielt ihn im Auge und entfernte mich langsam von ihm. Mein Gefühl redete mir ein, er werde nicht auf mich schießen, und das tat er auch nicht. Er steckte die Pistole in seine Jackentasche, stützte sich an der Wand ab und erhob sich aus eigener Kraft.

»Ich hab's vermasselt«, sagte er und lächelte verlegen. »Können wir so tun, als ob nichts gewesen wäre, und noch mal von vorn anfangen?«

Jetzt, da er im Licht stand, konnte ich ihn endlich sehen. Er mochte zehn Jahre älter sein als ich, Mitte Fünfzig vielleicht, und er war seriös gekleidet, für meinen Geschmack zu seriös mit Anzug, weißem Hemd, Krawatte und dem hellen Sommermantel. Nur daß er alles, so teuer es auch gewesen sein mochte, wegwerfen konnte, denn der linke Arm war blutig, die Kleidung klebte an einer offenen Wunde am Oberarm, und auch die Hose war besudelt.

»Sie bluten«, sagte ich.

»Wo?« fragte er und sah komisch erschrocken an sich hinab. »O Gott, der Arm!« setzte er noch drauf. Sein Witz klang matt wie seine Stimme.

»Sieht aus wie eine Schußwunde«, diagnostizierte ich. »Da kann nur ein Arzt helfen.«

»Es gibt Situationen, in denen man sich lieber von einem Laien helfen läßt als von einem Arzt«, erklärte er. »Bitte!« fügte er hinzu.

Zwar kam mir der Einfall, die Polizei zu rufen, doch verwarf ich ihn sofort wieder. Er hatte Glück gehabt, gerade an mich geraten zu sein, denn auch ich hatte keine große Sehnsucht nach Begegnungen mit Uniformierten und konnte mir eine Situation, in der man offizielle Kontakte meidet, nur zu gut vorstellen. Ihn einfach stehenzulassen war mir auch nicht mehr möglich, dazu war er mir bereits zu vertraut. Ich hatte mich auf ihn eingelassen, und daß er die Pistole wieder verstaute und auf jeden Zwang verzichtete, nahm mich für ihn ein.

»Es ist nicht weit«, sagte ich. Und: »Ich wohne allein.«

»Dachte ich mir.«

»Sieht man mir das etwa an?«

»Irgendwas an der Ausstrahlung«, sagte er matt. »Können wir gehen?«

Immerhin faßte ich ihn nicht an. Da er allein aufgestanden war, konnte er sicher auch ohne meine Hilfe laufen. Als uns ein Pärchen entgegenkam, drückte er sich in den nächstbesten Eingang und tat, als wolle er eine Zigarette entzünden. Die jungen Leute waren so sehr mit sich beschäftigt, daß sie uns nicht mal dann beachtet hätten, wenn ihnen mein Schützling seinen blutigen Arm direkt unter die Nase gehalten hätte.

Ohne jemandem aufzufallen, erreichten wir das Haus und meine Wohnung unterm Dach. Ich ließ die Kassette fallen, die ich mir aus der Videothek geholt hatte, und begann mit meinem Sanitätereinsatz. Zuerst den Mantel ausziehen. Das machte keine Schwierigkeiten, mein Patient biß die Zähne zusammen. Auch das Jackett bereitete mir wenig Mühe; Schlips und Achselholster sowieso nicht. Problematisch wurde es beim Hemd. Das war an der Wunde festgeklebt. Ich zog vorsichtig am Ärmel. Der Mann stöhnte. Er ließ sich auf einen Stuhl sinken und sagte, die Zähne zusammenbeißend: »Mit einem Ruck!«

Das tat ich; es war ja nicht mein Schmerz. Er jaulte und heulte, aber der Ärmel löste sich. Blut rieselte aus der Wunde, rann an seinem nackten Oberkörper hinab, staute sich am Gürtel, sickerte in die Hosen und tropfte auf die Dielen. Und dann klappte er auch noch ab, schwankte, wäre seitwärts vom Stuhl gerutscht, hätte ich ihn nicht aufgefangen. Falls er das Bewußtsein verloren hatte, dann nur für eine Sekunde, denn er blieb gerade sitzen, als ich ihn aufgerichtet hatte, stöhnte und blickte mir in die Augen.

»Weiter«, sagte er.

»Was denn?« fragte ich.

»Desinfizieren. Verbinden.«

»Womit?«

»Jod. Mull.«

»Habe ich nicht.«

»Und Schnaps?«

»Ich trinke nicht.«

»Jeder Mensch trinkt!«

Die Wunde sah häßlich aus. Die Kugel hatte den Arm glatt durchschlagen. Allerdings konnte man nicht hindurchsehen; Blut und zerfetztes Gewebe verstopften das Loch.

»Da kann nur ein Arzt helfen«, sagte ich wieder mal.

Er schüttelte den Kopf. »Sieht schlimmer aus, als es ist. Der Knochen ist nicht getroffen, und der Rest heilt wieder. Ich bin nur durch den Blutverlust so schwach.«

»Ich hab nichts da! Und Blut kann ich sowieso nicht sehen.«

»Dann tun Sie was dagegen! In meinem Mantel...« Er stöhnte, und ich durchsuchte bereits die Manteltaschen, ehe er den Satz vollenden und mir sagen konnte, wonach ich suchen sollte. Brieftasche, Schlüssel, zwei Tablettenröhrchen lagen am Boden.

»... eine Taschenflasche.«

Ich zog sie aus der Brusttasche. Es war Wodka. Ungewöhnlich hochprozentiger Wodka. Siebzig Volumenprozent. Wußte gar nicht, daß so etwas frei verkauft wird. Ich schraubte den Verschluß auf und hielt ihm die Flasche hin.

»Nicht trinken«, brachte er hervor. »Über die Wunde gießen.«

»Das wird weh tun.«

»Es tut sowieso weh. Geben Sie mir ein Schnupftuch, damit ich nicht die Nachbarschaft zusammenschrei.«

Der provisorische Knebel hinderte ihn zwar nicht am Stöhnen, aber wir überstanden die Prozedur. Kann sein, daß ich dem Abklappen diesmal näher war als er. Im Kino blicke ich meist zur Seite, wenn Ketchup-Wunden in Großaufnahme gezeigt werden. Andererseits üben grausame Bilder eine morbide Faszination auf mich aus – sonst würde ich mir ja Heimatidyllen oder gar deutsche Komödien ansehen.

Mein Patient wand und krümmte sich, richtete sich auf und sank wieder zusammen. Ich drehte seinen Arm und kippte den Wodka auch über die Austrittswunde. Wahrscheinlich hätte er nun doch gern ein paar Schluck zur Betäubung getrunken. Das konnte er mir nicht sagen, und ich entleerte die gesamte Flasche. Auch als ich fertig war, wand er sich weiter. Der Alkohol brannte.

Ich riß eines meiner Unterhemden in Streifen und wickelte sie um den verletzten Arm. Der improvisierte Verband sah lächerlich aus, aber er erfüllte seinen Zweck. Nach getaner Arbeit war ich skeptischer als er.

»Und das soll helfen?« fragte ich.

Er spuckte den Knebel aus.

»Das hilft«, versicherte er. »Ein bißchen Ruhe, und es wird wieder. Ich leg mich hin.«

»Noch nicht.« Ich zog seine Pistole aus dem Halfter und richtete sie auf ihn. Ein seltsam vertrautes Gefühl. »Erst ein paar Antworten.«

»Nicht jetzt!« bat er.

»Es wird keinen besseren Zeitpunkt geben!«

Er blieb auf dem Stuhl sitzen, doch sah er eigentlich nicht so resigniert aus, wie ich erwartet hatte. Trotzdem stellte ich meine erste Frage.

»Wer sind Sie?«

»Mein Name hat keine Bedeutung für Sie. Alles andere darf ich sowieso nicht sagen.«

Seine Brieftasche war prall gefüllt mit Geld. Mehrere tausend Mark, schätzte ich. Mit dem Zählen hielt ich mich nicht auf. Ich entnahm den weinroten EG-Reisepaß. Er hinderte mich nicht daran, kommentierte meine Aktion auch nicht. Ich klappte den Paß mit der linken Hand auf, in der rechten hielt ich immer noch die Pistole.

»Lächner, Christoph«, las ich vor. »Geboren am 2. Juli 1941 in Lahr. Wo liegt das?«

»Südbaden«, sagte er.

»Ausgestellt 1992 in Augsburg, Wohnort Augsburg. Größe hundertsiebenundsiebzig Zentimeter, Augenfarbe blaugrau. Keine Kinder eingetragen. Mehrere Sichtvermerke. Alles Osteuropa, wenn ich das richtig entziffere.«

»Was haben Sie nun gewonnen?« fragte er.

»Einen Namen. Das ist ein Anfang. Und für mich die Bestätigung, daß ich Ihren zugegeben leichten Akzent richtig als süddeutsch erkannt habe. Ich liebe es, recht zu haben. Nun weiter: Wer hat auf Sie geschossen? Und warum?«

»Sie können die Pistole weglegen«, sagte Lächner. »Sie ist nicht geladen.«

»Leergeschossen?« fragte ich. Er nickte automatisch. »Um so mehr interessieren mich die Antworten.«

Ob tatsächlich keine Patronen im Magazin waren, überprüfte ich nicht. Da ich nichts von Waffen verstehe, hätte ich meine Unkenntnis nicht kaschieren können bei hilflosen Versuchen, das Magazin herauszuholen. Die einzige Waffe, bei der ich mich auskannte, war meine eigene. Auf Lächners hatte ich noch keinen

Blick geworfen, weil ich ihn im Auge behielt. Ich warf sie in die entfernteste Zimmerecke.

»Ich frag Sie ja auch nicht, wer Sie sind«, sagte Lächner. »Sie wirken auf mich ziemlich intelligent, die Bruchbude hier liegt weit unter Ihrem Niveau. Die Möbel sehen aus, als ob sie vom Müllplatz stammen. Nur Fernseher und Computer sind etwas neuer. Secondhand? Egal. Man hört ja, daß im Osten nach der Wiedervereinigung so manche blühende Existenz zerstört wurde, aber da bleiben einem wenigstens die verwohnten Hellerau-möbel. Das eröffnet Raum für Spekulationen: von der Frau auf die Straße gesetzt und gar untergetaucht. Sagen Sie mir nichts, ich will's gar nicht wissen.«

»Auf mich ist nicht geschossen worden.«

»Noch nicht.«

»Wollen Sie andeuten, es ist jemand hinter Ihnen her und wird uns beide umlegen, wenn er uns findet?«

»Ich will gar nichts andeuten.«

»Andeutungen würden mich sowieso nicht zufriedenstellen. Nur Tatsachen.«

»Werden Sie die jetzt aus mir rausprügeln?«

»Ich hab was Besseres.«

Ich tastete unter der Wäsche in meinem Kleiderschrank herum, bis ich den Stahl fühlte. Dann richtete ich die Waffe auf Lächner. »Die Pistole ist echt«, versicherte ich. »Und sie ist geladen.«

»Scheiße!« fluchte er.

»Scheint so, als ob Sie aus dem Regen in die Traufe geraten sind.«

»Sie sehen nicht aus wie ein Bulle.«

»Halten wir fest, daß Sie sich vor Bullen fürchten, obwohl Sie mir einreden wollten, daß Sie auf der Seite des Gesetzes stehen.«

»Selbst der bravste Bürger fürchtet die Polizei, wenn er eine rote Ampel nicht beachtet hat oder den Wagen vor einer Feuerwehr-ausfahrt abstellt, weil sonst nichts frei ist.«

»Die Strafen für Falschparken sind zwar hoch, aber Erschießen gehört meiner Kenntnis nach bis jetzt noch nicht dazu.«

»Sie schießen sowieso nicht auf mich«, behauptete er.

»Woher wollen Sie das wissen?«

»Sie sind kein Killer. So etwas sehe ich. Vielleicht jemand, der in Notwehr schießt, aber kein Killer. Und ich bin mit Sicherheit keine Bedrohung für Sie.«

Unser Geplauder hatte mich unvorsichtig werden lassen. Ich war ihm zu nahe gekommen. Wie er es machte, weiß ich bis heute nicht genau. Eine blitzschnelle Bewegung mit dem unverletzten rechten Arm, ein stechender Schmerz an meinem Daumen, und auf einmal hielt er meine Waffe und zielte auf mich.

»Bis eben«, sagte er ruhig. »Nun ist die Notwehrsituation zwar endlich eingetreten, aber Sie haben keine Waffe mehr.«

»Sie schießen sowieso nicht auf mich«, behauptete nun ich.

»Woher wollen Sie das wissen?« äffte er mich nach.

»Sie sind kein Killer.« Auch ich konnte nachäffen. »So etwas sehe ich. Vielleicht jemand, der in Notwehr sein ganzes Magazin leerschießt, aber kein Killer. Und ich bin mit Sicherheit keine Bedrohung für Sie, jetzt, da Sie meine Waffe haben.«

Er grinste, ließ die Waffe sinken, betrachtete sie. »Beretta FS Brigadier«, anerkennend wiegte er den Kopf. »Die neue Waffe der U.S. Border Patrol. Fünfzehn Schuß neun Millimeter Para.« Mit einer geschickten Bewegung entnahm er das Magazin. »Geladen.« Er schob das Magazin wieder hinein. »Wer sind Sie?« fragte er.

»Ist es mir doch gelungen, Sie neugierig zu machen!«

»Sieht so aus, als ob wir beide heute keine sinnvollen Texte voneinander zu erwarten haben«, meinte Lächner. Er warf meine Beretta zu seiner eigenen Pistole in die Zimmerecke und sagte dann: »Bieten Sie mir wenigstens einen Namen an, damit ich Sie anreden kann. Muß ja nicht der richtige sein.«

»Franz Müller.« Es war tatsächlich nicht der richtige Name, obwohl er in meinem Ausweis stand.

»Okay, Franz«, sagte Lächner. »Scheint so, als ob wir in einem Boot sitzen, auch wenn wir noch nicht wissen, wer es steuert und wohin es fährt. Ich bin der Christoph, und wenn du jetzt noch was zu trinken da hast, dann machst du mich glücklich.«

»Ich trinke nicht.«
»Niemals?«
»Jedenfalls nicht allein.«
»Du bist nicht allein. Ich bin bei dir.«
»Nur leider haben Sie sich nicht rechtzeitig genug vorangemeldet.«
»Unter Kollegen scheint mir ein Du nicht unangemessen zu sein.«
»Ich kann mir nicht vorstellen, daß wir Kollegen sind.«
»Wenn ich einen Kollegen sehe, erkenne ich ihn«, behauptete Lächner. »Aber lassen wir das. Kannst du nicht irgendwas zu trinken ranschaffen?«
»Für wen halten Sie mich?«
»Für jemanden, der auch ganz gern mal ein Glas Wodka trinkt. Vor allem, wenn er dabei angenehme Gesellschaft hat.«
»Ich bevorzuge Whisky. Und anbieten kann ich nur Mineralwasser.«
»Wasser ist zum Waschen erfunden worden. Aber bring mir trotzdem eine Flasche und eins von den Röllchen.«
Das tat ich. Er schluckte sein Medikament und schüttelte sich, als er mit dem Wasser nachspülte.
»Ist das ekelhaft! Sag mal, Franz, es wird doch wohl auch in Greifswald eine Tankstelle geben, wo man jetzt noch ein anständiges Getränk kaufen kann!«
»Dann müßte ich Sie ja hier allein lassen!«
»Denkst du, ich lauf dir weg? Oder hast du Angst um deinen Sperrmüll?«
Es gab keinen Grund für mich, einem Mann zu trauen, der gerade bei einem Feuergefecht sämtliche Patronen verschossen hatte, der mit jedem Wort undurchschaubarer wurde, ja, der es geradezu darauf angelegt hatte, mir verwertbare Informationen über sich zu verweigern. Ein Kollege! Wer, zum Teufel, war ich in seinen Augen?
»Ich bin in zwanzig Minuten wieder da«, sagte ich.
»Nimm dir hundert Mark«, er deutete auf seine Brieftasche.

Das tat ich; mein Portemonnaie war, wie immer, leer.

»Wodka?«

»Wodka«, bestätigte er. »Und wenn du keinen magst, bring dir Whisky mit. Ich brauche heute sowieso mehr.«

Ich sah mich noch einmal in meinem Zimmer um. Da war nichts, was er nicht finden durfte. Das Schreibprogramm im Computer war codegesichert; selbst ein versierter Hacker würde es in zwanzig Minuten nicht knacken. Und falls er es doch schaffen sollte, würde es ihm wenig einbringen, denn die Texte, die er partout nicht lesen durfte, waren noch einmal extra codiert. Meine Memoiren waren geschützt. Und den kläglichen Rest – die aus Containern zusammengeklaubten Möbel – hatte er ohnehin schon gesehen.

Ich holte mein Achselhalfter aus dem Schrank, schnallte es um und hob die Pistolen auf. Endlich betrachtete ich seine Waffe und begriff, warum sie sich in meiner Hand vertraut angefühlt hatte. Auch er schien gute Beziehungen zur amerikanischen Grenzpolizei zu haben; wir benutzten das gleiche Modell. Ich wog die Berettas in den Händen. Meine war geladen, also mußte sie schwerer sein. Das war sie aber nicht, zumindest nicht auffällig. Vermutlich hatte er mich belogen. Ich steckte meine Beretta ins Halfter, zog mir die Jeansjacke über und ließ die zweite Waffe in einer Innentasche verschwinden.

»Ziehst du in den Krieg?« fragte Lächner belustigt.

»Wenn Sie mir verraten, in welchen?«

Das tat er nicht, also ließ ich die Tür hinter mir ins Schloß fallen, stieg die Treppen hinab und ging auf die Straße. Es war kalt, zu kalt für die Jahreszeit. Heute hatte zum ersten Mal seit Tagen die Sonne länger als nur ein paar Minuten geschienen, aber jetzt nieselte es wieder, und die Temperatur lag kaum höher über dem Nullpunkt als in lauen Winternächten. Die Straßen waren so leer, wie sich das für eine Provinzstadt kurz vor Mitternacht gehört. Trotzdem kribbelte es in meinem Magen. Beobachtete mich jemand? Hatten Lächners Verfolger uns aufgespürt? Wo steckten sie? Die Hauseingänge sahen verlassen aus; die meisten waren verschlossen.

Wo bin ich da wieder hineingeraten, fragte ich mich. Ich gewähre einem Mann Asyl, der mir frisch nach einer Schießerei zugelaufen ist und der nicht mal den Versuch unternimmt, mir eine halbwegs glaubwürdige Erklärung oder wenigstens eine gut ausgedachte Lüge aufzubinden. Anstatt ihn hinauszuwerfen, verarztete ich seine Wunde, ließ ihn allein in meiner Wohnung und schaffte Schnaps für ihn heran. Wo blieb mein Mißtrauen? Vor einem Jahr war ich durch eine Verwechslung in eine Geheimdienstaffäre verwickelt worden – mit tödlichem Ausgang für fast alle Beteiligten, mich eingeschlossen, denn außer der physischen Hülle war wenig von mir übriggeblieben. Nicht die Frau hatte mich auf die Straße gesetzt, sondern der Zwang der Umstände. Ich war tatsächlich untergetaucht, und Vorsicht sollte mein oberstes Gebot sein. Besonders Geheimdiensten gegenüber. Was auch immer er mir erzählen oder verschweigen würde, Lächner roch nach Geheimdienst. Natürlich traute ich ihm nicht, doch war er mir, was mich selbst überraschte, nicht unsympathisch. Möglicherweise wollte er mich durch seine Undurchschaubarkeit ködern. Das war ihm halbwegs gelungen. Ich werde abwarten, was sich entwickelt, wachsam bleiben und alles im Griff behalten. Nicht in Panik geraten, niemandem vertrauen, genau prüfen und abwägen, was angemessen ist. Alkohol löst die Zunge; in ein paar Stunden weiß ich mehr, dachte ich.

Der Tankwart wollte gerade abschließen und den Nachtschalter öffnen, doch ließ er mich nach kurzer Musterung ein.

»Aber schnell«, sagte er. »Man kann nie wissen ...«

»Was kann man nicht wissen?«

»Ob jemand einen Revolver dabeihat und die Kasse rauben will.«

»Sehe ich aus wie jemand, der eine Pistole dabeihat?«

»Sie nicht, aber vielleicht der nächste Kunde.«

Sein Glauben an meine Vertrauenswürdigkeit rührte mich. Ich suchte mir Wodka und Whisky, nahm dann noch einen Sanikasten und verlangte zwei Schachteln Cabinet. Zusammen über fünfundneunzig Mark, aber es war ja nicht mein Geld.

Ich legte den Hunderter hin und ließ lässig fallen: »Stimmt so.« Das hatte ich schon lange nicht mehr sagen können; ich genoß das Gefühl. Und der Tankwart freute sich, daß ihn seine Menschenkenntnis nicht getrogen hatte. So waren wir beide zufrieden.

Lächner lag auf der Schaumgummimatte, die mir als Bett diente. Sofern er die Wohnung durchsucht haben sollte, hatte er das hinreichend geschickt angestellt; ich bemerkte nichts. Als ich an die Liege trat, klappte er die Augen auf.

»Ein Sanikasten. Wie vorausschauend«, sagte er.

»Wir können den Verband gleich wechseln«, schlug ich vor.

»Nicht ohne meinen Wodka.« Er stützte sich auf und griff mit dem unverletzten Arm nach der Flasche. Da er den Verschluß mit einer Hand nicht aufbekam, hielt er sie mir wieder hin. Ich schraubte sie auf.

»Dünner Fusel«, kritisierte er nach einem Blick auf die Prozentzahl.

»Wir können uns den Abend auch kulturvoller gestalten«, sagte ich, als er sich trotz seines Abscheus gierig über die Flasche hermachte. »Ich besitze zwei Gläser.«

»Tatsächlich? Diesen Luxus hätte ich hier gar nicht vermutet.«

»Mehr sein als scheinen«, erwiderte ich.

»Und mehr haben als sein«, ergänzte er und nahm den nächsten Zug.

Ich holte meine beiden Gläser aus der Küchenecke; auch sie waren Fundstücke. Da sie den Wurf auf einen Müllcontainer unbeschadet überstanden hatten, waren sie garantiert unverwüstlich, was man ihnen leider deutlich ansah.

»Wahrlich kulturvoll«, lästerte Lächner, nahm aber sein Glas und schenkte sich brav ein. Ich öffnete meinen Whisky und schenkte mir ebenfalls ein. Lächner blieb bis zum zweiten Glas auf der Matte sitzen, dann kam er zu mir an den kleinen runden Tisch. Er legte sich die Bettdecke um; sein Oberkörper war noch immer nackt. Er sah nicht gerade nach Bodybuilding aus, war aber für sein Alter ganz gut beisammen. Schlank, sehnig, muskulös.

»Jemand draußen?« fragte er.

»Nur der rauhe Nordwind«, sagte ich.

Die Pegel in unseren Flaschen senkten sich; wir wurden geschwätzig. Vaclav Havel hat ein Loch in die Hauswand schlagen und ein Fenster einbauen lassen, damit er morgens vom Bett aus den Hradschin sehen kann. Die Moskauer Zuhälter nehmen mehr Geld ein als die Politiker. Wer der Mann mit der eisernen Maske war, wird niemals geklärt werden. Meine geschickt in unseren Small talk geschmuggelten Fragen, wer auf ihn geschossen hatte und warum, mochte er nicht beantworten, und ich überhörte seine dezenten Erkundigungsversuche nach meinem Lebenslauf. Wir belauerten uns, und so wurden zwar unsere Zungen schwer, doch entgegen meiner Erwartung war er am Ende nicht so betrunken, wie es der Alkoholmenge nach angemessen gewesen wäre. Wir plauderten über meine Bücher; die hatte er, ehe er sich hinlegte, betrachtet. In fremden Wohnungen studiere er stets das Bücherregal; es verrate viel über die Menschen, die dort leben. Meines war spartanisch bestückt. Vier Bände Schopenhauer, eine Shakespeare-Gesamtausgabe, ein Duden, ein zwanzigbändiges Taschenbuch-Lexikon, Englisch- und Französisch-Wörterbücher, die wichtigsten Gesetzestexte in Billigausgaben, zwei Bücher über die deutschen Geheimdienste und zwei Handvoll Krimis aus dem Ramschregal im Kaufhof. Gebildet, verarmt, ohne Wurzeln, folgerte er. Bei der Bildung mochte er sich täuschen, der Rest freilich stimmte nur zu genau.

»Du lebst anonymer als ich«, stellte Lächner fest, aber er verfolgte das Thema nicht weiter.

Statt dessen sprachen wir über Schopenhauer. Um genau zu sein: Ich sprach. Lächner kannte ihn nur dem Namen nach. Ich dagegen fast auswendig.

»›Die Ehre eines Mannes beruht nicht auf dem, was er tut, sondern auf dem, was er leidet‹«, zitierte ich.

»Dann habe ich viel Ehre«, antwortete Lächner und deutet mit dem Kinn auf seinen Arm.

»Soll ich dich verbinden?«

»Ja, jetzt bin ich soweit.«

Ich öffnete den Kasten, entnahm ihm ein steriles Verbandspäckchen und ersetzte meinen provisorischen Wickel. Das ging nicht ohne Blut und Schmerzen ab, aber er war beduselt genug, nicht allzulaut zu stöhnen.

Nach dem letzten Glas versuchte ich noch einmal, etwas aus ihm herauszubekommen. Er vertröstete mich auf den nächsten Tag. Erst mal schlafen. Wenn er mir was sagt – und inzwischen sei er fast schon soweit, mir von seinen Problemen zu erzählen –, dann mit klarem Kopf und lockerer Zunge. Lieber plauderte er noch ein wenig über Prag, eine Stadt, die er besser zu kennen meinte als die meisten Einheimischen. Dabei wurden wir beide müde. Er war verletzt, also bot ich ihm die Matte an. Ich wählte den Fußboden und hatte keinerlei Einschlafprobleme.

13. Juli, 09.40 Uhr

Sicher hätte ich bis zum Mittag geschlafen, wenn Lächner nicht in meiner kleinen Küche herumrumort hätte. Wahrscheinlich warf er absichtlich etwas herunter, denn kurz danach kam er ins Zimmer, und als er sah, daß meine Augen geöffnet waren, fragte er mich, wie ich den Kaffee trinke. Stark, versicherte ich ihm, so stark wie möglich, und das nicht nur, wenn der Schädel brummt. Dann habe er ihn ja richtig gemacht, er sei übrigens fertig, und vier Baguette-Brötchen habe er auch aufgebacken, eine ganze Packung.

Nicht nur der Kopf schmerzte, sondern sämtliche Glieder; schließlich hatte ich auf dem Fußboden geschlafen, und das sollte man in meinem Alter vermeiden. Als Mittvierziger ist man auch dann keine Fünfundzwanzig mehr, wenn man sich so fühlt oder fühlen möchte.

»Kannst du nicht schlafen?« murrte ich.

»Wir müssen uns beeilen, weil heute Samstag ist«, erklärte er. Ich war zu benommen, als daß ich auf einer vernünftigen Antwort bestanden hätte. Ich duschte in meiner verrotteten Ahlbeck-Kabine, putzte mir die Zähne, rasierte mir den Viertagebart ab, zog T-Shirt und Jeans über und setzte mich an den gedeckten Frühstückstisch. Der Kaffee war fast so gut, als wenn ich ihn selbst gebrüht hätte. Nach der ersten Tasse wurde ich munterer.

»Mußt du heute oder morgen zu irgendeiner Arbeit?« fragte mich Lächner.

»Nicht mal in der Woche«, sagte ich.

»Das trifft sich gut. Ich brauche Hilfe, und wenn du frei bist, könnte es deine sein.«

»Hilfe wobei?« fragte ich.

»Ich habe das Gefühl, daß ich dir vertrauen kann, obwohl du wahrscheinlich eine wesentlich zweifelhaftere Existenz bist als ich.«

Ich knurrte. Mochte er es als Bestätigung oder als Abwehr deuten.

»Ich bin Privatdetektiv. Mein Klient betraute mich mit diskreten Nachforschungen über eine Firmengruppe, mit der er ein Geschäft abzuschließen beabsichtigt. Sie war nicht so seriös, wie sie glauben machen wollte, und als ich nachhakte, scheine ich ein paar Leute aufgescheucht zu haben, die keinen Spaß verstehen. Gestern jedenfalls kam mein potentieller Informant in Begleitung von zwei Revolverhelden, und daß ich nur eine Kugel abbekommen habe, ist Zufall. Oder sogar ein Wunder.«

»Eine so dämliche und oberflächliche Erklärung hört man selten.«

»Es ist die Wahrheit.«

»Ach was!« Ich kippte die zweite Tasse hinunter und entzündete eine Zigarette.

»Ich will dich bei mir einstellen, da werde ich dich doch nicht belügen!«

»Angenommen, das ist die Wahrheit, dann hast du sie aber formuliert wie ein Politiker seine Presseerklärung. Nur nichts beim Namen nennen.«

»Später...«, setzte er an.

»Später ist zu spät«, unterbrach ich ihn. »Was soll ich eigentlich für dich tun?«

»Im wesentlichen Auto fahren, ein paar Besorgungen machen, mich begleiten und dabei die Augen offenhalten.«

»Klingt simpel. Was springt dabei heraus?«

»Sagen wir, tausend Mark am Tag, und das ungefähr eine Woche lang?«

Tausend Mark pro Tag? Das war mehr, als ich im Monat an Sozialhilfe und Wohngeld bekam. Wer solcherart Angebote macht, hat noch mehr.

»Zehntausend pauschal«, steigerte ich.

Nach kurzem Zögern gab er mir sein Okay. Begeistert klang es nicht.

»Bei soviel Geld kannst du verlangen, daß ich keine blöden Fragen stelle«, sagte ich, »aber wenn ich nicht weiß, worauf ich aufpassen soll, bin ich keine große Hilfe. Und wenn wir es mit Leuten zu tun kriegen, die auf uns schießen, ist es nicht viel Geld, sondern verdammt wenig.«

»Fünfzehntausend«, sagte er, diesmal ohne Zögern.

»Das heißt, es ist gefährlich. Einverstanden mit der Summe. Etwas mehr mußt du mir trotzdem mitteilen.«

»Ich weiß ja nicht mal, wer du bist.«

»Das weiß ich selbst kaum. Ein Kollege. Das hast du jedenfalls behauptet. Da ich nicht wie ein Privatdetektiv aussehe, frage ich mich, wer du wirklich bist.«

»Wie siehst du denn aus?«

»Wichtig ist nicht, wie ich aussehe, sondern wie ich für dich aussehe. Wie sehe ich aus?«

»Wie jemand, der mit allen Wassern gewaschen und trotzdem ins Elend geraten ist.«

»Soweit ganz richtig, aber immer noch keine Berufsangabe.«

»Also ich erzähle es dir noch mal. Am Anfang ging es wirklich nur um eine Routineüberprüfung. Ein Geschäft mit hohem Risiko und hohem Profit.«

»Was mit Kernkraft«, vermutete ich drauflos.

»Woher... Wie kommst du darauf?«

»Ein Geschäft, das einen Augsburger nach Greifswald führt, kann nur mit dem unseligen Kraftwerk Lubmin zu tun haben. Sonst gibt's hier nichts, was soviel Profit bringt, daß wenigstens die Fahrtkostenpauschale dabei herausspringt.«

»Mein Klient hat mich zur Verschwiegenheit verpflichtet, aber da du selbst darauf gekommen bist... Ja. Ich habe schnell herausgefunden, daß es um mehr geht als nur den geplanten Bau eines Fusionsreaktors und daß die Firmengruppe nur Strohmänner vorgeschoben hat. Dahinter stehen ganz andere Interessenten, in- und ausländische. Das reichte an sich aus, um meinem Klienten fundiert abzuraten, aber ich Idiot wollte es genau wissen. Wer steckt dahinter, wer will Geschäfte mit wem machen, lohnt es, sich mit ein paar Millionen ranzuhängen? Ich habe in dem Nebel herumgestochert und ein paar Hornissen aufgescheucht...«

»Keine Metaphern. Klartext!« ermahnte ich ihn.

»Politiker. Geschäfte in dieser Größenordnung funktionieren nur, wenn die Entscheidungsträger mitmachen. Aber sie funktionieren auch nur, wenn sie geheim bleiben, solange sie inoffiziell sind. Und dafür, daß sie geheim bleiben, haben sie ihre Leute.«

»Was für Leute?«

»Kann ich nicht so genau sagen. Private Hilfstruppen oder offizielle.«

»Offizielle?«

»Polizei oder Geheimdienst. Die Polizei war es vermutlich nicht, die Mafia auch nicht. Ich denke, es waren Schlapphüte.«

»Verfassungsschutz?«

»Eher der BND.«

Da war die Abkürzung endlich gefallen, auf die ich schon den ganzen Morgen gelauert hatte. Ich ließ mir nichts anmerken. »Und die haben auf dich geschossen?«

»Mit aller gebotenen Vorsicht: ja. Wahrscheinlich der BND. Daß ich es nicht mit Sicherheit sagen, geschweige denn beweisen kann, macht meine Lage kompliziert. Ich weiß nicht, wem ich vertrauen kann. Wenn ich zur Polizei gehe, erfahren die Schlapphüte sicher davon. Wenn ich meine Wunde im Krankenhaus behandeln lasse, melden die Ärzte es weiter. Wenn ich einfach nach Hause fahre und so tue, als ob nichts gewesen wäre, lauern sie mir vielleicht auf und erwischen mich dort. Meine einzige Chance ist herauszufinden, worauf ich aus Versehen gestoßen bin. Das geht nicht allein. Es gibt nicht viele Menschen, denen man vertrauen kann, und hier kenne ich niemanden. Ich bin auf die Hilfe von Fremden angewiesen. Von Zufallsbekannten. Auf deine Hilfe, die du mich ziemlich teuer bezahlen läßt, aber ich habe ja keine Wahl.«

»Zwanzigtausend«, sagte ich, um mir nicht anmerken zu lassen, daß ich auch ohne einen Pfennig mitmachen würde, wenn es gegen die Schlapphüte ging. Zwar versuchte er, mich mit seichtem, bedeutungslosem Geschwätz abzuspeisen, doch mein Instinkt versicherte mir, daß er mich nicht belogen hatte, als er den Bundesnachrichtendienst ins Spiel brachte. War das die Chance, auf die ich seit einem Jahr wartete?

»Jetzt übertreibst du!« verwahrte sich Lächner gegen mein Honorarbegehren.

»Mein Leben ist mehr wert als zwanzigtausend, aber ich will dich nicht schröpfen.«

»Besitzt du ein Auto?«

»Ich besitze nur, was du siehst.«

»Was hältst du von folgendem Deal: Wir kaufen dir einen Gebrauchtwagen, mit dem du mich herumfährst, und was vom Kaufpreis bis zwanzigtausend fehlt, zahle ich dir bar aus. Aber das ist die absolute Grenze. Mehr ist nicht drin.«

»Ein Auto? Ja, das könnte ich wieder brauchen. Es dauert ein paar Tage, bis die Formalitäten erledigt sind, und dann können wir starten. Da geht es sicher auch deinem Arm besser.«

»Wir müssen heute noch los.«

»Unmöglich. Heute ist Sonnabend.«

»Drum sind wir ja so früh raus. Ich brauch was zum Anziehen, du ein Auto. Das müssen wir vor Geschäftsschluß erledigen.«

»Und die Anmeldung?«

»Kannst du machen, wenn du zurück bist. Wir kaufen's nicht beim Händler, sondern privat. Da ist es billiger und außerdem zugelassen. Hast du eigentlich Internetzugang?« Er deutete auf meinen Computer.

»Ich habe nicht mal ein Telefon.«

»Wohin hat es mich verschlagen!« Er schielte zur Zimmerdecke.

»In ein Entwicklungsland. Also los, gehen wir die Entwicklungshilfe verjubeln.«

»Erst den Arm verbinden«, sagte er.

Die Wunde sah längst nicht mehr so böse aus wie am Vorabend, und sie riß beim Lösen des alten Verbandes auch nicht mehr auf. Der Wodka besaß unvermutete Heilkräfte. Trotzdem stöhnte Lächner ausgiebig vor sich hin. Hinterher schluckte er wieder seine Medizin. Ein Herz-Kreislauf-Mittel, behauptete er. Die Röllchen waren unbeschriftet.

»Du glaubst an den Zufall?« fragte ich Lächner.

»Natürlich. Die Natur mag ja nach bestimmten Gesetzen funktionieren, aber das menschliche Leben wird vom Zufall beherrscht.«

»Ich glaube auch nicht an Prädetermination.«

»Hä?«

»An Vorherbestimmung. Was uns zustößt, folgt nicht irgendwelchen Gesetzen. Wir nennen es Schicksal, aber es ist die Koinzidenz. Der allmächtige Zufall.«

»Ist jetzt der rechte Zeitpunkt für philosophische Erörterungen?«

»Ach, ich philosophiere ganz gern mal ins Blaue hinein. Das hält meine grauen Zellen frisch. Sie verklickern mir eben, daß du nie und nimmer Privatdetektiv bist. Die werfen einfach nicht so mit den Tausendern um sich. Und die halten mich nicht für einen Kollegen.«

»Häng dich doch nicht an dem einen Wort auf! Ich war müde und konnte vor Schmerzen nicht richtig nachdenken.«

»Gerade darum hast du die Wahrheit gesagt oder das, was du dafür hältst. Ich versuche mal, mich mit deinen Augen zu betrachten.«

»Nur zu. Aber können wir das unterwegs machen? Die Geschäfte schließen bald.«

Da hatte er allerdings recht. Ich versorgte ihn aus meinem Kleiderschrank, damit er auf die Straße gehen konnte. Allerdings war ich kleiner und zum Ausgleich etwas dicker als er. Die Jeans waren ihm zu kurz. In den Gürtel mußten wir ein zusätzliches Loch stochern, damit er die Hosen nicht verlor. Das T-Shirt paßte einigermaßen, die Jeansjacke umschlotterte ihn. Da auch seine Schuhe vollgeblutet waren, borgte ich ihm ein paar Sandalen. Er sah lächerlich aus und meinte zu Recht, ein Autokauf komme in dieser Aufmachung nicht in Frage. Erst mal Kleidung – übrigens auch für mich, wer weiß, in welchem Milieu wir uns bewegen müssen.

Anzug, Hemd, Schlips? Ich sträubte mich. So was habe ich meinen Lebtag verabscheut und nie besessen. Dann werde es Zeit, behauptete er, und als ich mich immer noch weigerte, deklarierte er es zur Berufsbekleidung und versicherte, daß er alle Spesen allein tragen werde, unabhängig von meinem Salär.

Da ich nicht wußte, wo ein Herrenausstatter war – so etwas interessiert mich einfach nicht –, führte ich ihn ins nächste Kaufhaus. Das lag zwar unter seinem Niveau, doch sparte es Geld. Erst als er zahlte, merkte ich, daß ich mit seinem Geld nicht knausern mußte. Was ich am Vorabend für eine stattliche Sammlung von Hundert- und Zweihundertmarkscheinen gehalten hatte, war eine stattliche Sammlung von Tausendern. Ich hatte einen Krösus aufgelesen!

Zu dem Markt am Stadtrand, wo Privatleute ihre Gebrauchten anbieten, fuhren wir mit dem Bus. Meiner Meinung nach sah jetzt ich lächerlich aus. Ekelhaft solide, zudem fast im Partnerlook mit meinem Begleiter; er hatte mir und sich einen hellen Sommermantel gekauft. Durchaus angebracht, wenn der Sommer so kalt blieb, nur fühlte ich mich darin unbehaglich. Der Hemdkragen scheuerte, die Krawatte würgte mich, die neuen Schuhe drückten, und der Mantel war albern. Dazu noch die beiden großen Reisetaschen mit der Zweitausstattung und der Wäsche zum Wechseln. Ich kenne niemanden, der freiwillig so herumläuft. Das will allerdings nicht viel bedeuten, denn seit einem Jahr kannte ich ohnehin niemanden mehr. Und was noch wichtiger war: Niemand kannte mich. Vielleicht war ich deshalb auf den zwielichtigen Augsburger geflogen, weil mir die privaten

Kontakte fehlten. Der Mensch ist ein geselliges Wesen, und ich bin, auch wenn ich es manchmal nicht wahrhaben mag, ziemlich menschlich.

Ich kam mir vor wie in einem Film: Verwandelt durch des Nabobs neue Kleider. Die Damen im Sozialamt hätten mir sofort sämtliche Zuwendungen ersatzlos gestrichen, wenn sie mich so erblickt hätten.

Wäre es nach Lächner gegangen, hätten wir uns einen alten Daimler oder BMW gekauft, aber bei den Ansprüchen, die er stellte, wäre fast mein gesamtes Honorar draufgegangen. Ich entschied mich für einen weißen Toyota Carina II Liftback. Das gleiche Modell hatte ich in besseren Tagen besessen – und verloren, wie alles, was zu meinem früheren Leben gehörte. Zwölftausend wollte der Spießer. Lächner und ich machten den Wagen so madig, daß er nach der Probefahrt froh war, zehntausend auf die Hand zu bekommen.

Es ging aufwärts mit mir! Ich hatte wieder ein Auto. Ein richtiges Auto, das bequem war und hinreichend schnell, zuverlässig und nicht allzu benzingierig. Mehr als mein halbes Leben habe ich in Autos verbracht. Ich bin in einem zum Wohnwagen umgebauten Lkw aufgewachsen. Später wohnte ich in meinem Barkas. Wie sehr ich das Fahren vermißt hatte, merkte ich erst, als ich am Steuer saß. Ich war zufrieden wie lange nicht mehr. Das wollte ich nicht zerstören, also war ich nicht sehr erfreut, daß Lächner nun endlich das unterbrochene Frühstücksgespräch fortsetzen wollte. Aber ich wich ihm auch nicht aus.

»Nicht nur mit deinen Augen betrachtet, sehe ich jetzt so aus wie du«, begann ich. »Das bedeutet nichts, denn du hast alles ausgewählt und bezahlt. Und daß ich es mir selbst nicht nur nicht leisten würde, sondern vor allem nicht leisten könnte, ist nicht zu übersehen. Ich bin, glaubst du, einigermaßen gebildet, jedenfalls kein Penner. Aber ich hause wie ein Penner in einer Bruchbude ohne Charakter und ohne individuelle Vergangenheit. Offenbar habe ich bessere Tage gesehen, aber das liegt schon länger zurück. Geblieben ist mir nichts. Wovon ich lebe, ist unklar.

Sicher ist nur, daß ich nicht arbeite. Also Sozialhilfe oder noch anrüchigere Quell'en. Bis dahin könnte ich einfach eine von den paar hunderttausend gescheiterten Ostexistenzen sein. Ein Ingenieur, dessen Betrieb abgewickelt wurde, oder etwas in der Art. Aber ich habe mich nicht unmäßig aufgeregt, als du mit einer Pistole auf mich gezielt hast, ich war nicht darauf versessen, die Polizei zu rufen, und ich besitze selber eine Waffe. Was fällt einem Wessi in dem Zusammenhang ein? Stasi. Du meinst, ich bin ein demobilisierter Stasi-Offizier, den niemand mehr einstellen mag und der seine Helleraumöbel versteigern mußte, um sich einmal pro Monat den Luxus von Büchsengulasch leisten zu können, oder für einen Spitzel im besonderen Einsatz, den die Gattin verstieß, als sie in ihrer Akte las, daß jedes Liebesgeflüster dem Führungsoffizier gemeldet wurde. Ein solider Privatdetektiv aus dem blitzsauberen Bayern hält einen Stasi-Mitarbeiter gewiß nicht für einen Kollegen. Das macht nur jemand, der selbst für einen Geheimdienst arbeitet. Du bist kein Detektiv. Du bist ein Schlapphut, auch wenn du keinen trägst.«

Lächner betrachtete mich von der Seite. »Das hast du aus einem einzigen unbedachten Wort geschlossen? Alle Achtung! Und? Liege ich falsch mit meiner Vermutung?«

»Denk doch, was du willst«, wehrte ich ab. »Meine Folgerung ist jedenfalls richtig. Du arbeitest selbst für den BND. Auf einmal geht dir die Muffe, weil die eigenen Kollegen hinter dir her sind. Um da rauszukommen, würdest du dich selbst mit dem Teufel verbünden.«

Der Schlapphut lächelte ironisch. »Und wenn es so wäre?«

Eine halbe Stunde später komplettierten wir unsere Ausrüstung durch das Räuberzivil aus meinem Schrank. Ich überprüfte Herd und Kaffeemaschine, überschwemmte meine einzige Pflanze, einen Kaktus. Lächner kontrollierte beide Waffen. Da ich keine Munition besaß, entnahm er ein paar Patronen aus meinem Magazin, um nicht ganz nackt dazustehen. Offenbar war seine Beretta doch leergeschossen gewesen, oder er hatte über Nacht seine Patronen verschwinden lassen. Aber warum sollte er sein volles Magazin vor mir verstecken? Zog er ein Spiel mit mir ab? Ich traute ihm nicht über den Weg, doch ließ ich ihn gewähren. Schließlich bezahlte er mich gut, und wenn ich hinreichend wachsam blieb, würde er mich nicht hereinlegen können. Falls er das überhaupt wollte. Als letztes packte ich mir noch einen Band Schopenhauer ein, um für alle Eventualitäten gerüstet zu sein. Man kann ja vorher nie wissen, wie schlimm es kommt.

Unterwegs, 14.00 Uhr

Daß er mich für einen Kollegen hielt, war mir unangenehm. Niemals, so teilte ich ihm mit, habe ich für einen Geheimdienst gearbeitet, weder für einen östlichen noch für einen westlichen. Im Gegenteil, ich habe was gegen Geheimdienste, und die Chance, einem von denen etwas auswischen zu können, motiviere mich fast so stark wie das Geld. Früher einmal hatte ich mich als Journalist und Schriftsteller versucht; friedliche und einigermaßen ehrenwerte Tätigkeiten. An die Waffe sei ich durch Zufall gekommen und behalte sie zur Selbstverteidigung. Geschossen habe ich noch nie damit.

»Fehlt aber eine Patrone!« bemerkte Lächner.

»Die könnte schon gefehlt haben, als ich sie fand«, wich ich halbherzig aus.

»War aber nicht so«, kombinierte er mühelos.

Ich mochte es nicht kommentieren und verzog keine Miene.

»Du hast auf einen Menschen geschossen«, interpretierte er mein Schweigen. »Tot?«

»Nicht tot genug.« Ich ließ es wie einen Witz klingen. »Und du? Schon viele Leute umgelegt?«

»Ich bin kein Killer, das hast du gestern völlig richtig erkannt.«

»Die beiden von gestern – sind sie tot?«

»Nicht tot genug. Sie sind auf eigenen Füßen weggerannt, als ich meine beiden Magazine leerfeuerte. Leider nur in Deckung. Es reichte gerade, daß ich nach der anderen Seite wegkam. Zum Glück hatten sie nicht das Bein getroffen. Ich bin ziemlich gut zu Fuß für mein Alter.«

»Dreißig Schuß und kein Treffer? Du scheinst Training zu brauchen!«

»Du erst recht, wenn du noch nie geschossen hast. Außerdem habe ich vielleicht getroffen. Sie hatten bisher noch keine Gelegenheit, mir ihre Wunden zu zeigen.«

»Womit sollen wir trainieren? Wir haben zusammen vierzehn Schuß.«

»Heute abend haben wir fünfhundert.«

Auf meine Frage hin bequemte er sich endlich, mich in unsere Pläne einzuweihen. Wenn er gesagt habe, daß er hier niemanden kenne, entspreche das nicht den Tatsachen. Sein früherer Chef habe ein Haus in Schwerin rückübertragen bekommen, und da das zeitlich mit seiner Pensionierung zusammenfiel, sei er dorthin gezogen im Sommer 1991. Ein integerer Mann, wie er glaube, der ihn sicher unterstützen werde. Der Extrabonus: Sein alter Chef kenne sich inzwischen in der Landeshauptstadt von Mecklenburg-Vorpommern aus: »Unsereiner ist ja nie wirklich im Ruhestand.« Sofern jemand aus der Regierung in die trüben Geschäfte verwickelt sei, werde er raten, vielleicht gar Kontakte knüpfen. »Denn was wir brauchen, sind Beweise. Klare, unwiderlegbare Beweise, mit denen wir an die Öffentlichkeit gehen können. Weil ich über einen Zipfel der Wahrheit gestolpert bin, kann ich ihnen gefährlich werden. Solange etwas geheim ist, lohnt es sich, die Gefahr zu eliminieren. Wenn es in allen Zeitungen steht, sind wir aus dem Schneider. Die werden sich hüten, sich an mir zu rächen. Glaube ich. Ich muß vielleicht meinen Schlapphut nehmen und Moneypenny Lebewohl sagen, aber wenigstens lebe ich noch. Die Pension können sie mir auch nicht streichen. Damit mache ich mich selbständig als Privatdetektiv.«

»Beweise wofür? Du willst jemand treffen, der dir vielleicht den Kontakt zu jemandem schafft, der vielleicht etwas über jemanden weiß, der vielleicht mit einer Schweinerei zu tun hat, von der du mehr ahnst, als du mir gegenüber zugibst, aber zu wenig, um die schlafenden Reporter zu wecken, damit sie deine

Verfolger verbellen. Ich dachte, ihr arbeitet ernsthafter. Was spielst du? Trivial-Pursuit oder Prominentenraten?«

»Wenn dir was Besseres einfällt, sag es ruhig«, antwortete er beleidigt. »Ich bin für jeden Vorschlag dankbar.«

»Du bist der Profi!«

»Investigative Journalisten finden manchmal auch ein Korn.«

»Ich habe Feuilletons geschrieben. Über Literatur und über Reiseziele in der näheren Umgebung. Geplauder und Gewäsch. Schon vergessen, ehe der letzte Satz gelesen war. So ziemlich das Gegenteil von investigativem Journalismus. Die Nicht-Recherche als Programm. Na gut, dein alter Kumpel ist ein Anfang«, räumte ich ein. »Solange ich nicht klarer sehe, hebe ich mir meine Vorschläge auf.«

»Ich sehe selbst nicht klar.«

Schweigend fuhren wir durch Demmin und suchten nach Schildern, die uns den Weg nach Teterow wiesen. Der Wagen gefiel mir. Zwar war er nicht ganz so spritzig wie mein alter, weil der Vorbesitzer ihn zu zaghaft eingefahren hatte, aber der Motor lief ruhig und gleichmäßig, der Anzug war ausreichend. Ich freute mich mit jedem Kilometer mehr über den Kauf, und ich freute mich, daß ich mich wieder freuen konnte. War wirklich schon ein Jahr vergangen seit dem Tod meiner Freundin? Was hatte ich getrieben in der ganzen Zeit?

Im Oktober hatte ich Berlin verlassen und war in Greifswald untergetaucht. Mit falschen Papieren, die mir Iwers, ein Privatdetektiv, beschafft hatte. Irgendwie war es ihm auch gelungen, meine Tarnidentität in den Computer des Sozialamtes zu schmuggeln. Wahrscheinlich hatte er an ein paar alten Seilenden gezupft; früher war Falk Iwers Hauptkommissar bei der Ostberliner Kriminalpolizei gewesen. Geld hatte er dafür nicht genommen; er war hinreichend motiviert durch den Tod eines seiner Mitarbeiter bei den Recherchen in meinem Auftrag. Ebenso ahnungslos wie ich waren die Detektive in die Geheimdienstaffäre hineingestolpert. Und sehr viel mehr als ich wußte Iwers inzwischen auch nicht. Ich hatte geruhsam und friedlich vor mich hin gelebt, bis mich die Schlapphüte für jemand anderen hielten. Ein gewisser Clemenceau und später ein gewisser Pelzer, beides sicher Decknamen, waren hinter mir her gewesen, und am Ende waren ziemlich viele Menschen tot, auch meine Freundin, und ich mußte mich verstecken, obwohl sie auch mich für tot hielten.

In den ersten Monaten in Greifswald hatte ich mein Aussehen wesentlich verändert. Die schwarzgefärbten Haare wurden grausträhnig und zottlig. Ein grauer Vollbart wucherte über das Gesicht. Die freundlichen Damen im Sozialamt, mein einziger dauerhafter Kontakt zur Wirklichkeit, mahnten, ich solle mich pflegen, wenn ich jemals meiner sozialen Misere entkommen wolle.

Ich lächelte milde und pflegte mein Pennerimage. In mir gab es nichts als Wut und Rachegedanken. Meine Lieblingsvorstellung in den ersten Wochen: Pelzer und Clemenceau vor die Mündung der Beretta zu bekommen und abzudrücken. Erst in die Arme und Beine schießen, dann in den Bauch, ganz zum Schluß in den Kopf, falls das noch notwendig sein sollte. Ich machte mich mit der Waffe vertraut, soweit das ohne Anleitung und ohne Praxis möglich war. Ich übte zielen, ohne zu schießen, und wechselte immer wieder dasselbe Magazin; ich hatte nur eines.

Von Iwers, der auf der Spur der Schlapphüte recherchierte, hörte ich wenig Neues. Er kam nicht voran. Pelzer blieb eine unbekannte Größe. In seiner Wohnung in Hamburg tauchte er nie wieder auf; eines Tages war sie aufgegeben. Neue Anschrift unbekannt. Sicher schien nur, daß er beim BND in Pullach arbeitete, als Leiter einer Einsatzgruppe, über die nichts Genaues bekannt war, jedenfalls nicht den Leuten, an die Iwers herankam, ohne auf sich aufmerksam zu machen. Noch mysteriöser blieb Clemenceau. Gewiß war nur, daß er auf keinen Fall so hieß. Ungewiß, ob er Franzose oder Amerikaner, ob er Arzt, Agent oder beides war. Trotz seiner durchschlagenden Erfolglosigkeit betrieb Iwers die Suche weiter; schließlich war sein Mitarbeiter erschossen worden. Doch lief die Detektei nicht so gut, daß er mit voller Kraft an einem unbezahlten Job arbeiten konnte. In jeder freien Stunde versuchte er es immer wieder und hielt sich inzwischen für einen Geheimdienstexperten. Ein langweiliger, ziemlich ineffizienter Verein, der BND, meinte er, keinesfalls zu vergleichen mit den Diensten der Amis oder Russen. Nicht mal mit der Stasi.

Weil es so überhaupt keinen Ansatzpunkt dafür gab, wurde meine Wut nach und nach allgemeiner, richtete sich gegen die ganze Welt, die soviel Ungerechtigkeit ausgerechnet für mich bereit hielt. Schließlich blieben nur Depression und Resignation. Es war tröstlich, machte sogar Spaß, sich Rachephantasien hinzugeben. Vor dem Computer arbeitete ich die irrsinnigsten Pläne aus. Bis hin zum generalstabsmäßig vorbereiteten Sturm auf die Zentrale des BND mit Raketen, die mühelos zu beschaffen Inhalt eines weiteren Planes war. Es entging mir nicht, wie lächerlich das war, jedenfalls nicht lange. Und so wurde meine Hauptbeschäftigung, den schwarzen Bildschirm anzustarren und gar nicht mehr zu denken. Eine Kunst, in der ich es zu beachtlichen Fortschritten brachte. Nur in meinen Träumen war ich der Rächer der Geliebten, in der Realität vegetierte ich von erschwindelter Sozialhilfe in einer Bruchbude in Greifswald dahin.

Im April, noch in der Pennermaske, war ich nach Berlin gefahren, um mich mit Iwers zu beraten. Er munterte mich mit Gemeinplätzen zur Lebenshilfe auf. Laß dich nicht hängen, versuch was, du kannst nicht nur für die Rache leben, schon gar nicht dann, wenn wir vielleicht niemals an die Leute herankommen. Ich fuhr zurück, rasierte mich, leistete mir einen Haarschnitt und bewarb mich um ein paar Jobs. Die Damen im Sozialamt waren zufrieden mit mir, obwohl nichts klappte. Als Journalist konnte ich mich nicht bewerben; meine Tarnidentität gab vor, ich sei BMSR-Techniker gewesen. Davon hatte ich zwar keine Ahnung, doch mußte ich diese ohnehin nirgends beweisen, weil es nichts für mich gab. Nicht mal eine Nachtwächterstelle war zu haben. Ziemlich schnell versackte ich wieder in Lethargie, rasierte mich nur noch ein- bis zweimal in der Woche und erstarrte. Was werde ich, wenn ich erwachsen bin? Ich kann doch nicht bis an meine Ende herumhängen und auf eine Gelegenheit zur Rache lauern!

Trotz aller Grübeleien blieb ein brauchbares Ergebnis aus. Also stellte ich schließlich auch noch das Grübeln ein, soweit das möglich war, und beschloß, einfach nicht erwachsen zu werden.

Nur noch nach innen haderte ich mit dem Schicksal. Ab und zu lieh ich mir trashige Videos aus, um nicht wahnsinnig zu werden. Scheiße, das von gestern hatte ich nicht nur nicht gesehen, sondern vor allem nicht zurückgegeben. Das wird teuer, wenn wir eine Woche unterwegs sind. Aber jetzt kann ich es mir leisten.

Auf der Landstraße kamen wir dann doch wieder ins Plaudern. Lächner schnitt sein Lieblingsthema an – das Walten des allmächtigen Zufalls, der ihm mich beschert hatte, nicht eine hysterische Hausfrau oder einen frustrierten Polizisten in Zivil oder sonstwen, der kein Verständnis für ihn aufgebracht hätte.

»Der Zufall ist der Schnittpunkt zweier Notwendigkeiten, habe ich in der Schule gelernt. Wenn wir die Notwendigkeiten kennen, wirkt unser Zusammentreffen nicht mehr so wunderbar.«

»Notwendigkeiten? Das klingt so, als ob einer dran gedreht hat. Glaubst du an so was? Bist du in eine christliche Schule gegangen?«

»Eher im Gegenteil, obwohl manches wie ein Katechismus nachgebetet werden mußte.«

Ich forderte ihn auf, das Buch aus meiner Tasche zu nehmen. Er angelte sich den Schopenhauer. Ich sagte ihm die Seitenzahl.

»›Zufällig bedeutet das Zusammentreffen in der Zeit des kausal nicht Verbundenen‹«, las er vor und blickte mich von der Seite an. »Schon besser«, sagte er. »Ich habe meine Probleme mit philosophischen Verstiegenheiten, aber das verstehe ich. Etwas passiert gleichzeitig, hat aber miteinander nichts zu tun. Ich wurde angeschossen und bin weggerannt, bis ich sie abgehängt hatte und nicht mehr konnte und keine Ahnung hatte, wo ich war und wo ich mich verkriechen und die Wunden lecken konnte, und du hast ein Video geholt, weil dir die Decke auf den Kopf gefallen ist und im Fernsehen nur Scheiße läuft. Zufall.«

»Und noch mehr Zufall: Du hast Ärger mit dem BND, ich auch. Du brauchst Hilfe, ich kann helfen. Ich bin pleite, du hast

Geld. Hat alles nichts miteinander zu tun, findet aber gleichzeitig statt. Wenn man abergläubisch ist, hält man es für Vorbestimmung.«

»Vorbestimmung ist ebensolcher Unsinn wie der Glauben an Notwendigkeiten!« behauptete Lächner. »Selbst wenn Gott existiert – ich bin im Unterschied zu dir in eine christliche Schule gegangen, und ich lebe in einem Land, wo der Glauben wichtiger genommen wird als hier, so was bleibt nicht ohne Einfluß, auch nicht auf einen ruppigen Burschen wie mich –, selbst wenn es einen Gott gibt, dann würde er sich bestimmt nicht darum kümmern, daß wir uns treffen, damit ich's leichter habe. Wenn er das wollte, könnte er es mir ja von vornherein leichtmachen, indem er die Schweine gar nicht erst auf mich schießen läßt. Gott hat uns ausgesetzt auf der Welt, und wir müssen zusehen, wie wir allein klarkommen.«

Er las weiter vor, und jeden zweiten oder dritten Satz kommentierte er oder übersetzte ihn zumindest so, wie er ihn verstand. Besonders tat es ihm der Gedanke an, daß alle Ereignisse im Leben eines Menschen in zwei grundverschiedenen Zusammenhängen stehen: im objektiven, kausalen Zusammenhang des Naturlaufs und in einem persönlichkeitsbestimmten subjektiven Zusammenhang. Damit nicht genug, daß sich die Begebenheiten im eigenen Leben beiden Ketten von Zusammenhängen nahtlos einfügen, gilt dies gleichermaßen für die erweiterte Kette der Begegnung mit anderen Menschen. Jeder ist der Held seines eigenen, zugleich aber auch der Figurant in einem fremden Drama. Dies übersteige alle unsere Fassungskraft.

»Meine nicht!« verwahrte sich Lächner gegen Schopenhauers Behauptung. »Klar, ich bin die Hauptperson in meinem Drama, du in deinem. Aber du bist seit gestern Mitspieler in meinem Stück und ich in deinem. Könnten beides Hauptrollen werden, geschrieben für begabte Charakterdarsteller. Das ist doch leicht zu begreifen, selbst für einen Schlapphut.«

Natürlich erklärte ich ihm, daß es so einfach dann doch nicht sei mit dem Verständnis ungewöhnlicher Gedanken. Das Gespräch trug uns bis Güstrow. Ich genoß es. Wie hatte ich es nur ausgehalten, mich in meiner Wohnung zu vergraben und mit niemandem zu reden! Kein Wunder, daß ich nichts zustande gebracht hatte. Meine einzige Entschuldigung ist, daß einem nicht jeden Tag die Freundin erschossen wird. Doch selbst das rechtfertigt nicht, sich ein ganzen Jahr selbst zu paralysieren.

Am Stadtrand von Schwerin tankten wir und kauften uns einen Stadtplan. Lächner hatte seinen ehemaligen Chef zwar schon mal besucht, konnte sich aber nicht mehr genau erinnern, wo entlang man fahren mußte. Obwohl der Straßenname die Lage verriet: Am Schweriner See. Er wies mir den Weg durch ein Labyrinth von Einbahnstraßen.

»Fahr vorbei«, sagte er und duckte sich, gerade als ich bremsen wollte. Ich stellte keine dummen Fragen. Er würde seine Gründe haben. Mir war nichts aufgefallen, ein stilles Haus, nicht gerade klein, aber auch keine übermäßig große, protzige Villa. Als Ruhesitz für einen pensionierten Abteilungsleiter vom Nachrichtendienst eher bescheiden. Sicher machte ich mir falsche Vorstellungen über das Honorar der Spione. Und Lächner unterstützte meine Vorurteile über das süße James-Bond-Leben, denn er verstreute sein Geld ziemlich leichtsinnig durch die Welt, ohne sich Quittungen ausstellen zu lassen. In seiner Situation war das vermutlich nicht mehr wichtig, denn wenn er sie der Buchhaltung präsentierte, hätten sie ihn am Arsch. Sofern er es aber schaffte, die Intrige – welche auch immer – aufzudecken, würde ihn niemand nach den verbutterten Tausendern fragen.

Ein paar hundert Meter weiter richtete er sich auf.

»Eine Gardine hat sich bewegt«, erklärte er.

»Der Wind. Oder dein Chef wollte mal nach dem Wetter sehen.«

»Ich bin seit vier Jahren nicht mehr im Außendienst, jedenfalls nicht bei gefährlichen Sachen, von der hier mal abgesehen, das wußte ja vorher keiner, aber meine Instinkte funktionieren noch. Zuviel Vorsicht ist albern, zuwenig manchmal tödlich. Ich bin lieber eine lebende Witzfigur als ein toter Held. Irgendwelche Vorschläge?«

»Du bist der Profi.«

»Und du bloß ein Zeilenschinder. Geschenkt.«

»Ruf deinen Kumpel einfach an, bestell ihm Grüße von seiner Tante und frag ihn, wie es ihm geht.«

»Abgelehnt. Die meisten Zellen haben einen Digitalanschluß, also kann die Nummer des Anrufers übermittelt werden. Wenn jemand anders im Haus ist, stellt er fest, daß wir in Schwerin sind, und ruft Verstärkung. Ich lasse sie lieber im unklaren über meine Pläne.«

»Und wenn ich ihn anrufe?«

»Auch nicht viel besser. Je blöder du dich anstellst, desto schneller merken sie, daß wir zu zweit sind. Das sollte unser süßes Geheimnis bleiben.«

»Abhauen und andere Kontaktleute suchen?«

»Ich will wissen, was da los ist. Außerdem brauchen wir Munition.« Lächner klopfte auf seine unter der Jacke verborgene Beretta.

»Und die liegt abholbereit im Haus eines friedlichen Rentners?«

»Du kennst offenbar nicht viele Rentner. Schon gar nicht die richtigen, sonst würdest du nicht dran zweifeln. War das alles? Mehr fällt dir nicht ein?«

»Wir warten, bis es dunkel wird. Ich klingle vorn und lenke die Leute ab, du schleichst dich von der Seite an und überwältigst sie.«

»Zu viele Gangsterfilme gesehen? Das hätte ich vor zwanzig Jahren gemacht, vielleicht auch noch vor zehn. Jetzt bin ich zu alt, Rambo zu spielen.«

»Ich denke, deine Instinkte funktionieren noch.«

»Aber die Reflexe nicht mehr.«

»Dann klingelst du, und ich schleiche von der Seite heran. Mir fehlen zwar deine Instinkte, aber die Reflexe funktionieren.«

Wir palaverten noch eine Weile. In Zippendorf hielten wir vor einem Imbiß und aßen fettige Bratwürste, er mit Senf, ich mit Ketchup. Dazu Pommes mit Mayo. Schnelles Essen für schnelle Pläne in einer schnellebigen Zeit. Die Würste lagen uns schwer im Magen. Wir spülten mit Cola nach und schmiedeten Pläne.

Ich fragte mich, weshalb er so offen mit mir sprach. Der BND ist so geheim, daß nicht mal alle Mitarbeiter sich untereinander kennen. Und Lächner weihte, wenn auch in unzulänglichen Bruchstücken, einen Amateur ein, wollte sich von mir helfen lassen. Er schien verzweifelter zu sein, als er zugab. Ich hätte das doppelte Honorar fordern sollen!

Es war unklug gewesen, ihm so deutlich mitzuteilen, daß ich mit seiner Behörde nicht gut Freund bin. Er behandelte mich nicht mehr wie seinen Chauffeur, sondern eher wie seinen Leibwächter oder gar Partner. Keine Rede davon, daß ich ihn zur Villa fahre und er allein eindringt. Der Schritt vom Ich zum Wir fiel ihm um so leichter, als er das Ich war und ich das Wir. Es überraschte mich, daß ich mich nicht sträubte, sondern mitzumachen bereit war. Ich wollte die Zentrale seines Dienstes bombardieren und nahm ihn von meinem Haß aus, obwohl ich ihm keinesfalls traute. *Das Ich ist eine unbekannte Größe, sich selbst ein Geheimnis.* Sagt Schopenhauer, und der muß es ja wissen.

Als der Plan dank meiner Mitwirkung stand, war Lächner so zufrieden, daß er einen seiner Glaubensartikel zu opfern bereit war.

»Wenn es vorherbestimmt war, daß wir uns treffen«, sagte er, »dann hat vielleicht doch Gott daran gedreht.«

Schwerin, 16.00 Uhr

Von der Kombination seiner professionellen Instinkte mit meinen unverbrauchten Reflexen versprachen wir uns die besten Erfolgsaussichten. Gemeinsam wollten wir in das Haus eindringen, ohne uns mit albernen Ablenkungsmanövern aufzuhalten, wollten still und bescheiden durch den Hintereingang schlendern, nicht bei Nacht, sondern am Tage, wo niemand mit ungebetenen Eindringlingen rechnet. Sein Chef habe für Notfälle vorgesorgt; verschlossene Türen seien kein Hindernis, versprach Lächner.

Wir parkten in der Schloßgartenallee und liefen dreist durch etliche private Grundstücke in Luftlinie auf unser Ziel zu. In einem Garten saß eine pastellfarben gekleidete Familie – Mutter, Vater, zwei Kinder, eine Oma, allesamt braungebrannt trotz fehlender Sonne und blondgelockt trotz fehlender oder andersfarbiger Pigmente – auf pseudobarocken Gartenstühlen an einer weißgedeckten ovalen Plasttafel und trank Kaffee.

»Grüß Gott«, sagte Lächner im Vorbeigehen, und ich ahmte ihn mit einem flüchtigen »Tag« nach. Wir waren so seriös gekleidet und sahen so dienstlich aus, daß sie zurückgrüßten und nicht mal auf die Idee kamen, uns danach zu fragen, was zum Teufel wir auf ihrem Grundstück zu suchen hatten. Das hatte ich erwartet. Im Osten, so hatte ich Lächner die Variante schmackhaft gemacht, sei man auch sechs Jahre nach dem Anschluß immer noch ziemlich autoritätsgläubig, obwohl man gerade hier allen Grund habe, an überhaupt nichts mehr zu glauben. Letzteres galt freilich nicht für die Besitzer eines Grundstücks am Schweriner See und einer Ferienwohnung auf Mallorca. Eher für Verlierer wie mich.

Als wir die Rückfront des Hauses sahen, blieben wir erst mal hinter Gesträuch in Deckung. Langsam wurde mir mulmig. Es ist eine Sache, flotte Sprüche über die brillanten eigenen Reflexe zu klopfen, und eine andere, einer wirklichen oder auch nur eingebildeten Gefahr entgegenzutreten. Ich erinnerte mich an ein ähnliches Haus, in dem ein paar durchgeknallte Kollegen meines Gefährten mich belagert hatten und aus dem ich nur wie durch ein Wunder entkommen war. Ich hatte Angst, aber etwas anderes war stärker: die Erregung, es den Schweinen heimzahlen zu können. Nichts konnte mich zurückhalten, nicht mal das Zittern in den Gliedern. Rache ist ein starkes Motiv, das stärkste nach Liebe. Sie tröstet nicht wirklich, doch mehr Trost ist wahrscheinlich nirgends zu bekommen.

Ich tastete nach meiner Beretta und überprüfte sämtliche Fenster. Mir fiel nichts auf, Lächner sah ebenfalls keine Schatten hinter den Gardinen, also marschierten wir auf das Haus zu. Wir schlichen nicht, wir marschierten. Wenn am Tag zwei erwachsene, gutgekleidete Männer über den Zierrasen robben, fallen sie eher auf, als wenn sie sich verhalten, als hätten sie nichts zu verbergen. Bei den Nachbarn hatte es schließlich auch funktioniert.

Die Veranda war voll verglast, und Gardinen gab es dort auch nicht. Die Tür in den angrenzenden Raum stand offen. Falls sich dort in der virtuellen Finsternis jemand aufhielt, konnte er uns sehen, sich jedoch, sofern er Lächner nicht kannte, keinen Reim darauf machen. Der ging einfach zur Tür. Die allerdings war verschlossen, und eine Klinke war nicht da. Aber sein Chef hatte tatsächlich für Notfälle vorgesorgt, wobei er sicher weniger an Lächner als an sich selbst gedacht hatte. Am Fenster neben der Tür hing von einem am Rahmen angebrachten Haken eine üppige Grünlilie mit Dutzenden herunterbaumelnden Ablegern. Lächner zog kräftig an den Stricken und drückte gleichzeitig gegen den oberen Rahmen. Geräuschlos sprang die Tür nach außen auf.

Ein Mechanismus, der trotz seiner Simplizität gegen zufällige Auslösung geschützt war.

Wir betraten die Veranda. Ich hielt mich hinter Lächner; sicher ist sicher. Stille im Haus. Keine Musik, keine Schritte. Vor allem keine Schüsse. Lächner zog die Tür hinter uns zu. Auch das erzeugte kein Geräusch. Wir liefen durch die Veranda. Ehe wir das angrenzende Zimmer betraten, zückten wir unsere Pistolen. Seitwärts, Rücken an Rücken, schoben wir uns durch die Tür wie Don Johnson und sein Partner in *Miami Vice*. Nur daß wir die Waffen nicht quer hielten, wie es neuerdings in Filmen üblich ist. Niemand da, auch nicht hinter der Tür verborgen. Damit hatten wir gerechnet. Die Gardine hatte sich im Obergeschoß bewegt. Von dort aus konnte ein Beobachter die ganze Straße überblicken. Und wenn statt der vermuteten Finsterlinge nur der pensionierte Chef oben wartete? Dann hätte der Grund zum Lachen, und wir hätten Grund zur Freude.

Trotzdem gingen wir nicht sofort zur Treppe. Den Rücken freihalten, hatte Lächner gesagt. Also ein Blick in alle angrenzenden Räume – Arbeitszimmer, Küche, Toilette, Gästezimmer. So leise und so genau wie möglich. Den Keller kontrollierten wir nicht; Lächner schloß die Tür ab und ließ den Schlüssel stecken. Kein ernstliches Hindernis, nicht mal für einen Amateur, aber ohne Lärm nicht zu öffnen.

Das Haus war älter und gediegener, als es von außen wirkte. Solche Stuckdecken, solche Holztäfelungen werden heute gar nicht mehr gebaut. Da ich auch in meinen besten Zeiten in Armut gelebt habe und mir Vergleiche fehlen, kann ich mich irren. Ich achtete ohnehin kaum auf die Einrichtung. Hinter jedem Schrank, jedem Regal, hinter dem Mahagonischreibtisch oder dem Hi-Fi-Turm, hinter jedem der schweren schwarzledernen Sessel konnte sich jemand verstecken. Meine Nerven waren nicht so stabil, wie ich mir wünschte. Als die Sonne hinter den Wolken vorkam und die Schatten im Zimmer sich bewegten, hätte ich beinahe abgedrückt. Lächner schüttelte den Kopf über mich. Genug, signalisierte er mir. Nach oben.

Seit wir im Haus waren, hatte er sich verändert. Nicht äußerlich; er war immer noch derselbe einigermaßen sportliche Mittfünfziger. Aber nun wirkte er gefährlich mit seinen geschmeidigen Bewegungen, mit seinem wachen Blick. Kraft strahlte er aus, jede Spur von Nervosität, Angst und Unsicherheit war verschwunden. Er hatte sich schon öfter in ähnlichen Situationen befunden, und mit der Gefahr stellten sich auch wieder seine Reflexe ein. Lächner war der Situation gewachsen.

Bis jetzt war es auch mir gelungen, Geräusche zu vermeiden. Die breite Treppe ins obere Stockwerk allerdings zeigte mir meine Grenzen. Dieselbe Stufe, über die Lächner hinweggeschwebt war, knarrte unter meinem Tritt. Das konnte niemand überhören. Wir erstarrten in der Bewegung. Zielten auf die kleine Galerie. Gleich würde jemand kommen und nachsehen ...

Nach einer Minute hatten wir es satt, wie Störche auf einem Bein zu stehen. Wir schlichen weiter, noch vorsichtiger als zuvor, dicht entlang am Geländer, in der Hoffnung, dort würden die Stufen stabiler sein. Oben deutete Lächner auf eine der vier Türen, die von der Galerie aus zugänglich waren. Dahinter vermutete er den Beobachter. Er gab mir ein Zeichen, ich solle sie öffnen. Ich schüttelte den Kopf und zeigte auf ihn. Du bist der Profi, formte ich lautlos mit dem Mund. Ob er von den Lippen lesen konnte, weiß ich nicht. Ohnehin war es eine sinnlose Bemerkung. Gerade weil er ein Profi war, hätte er lieber mich vorgeschickt. Vorsichtige Profis leben länger. Immerhin entschloß er sich zum Agieren. Er legte die linke Hand auf die Klinke, verzog das Gesicht vor Schmerzen – das war ja der verletzte Arm –, dann nahm er sich zusammen, schlug die Klinke herunter und riß die Tür auf.

Am Fenster stand ein Mann und blickte durch den Store auf die Straße.

»Nicht umdrehen!« brüllte Lächner so laut, daß mir die Ohren schmerzten nach der langen Stille. »Keine Bewegung!«

Ich lehnte mich gegen den Türrahmen und beobachtete den Flur. Wenn der Beobachter nicht allein war, würden seine Kumpane sich jetzt wahrscheinlich zeigen. Und dann? Würde ich auf sie schießen? Oder sie auf mich? Warum gerate ich dauernd in Situationen, mit denen ich nicht klarkomme? Was habe ich hier zu suchen? Der moralische Koller verflüchtigte sich, als es ruhig blieb. Was Lächner im Zimmer angestellt hatte, war mir entgangen. Der Beobachter lag auf dem Perserteppich und bewegte sich nicht. Lächner fesselte ihn mit der Schnur der Übergardine, die er heruntergefetzt hatte. Also hatte er ihn nur niedergeschlagen, nicht getötet. Zu zweit nahmen wir uns den Rest der kleinen Villa vor. Niemand da. Kein Hinweis darauf, wo der Hausherr steckte. Der Mann am Fenster war jedenfalls nicht Lächners Chef, das begriff ich auch ohne Erklärung. Er war dreißig Jahre zu jung für einen Rentner.

Der Bewußtlose rührte sich nicht. Wir schleppten ihn in den Keller, ehe er mich zu Gesicht bekam. Ein schwerer Brocken, sehr groß und keinesfalls unterernährt. Das hätte Lächner allein nie geschafft, also würde sich der Kerl nach dem Aufwachen zusammenreimen können, daß Lächner mindestens einen Helfer hatte. Aber wenigstens würde er nicht wissen, wen. Wir lagerten ihn zwischen einer Gießkanne und einem Rasenmäher. Aus einem Regal zauberte der Spender meines neuen Autos ein paar Handschellen mit Führkette. Er legte die Kette um den Fuß eines Werkzeugregals und ließ die Schellen um die Gelenke seines Opfers schnappen. Dann durchsuchte er ihn. Brieftasche, Handy, zwei volle Magazine und im Achselhalfter die unvermeidliche Pistole. Zigaretten und Feuerzeug ließen wir ihm, den Rest nahmen wir mit.

Der Ausweis – ein EG-Reisepaß – verriet nichts über den Mann im Keller. Er war brandneu, ausgestellt in Berlin, und wenn wir der Eintragung glauben durften, hieß unser Opfer Enrico Lange.

Lächner allerdings traute der Eintragung nicht: »Sieht aus wie ein Produkt unserer Werkstatt. Das ist nun wirklich ein Kollege.«

»Und wenn er nur für deinen Chef das Haus hütet?«

»Hätte er sich halt mehr Mühe geben müssen. Manchmal dringen zwielichtige Gestalten ein, um etwas zu rauben.«

Aus Lächners Sicht war die Brieftasche mit lumpigen tausenddreihundert Mark lächerlich leer; er teilte die magere Beute unter uns auf. Wir tauschten unsere halbleeren Magazine gegen die beiden vollen, füllten mein Magazin nach, so daß ich jetzt schon neunundzwanzig Schuß hatte, Lächner mit dem Magazin aus Langes Waffe sogar dreißig. Genug, um eine kleine Armee aufzuhalten. Es sei denn, die würde zurückschießen.

Mein Partner hatte die Ruhe weg. Ich hingegen wurde immer nervöser. Zwar hatte ich Langes Geld genommen, als Lächner es mir zusteckte, doch sonderlich behaglich war mir nicht dabei. Sich zu rächen mag ja noch einigermaßen ehrenwert sein, Diebstahl ist es mit Sicherheit nicht. Bis jetzt hatten wir keinen Anhaltspunkt dafür, daß der Kerl wirklich uns erwartet hatte. Was, wenn mein Meisterspion sich alles nur einbildete? Und was, wenn nicht? Würden Langes Auftraggeber ihn vermissen? Mußte er sich jede Stunde einmal melden? War die Ablösung für ihn bereits unterwegs?

Als ich ihn mit meinen Überlegungen vertraut machte, winkte er ab. Sich jede Stunde zu melden sei nicht üblich, und abgelöst werde im Regelfall erst um 22 Uhr. Wir hatten noch fünf Stunden, und die wollte er nutzen, um alles herauszufinden, was es in diesem Hause zu entdecken gab. Vielleicht sogar einen weiteren Zipfel der Wahrheit.

Der Tresor war zwar hinter einem Bild verborgen, jedoch nicht verschlossen.

Belanglose Papiere, entschied Lächner, und das habe er auch nicht anders erwartet. Er klappte die Stahltür zu und hängte das Bild wieder auf.

»Was nun?« fragte ich.

Lächner setzte ein überlegenes Lächeln auf. Er ging zum kleinen Bücherregal an der Fensterfront des Arbeitszimmers, löste zwei Haken aus der Wand, denen man nicht ansah, daß sie sich ohne Werkzeug entfernen ließen, und schob das Regal beiseite. Ein Teil der Holzverschalung klappte auf. Dahinter war der Tresor, auf den es ankam, wie auch ich merkte, denn der war vermutlich selbst für Spezialisten unauffindbar, und zudem war er verschlossen, wie es sich gehörte.

»Jetzt könnte wir Egon Olsen brauchen«, sagte ich.

»Wen?« Lächner verstand mich nicht, weil die dänische Filmserie im Westen nicht so populär war wie im Osten. Er beharrte nicht auf einer Erklärung, weil er nach einem Schlüssel suchte. Nicht im Zimmer, sondern in seiner Tasche, und dort fand er ihn auch. Er steckte ihn ins Schloß, drehte den Knopf auf eine Zahl, schloß, drehte weiter, schloß erneut, stellte die dritte Zahl ein, und dann klappte die Tür auf.

»Er ist wirklich ein guter Freund«, erklärte Lächner und: »Voila! Die fünfhundert Patronen.«

Das Geld – nicht viel für seine Verhältnisse, ein paar Tausender nur – beachtete er nicht. Wichtiger waren ihm drei Hefte. Der Chef hatte sich nie mit Computern anfreunden können; er bevorzugte die altmodische Art, seine Gedanken und Beobachtungen zu notieren: mit Tinte auf Papier. Die letzte Eintragung stammte vom Vortag. Leider ging nicht daraus hervor, wo er sich jetzt aufhielt. Sicher war nur, daß er gestern noch dagewesen war und daß er keine größere Reise geplant hatte – das hätte er notiert, glaubte Lächner.

Wir hockten beide vor dem Tresor und blätterten in den Heften. Für mich eine wenig ergiebige Lektüre, denn ich wußte nicht, wonach ich suchen sollte. Außerdem hatte ich Mühe, die Buchstaben zu entziffern, denn der Chef schrieb Sütterlin, und das sieht man heute nur noch selten. Als ich bei einer Zeitung volontierte, schoben sie mir die Briefe von Rentnern zu, nachdem sie mitbekamen, daß ich sie lesen konnte, aber inzwischen war ich aus der Übung. Soweit ich sie deuten vermochte, erschienen mir die Notizen belanglos. Beobachtungen über das Gedeihen der Pflanzen im Garten, Notizen über gelesene Bücher. Begegnungen mit Leuten, deren Namen mir sämtlich nichts sagten. Betrachtungen über den Lauf der Welt im allgemeinen und über die mecklenburg-vorpommersche Politik im besonderen. Die Tagebücher eines vielseitig interessierten, gebildeten, geistig regen alten

Mannes. Sofern sie geheime Informationen enthalten sollten, war ich nicht die geeignete Person, sie zu erkennen. Im letzten Jahr hatte ich mich nur mit mir selbst befaßt und mich im günstigsten Fall durch Action-Thriller von meiner Misere abgelenkt. Für mich war sogar geheim, wie der Ministerpräsident des Bundeslandes hieß, in das es mich vor einem Dreivierteljahr verschlagen hatte, obwohl das vermutlich täglich in sämtlichen Regionalzeitungen nachzulesen war. Ich las keine Regionalzeitung, und in den überregionalen achtete ich nur auf die ganz großen politischen Skandale. Da sie ausblieben, hatte ich meine Lektüre gegen Null gefahren.

»Na?« fragte eine Stimme hinter uns? »Fündig geworden?« Plötzlich wurde sie scharf. »Keine schnellen Bewegungen. Langsam aufrichten, Hände gegen die Wand. Nicht umdrehen!«

18.00 Uhr

Unsere schwere Artillerie half uns auch nicht aus der Klemme. Nicht eine Armee, sondern eine einzige Frau hatte uns überwältigt – einfach dadurch, daß sie uns in einem für uns ungünstigen Augenblick überraschte. Daß es eine Frau war, hörte ich an der Stimme. Da ich ihre Anweisungen befolgte, bekam ich sie nicht zu Gesicht. Auch Lächner wagte es nicht, ihrem Gebot zuwiderzuhandeln. Dabei war nicht mal sicher, ob sie überhaupt eine Waffe besaß. Falls doch, war es klüger, sich zu fügen. Und wenn sie keine hatte, wurden wir gewiß auch später noch mit ihr fertig.

Wir standen an der Wand, die ausgestreckten Arme dagegengelehnt, die Beine leicht schräg nach hinten gestreckt. Mit Tritten brachte sie uns dazu, sie zu grätschen. Sie faßte erst Lächner, dann mir von hinten unter die Jacke und angelte sich unsere Waffen. Als sie, wiederum bei Lächner beginnend, nach weiteren Waffen tastete, versuchte der sich doch an einem Gegenschlag. Er federte von der Wand und rammte ihr einen Ellenbogen in den Bauch. Die unbequeme Haltung behinderte ihn, die Wucht reichte nicht aus, ihr ernstlich zu schaden, und sie schubste ihn gegen die Wand zurück. Er prallte seitlich mit dem Kopf dagegen. Das nahm ich nur aus dem Augenwinkel wahr, denn meine Instinkte – oder waren es die Reflexe? – redeten mir in der Sekunde von Lächners erster Bewegung ein, dies sei genau der geeignete Augenblick, mich selbst mit Heldentaten zu profilieren. Also federte auch ich von der Wand, wandte mich dabei um und wollte Lächner unterstützen. Das ließ ich dann doch lieber bleiben. Sie stand ruhig da und zielte mit einer Pistole auf uns. Ich setzte ein verlegenes, um Verzeihung bittendes Lächeln auf und streckte die Hände wieder nach oben. Allerdings stellte ich mich nicht zurück an die Wand, und sie bestand auch nicht darauf.

Die Frau mochte Anfang bis Mitte Dreißig sein. Langes blondiertes Haar, dunkle Augenbrauen über dunklen Augen, ein längliches Gesicht mit starken Wangenknochen. Hochgewachsen, schlank, an den richtigen Stellen gerundet. Sie trug schwarze Jeans und ein dunkelblaues T-Shirt ohne Aufdruck. Sie wirkte brav auf eine durchschnittliche Weise. Ansehnlich, aber keine Schönheit. Das nette Mädchen von nebenan, abgesehen vom leeren Halfter unter der linken Achsel und von der Pistole, die sie anmutig in der rechten Hand hielt, was nicht sonderlich beruhigend wirkte, weil sie sehr ironisch lächelte. Es war offensichtlich nicht das erste Mal, daß sie damit auf Menschen zielte.

»Dreh dich auch um, Alter. Aber langsam. Und laß die Hände oben.« Sie sprach fließend deutsch mit leichtem slawischen Akzent.

»Grüß Gott«, sagte Lächner munter. »Und nun?«

»Machen wir uns miteinander bekannt«, schlug sie vor.

»Aber gern«, plauderte Lächner. »Ich bin der Christoph, das ist der Franz, und wer bist du?«

»Komiker im Hauptberuf«, sagte sie. »Für wen arbeitet ihr? Warum seid ihr hier?« Sie blickte mich an; von mir glaubte sie vernünftigere Antworten erwarten zu dürfen.

»Ich arbeite für Christoph«, gab ich Auskunft. »Er ist Privatdetektiv. Wir sind hier, um einen Freund zu besuchen.«

»Wo ist Dehnert?« setzte sie ihr Verhör fort.

Lächners Ex-Chef, wie ich vermutete; bisher hatte er nie den Namen erwähnt.

»Wir suchen ihn gerade«, antwortete ich.

»In der Wand?«

»Irgendwo muß er ja stecken. Warum nicht in der Wand?« Die Situation erschien mir unwirklich; ich nahm sie nicht so ernst, wie angemessen gewesen wäre. Die junge Frau sah einfach zu nett aus. Die würde doch nicht wirklich auf uns schießen? Ich setzte noch drauf: »Gehört zur Vorstellung nicht eine gewisse Ausgewogenheit? Wer zum Beispiel sind Sie?«

Sie antwortete, genau wie ich erwartet hatte: »Wer die Kanone hat, stellt die Fragen.«

Wahrscheinlich sehen auch Agenten zu viele Actionfilme. Daß sie eine Agentin war, vermutete auch Lächner.

»Sie arbeitet für den KGB«, erklärte er mir.

»Ist längst aufgelöst«, belehrte sie ihn.

»Na ja, aufgelöst ...«, zweifelte Lächner. »Bestenfalls aufgeteilt in zehn, zwanzig kleinere Dienste. Aber es ist immer noch der gute alte KGB.«

»Das KGB«, korrigierte sie. »K steht für Komitjet, Komitee heißt das auf deutsch. Neutrum, nicht Maskulinum. Komitee für Staatssicherheit. Das sollte sich bis zum BND herumgesprochen haben.«

»Jetzt, wo ich als Kollege enttarnt bin, darf ich da meine Hände runternehmen?« fragte Lächner.

»Noch nicht.«

Das »Noch« ließ Raum für Hoffnungen.

»Ich dachte, wir sind jetzt gute Freunde, Rußland und Deutschland«, sagte ich.

»Rußland und Deutschland vielleicht«, konterte sie, »wir nicht.«

»Noch nicht«, warf ich ein.

»Was habt ihr mit Dehnert gemacht?«

»Du bist Zofia«, sagte Lächner, womit er nur mich überraschte, nicht sie.

»Lächner?« fragte sie.

»Wer sonst.«

»Und er?« Sie deutete mit der freien Hand auf mich.

»Ein Freund.«

Lächner nahm die Hände herunter, und da sie nicht protestierte, schloß ich mich an.

»Setzen wir uns rüber«, Lächner spielte den Gastgeber und deutete auf die Tür zum Wohnzimmer. »Und ich hätte gern meine Waffe wieder. Ich fühle mich so nackt ohne sie.«

»Ehe wir so vertraulich werden, würde ich schon ganz gern ein paar Fragen klären.« Zofia bewegte sich nicht vom Fleck, und auch ihre Pistole verschwand einfach nicht. »Wo ist Dehnert?«

»Wir sind gerade erst gekommen.«

»Ausgeflogen?«

»Sieht ihm nicht ähnlich.«

»Ich weiß.«

»Kann mir mal jemand erklären, was hier abläuft?« mischte ich mich in den mir unverständlichen Dialog. Die beiden kannten sich nicht, doch sprachen sie plötzlich sehr vertraut miteinander.

»Wer ist das?« fragte Zofia.

»Ein Freund. Wann solltest du hier sein?«

»Um sechs. Und du?«

»Um fünf.«

»Ihr wart hier verabredet?« mischte ich mich wieder ein.

»Wer ist das?«

»Ein Freund. Der Chef war nicht da. Und keine Nachricht. Kein Zeichen.«

»Spuren eines Kampfes?«

»Nein. Aber ein Posten.«

»Und?«

»Schläft im Keller.«

»Tief?«

»Wird gleich aufwachen.«

»Gut. Weißt du inzwischen mehr?«

»Nein.«

»Du hattest Kontakt?«

»Nur mit einer Kugel. Du?«

»Nicht mal mit einer Kugel.«

»Sie haben sich gut verschanzt.«

»Wer?« fragte ich.

»Wer ist das?« fragte Zofia, wie immer, wenn ich auf mich aufmerksam machte.

»Kein Kollege, ein Freund. Habe ich doch gesagt.«

»Du hast einen Amateur reingezogen?«

»Er ist über mich gestolpert, als ich am Verbluten war.«

»Und hat von nichts eine Ahnung?«

»Vielleicht kann er ja schießen. Die Beretta ist jedenfalls seine.«

»Eine Brigadier?« fragte sie und musterte die beiden Pistolen, die zu ihren Füßen lagen. »Ich werde nie verstehen, wie man sich mit fünfzehn Schuß zufriedengeben kann.«

»Deine Glock hat auch nicht viel mehr«, verteidigte Lächner die Ehre seines Spielzeugs. »Siebzehn, wenn ich mich nicht irre.«

»Dreiunddreißig!« triumphierte Zofia. »Ich habe ein Werksmagazin.«

»Eine Pistole mit dreiunddreißig Schuß?« zweifelte ich.

Jetzt interessierte sie sich auch mal für mich, schenkte mir einen langen, prüfenden Blick.

»Gangster?« fragte sie.

»So was Ähnliches. Journalist«, sagte ich. »Aber im Vorruhestand. Ich bin nicht hinter einer Story her.«

»Schade«, sagte Zofia. »Das ist nämlich eine gute Story.«

»Na schön, ich schreib drüber, wenn ihr sie mir erzählt.«

»Bei Gelegenheit«, vertröstete mich Lächner. »Nachdem wir die Honneurs beendet haben, würde ich wirklich gern die Pistole wiederhaben. Macht einen besseren Eindruck, wenn ich dem Mann im Keller ein paar Fragen stelle.«

Endlich steckte die junge Frau die Pistole in ihr Halfter. Lächner und ich klaubten unsere Waffen vom Fußboden auf und ließen sie ebenfalls in den Halftern verschwinden.

Wir schlenderten ins Nebenzimmer. Zofia hob eine schwarze Lederjacke auf, die auf dem Teppich lag, und zog sie sich über. Wahrscheinlich hatte sie sie dort abgelegt, um bei einem möglichen Kampf mit uns nicht dadurch behindert zu werden. Nun wollte sie den Mann im Keller sehen. Lächner führte sie, ich trottete hinterher. Langsam kam ich mir ziemlich blöd vor. Daß mir mein Patient nicht die ganze Wahrheit mitgeteilt hatte, war mir aufgefallen. Wie wenig er mir gesagt hatte, wurde mir erst bei seinem Dialog mit der russischen Agentin klar. Vielleicht wäre es das klügste, sofort nach Hause zu fahren und alles zu vergessen.

Es war nicht mein Spiel, was hier ablief. Leider war meine Neugier stärker als die bessere Einsicht.

Von der unteren Treppenstufe aus gab Lächner uns ein Zeichen zurückzubleiben.

»Na, aufgewacht?« fragte er munter.

Keine Antwort.

»Ich bin der Lächner-Christoph. Falls du von mir gehört hast, wirst du wissen, daß ich ein Gemütsmensch bin. Nur eines vertrage ich nicht: daß man mich nicht beachtet. Fangen wir noch mal an. Grüß Gott, Lange.«

Stöhnen.

Lächner kehrte um und bedeutete uns schweigend hinaufzusteigen. Oben verschloß er die Tür hinter uns.

»Er braucht noch ein paar Minuten«, erklärte er, als wir in den weichen schwarzen Sesseln saßen. »Tut so, als ob er noch total benommen sei. Oder er ist's wirklich, ich hab kräftig zugelangt.«

»Wäre jetzt nicht 'ne prima Gelegenheit für ein paar Informationen?« fragte ich.

»Ja«, sagte Zofia. »Fang du an.«

»So hatte ich mir das nicht vorgestellt. Na schön. Ich heiße, äh, Franz Müller...«

»Namen sind ohne Bedeutung«, meinte Zofia. »Ist einer so gut wie der andere. Viel wichtiger ist: Warum rennst du mit einer Kanone herum?«

»Das frage ich mich auch«, sagte ich. »Normalerweise liegt sie im Wäscheschrank. Ein Fundstück, aufgehoben für schlechte Zeiten. Ich habe sie eingesteckt, weil Christoph eine Eskorte brauchte.«

Sie betrachtete mich prüfend. »Eine Waffe finden und aufbewahren, das ist nichts Besonderes. Kann theoretisch jedem passieren. Aber sie mit auf Reisen nehmen und notfalls gebrauchen zu wollen, das macht schon nicht mehr jeder. Entweder du bist ungewöhnlich naiv und ohne den Schimmer einer Ahnung, worauf du dich eingelassen hast, aber so blöd siehst du eigentlich nicht aus...«

»Danke.«
»... oder du hast Erfahrung damit.«
»Es geht hier nicht um mich.«
»Ich möchte schon wissen, mit wem ich es zu tun habe.«
»Das möchte ich auch.«
Das Thema schien Lächner nicht sonderlich zu interessieren, er erhob sich.
»Zur Visite«, erklärte er und stakste davon.
Wir blieben sitzen.
»Du bist also beim KGB«, eröffnete ich die Konversation.
»Das KGB existiert nicht mehr. Ich bin beim SWR.«
»So!«
»Slushba Wnjeshnjei Raswjedki. Das ist der Dienst für Auslandsaufklärung.«
»Was klärt ihr auf?«
»Alles, was unklar ist.«
»Dann kläre mich auf. Mir ist alles unklar. Du warst hier mit, äh, Dehnert verabredet?«
»Er wollte mich mit Lächner zusammenbringen.«
»Wegen dieser Atomgeschichte?«
»Du weißt also doch Bescheid!«
»Ich wüßte es gern genauer.«
»Ich etwa nicht? Deshalb bin ich ja hier.«
»Auch wenn Deutsch eine Fremdsprache für dich ist – die du übrigens hervorragend beherrschst –, versuch doch einfach mal, in klaren, ganzen Sätzen zu reden. Keine kryptischen Andeutungen, keine Anspielungen, sondern Fakten.«
»Fakten! Wir haben wenig in der Hand. Und wenn Dehnert aus dem Verkehr gezogen ist, gar nichts.«
»Gut, ich versuche es mal anders. Mit konkreten Fragen. Dehnert ist tatsächlich ein pensionierter BND-Mitarbeiter?«
»War das eine Frage?«
»Ja.«
»Ja.«
»War das die Antwort?«

»Ja.«

»Hat er euch auf die Sache gestoßen?«

»Ja.«

»Was ist die Sache?«

»Ja ...«

»Das war keine Entscheidungsfrage. Die kann nicht mit Ja oder Nein beantwortet werden.«

»Diesmal war es auch noch nicht die Antwort. Nur das Verzögern der Antwort. Die ist nicht so einfach. Verstehst du etwas von Kernreaktoren?«

»Wenig.«

»Weißt du, was das größte Problem ist?«

»Daß sie hochgehen und alles verseuchen«, vermutete ich.

»Wenn das passiert, ist es natürlich ein Problem, aber zum Glück geschieht das selten bis nie. Die Dinger schaffen auch ohne Unfall genug Schwierigkeiten. Die größte ist die Lagerung der Abfälle. Zum einen muß das Zeug aufbereitet werden, damit nicht Unbefugte an waffenfähiges Plutonium herankommen, zum anderen muß es irgendwo verbuddelt werden, wo es ein paar Jahrhunderte oder Jahrtausende keinen Schaden anrichtet. Bis heute gibt es nirgends auf der Welt ein legales Endlager. Hunderte von Zwischenlagern, aber kein Endlager. Irgendwann wird es Endlager geben müssen, auf einer einsamen Südseeinsel, wo höchstens ein paar Eingeborene verstrahlt werden, um die sich kein Aas schert, oder sie schießen es auf den Mond oder verscharren es in anderen öden Gegenden. Jedenfalls ist die Entsorgung schweinisch teuer, ein Millionengeschäft, ein Milliardengeschäft. Damit ist mehr zu verdienen als mit Waffen- und Drogenhandel. Wenn man die staatlichen Kontrollen umgeht und das Zeug verschwinden läßt, wird das Geschäft noch lukrativer. Sagen wir mal, die Entsorgung eines Reaktors auf legalem Wege würde den Betreiber fünfhundert Millionen Deutsche Mark kosten. Wenn sich ein paar Ganoven finden, die das Zeug über die Grenze schmuggeln und im Baikalsee versenken, und die machen das für hundert Millionen, dann spart der Betreiber vierhundert Millionen.«

»Das fällt doch auf, wenn es auf einmal weg ist.«

»Unterlagen über die angeblich ordnungsgemäße Entsorgung zu fälschen ist dabei das geringste Problem. Aber einfach ist es natürlich nicht. Zu viele Leute sind daran beteiligt. Einer davon verquatscht sich immer. Das ist ja auch passiert, so kam Dehnert darauf.«

»Worauf denn, verdammt noch mal? Wird der gute alte Atommüll aus Lubmin nach Rußland verschoben?«

»Das wohl auch, so hat es sicher angefangen. Aber es geht weniger um den alten Müll. Eher um das Zwischenlager Nord, das eure Atomministerin euch da hinbauen will.«

»Wenn die Regierung dort ein Lager baut, braucht doch nichts verschoben zu werden!«

»Die Regierung baut nicht, sie genehmigt nur. Ansonsten stimmt es. Nichts muß verschoben werden. Man muß auch keine Banken überfallen. Trotzdem passiert das. Jeden Tag. Überall auf der Welt. Bei euch besonders gern, weil die Deutsche Mark so beliebt ist. Warum machen die Bankräuber das eigentlich? In einer Bank liegen, wenn es hochkommt, ein paar hunderttausend Mark. Meist weniger, sehr viel weniger. Trotzdem riskieren viele entschlossene Leute ihr Leben dafür. In einem Atomzwischenlager liegen Milliardenwerte. Eine fette Beute für den, der was davon versteht. Weitaus lohnender als der gelungenste Raub. Und viel weniger riskant.«

»Gut. Das Zeug wird also zu euch geschmuggelt und in den Baikalsee gekippt...«

»Der Baikal war nur ein Beispiel. Wir wissen nicht genau, was da vor sich geht und was geplant ist. Nur daß etwas läuft...«

»Gibst du ihm Nachhilfe?« fragte Lächner. Er trat ins Zimmer, setzte sich zu uns und entzündete ein Zigarette.

»Erfolg gehabt?« fragte ich ihn.

»Wie man's nimmt. Er behauptet, daß Dehnert überraschend weg mußte und ihn gebeten habe, aufzupassen und etwaige Besucher in Empfang zu nehmen. Um ganz genau zu sein: Er sagt, daß er auf mich gewartet hat.«

»Von mir weiß er nichts?« fragte Zofia.

»Nein.«

»Das hast du ihm durchgehen lassen?«

»Ich laß ihn schmoren.«

»Soll ich mal runter zu ihm?«

»Lieber nicht. Eure Methoden werden nicht so gern gesehen bei uns.«

»Zieh keine Show ab. Er oder wir. Du mußt ihm ja nicht gleich alle Finger abschneiden. Aber tu nicht so, als ob der BND ein Mädchenpensionat ist.«

Nun hätte ich doch ganz gern gewußt, ob sie scherzten oder es ernst meinten. Ich tippte auf ersteres. Mag sein, daß ich mich beruhigen wollte, aber ich wurde das Gefühl nicht los, die beiden redeten miteinander wie Filmspione. Lächner mimte den wackeren altgedienten Agenten, Zofia das böse, kalte Mädchen. Eine absolute Fehlbesetzung, sie sah zu lieb aus für die Rolle.

Als Lächner wieder im Keller verschwunden war, ließ ich mich weiter aufklären. Weshalb befaßten sich Geheimdienste mit der Angelegenheit, gar noch die zweier Staaten? Klar, der BND ist erfahren in Atomsachen, schließlich schmuggeln sie selbst ganz gern mal Plutonium. Aber der KGB? War das nicht ein Fall für die Polizei? Wirtschaftskriminalität, wie es sie allerorten gibt?

»An sich schon«, erfuhr ich. »Mit der ökonomischen Dimension befassen wir uns auch nur, soweit es unbedingt nötig ist, um an die Drahtzieher heranzukommen. Dehnert, der alte Fuchs, hat etwas gewittert, und obwohl er nicht mehr aktiv ist, hat er es aus Gewohnheit seinem alten Dienst gemeldet. Schriftlich. Es war nicht sonderlich konkret, nur ein Verdacht, aber als sich monatelang überhaupt niemand bei ihm meldete, wunderte er sich doch. Er rief den Mann an, der auf seinem Stuhl sitzt, und der wußte von nichts. Nie ein Brief angekommen. Da Dehnert ihn nicht einfach in einen öffentlichen Briefkasten geworfen hatte, war das schlicht unmöglich. Jemand hat den Brief abgefangen. Nur wer? Und warum? Wellershoff, das ist Dehnerts Nachfolger, Wellershoff ließ den Vorfall untersuchen. Dabei stieß er noch auf andere Unregelmäßigkeiten. Ein paar Files im Computer waren verschwunden. Die Informatiker machten ein paar der gelöschten Notizen wieder sichtbar, aber das meiste war verloren, und der Rest ergab wenig Sinn. Klar war nur, daß es irgendwie um Greifswald ging, daß es mit Atommüll und Rußland zu tun hatte. Und ebenso klar war, daß jemand im Dienst für die Gegenseite arbeitet. Die Gegenseite, das sind ausnahmsweise mal nicht wir. Au contraire, die Russen wurden um Hilfe gebeten. Die Federalnaja Slushba Bjesopasnosti – ihr übersetzt das mit Föderaler Sicherheitsdienst, das ist der Inlandsnachfolger des KGB –, die FSB sollte zur Verfügung stellen, was sie über illegale Entsorgung herausgefunden hatte. Seltsamerweise ergab sich bei denen ein ähnliches Bild. Daten waren gelöscht, Akten fehlten. Auch die haben ihren Verräter. Barsukow, das ist der Leiter des Dienstes, ein erfahrener KGB-Mann, gute alte Schule, hätte am liebsten ein paar Leute an die Wand gestellt, aber er wußte nicht, wen, auf Verdacht gleich alle, ist heute nicht mehr drin, und bei der Blitzrecherche kam nichts heraus. Da es sowieso eine Auslandssache war, zog er Primakow hinzu, das ist der Leiter meines Dienstes. Wellershoff und Primakow kamen überein, die Sache ganz klein zu fahren, weil völlig unklar ist, wo die undichte Stelle sitzt. Nur nicht unnötig jemanden aufscheuchen. Sie beschlossen, zwei gute Leute anzusetzen und die Aktionen durch einen Rentner koordinieren zu lassen.«

»Dehnert«, sagte ich, was bewies, daß ich mitgedacht hatte. »Und daß ein Fremder im Haus ist, kann nicht mit rechten Dingen zugehen, denn niemand sonst weiß Bescheid, und etwas Wichtigeres, als den Einsatz zu koordinieren, kann es derzeit nicht geben. Nicht mal der Tod der einzigen Tochter, falls er eine hat, würde ihn weglocken, wenn ihr Schlapphüte wirklich so seid, wie ich mir euch vorstelle. Also ist Dehnert nicht freiwillig verschwunden. Eure Aktion ist der Gegenseite nicht unbekannt geblieben. Warum haben sie nur einen Mann geschickt und nicht gleich ein Rollkommando?«

»Ich hoffe, Lächner prügelt es aus dem Kerl raus.«

»Vielleicht wissen sie nichts von euch. Dehnert hat Stunk gemacht, sie haben ihn endlich ernst genommen und aus dem Verkehr gezogen. Daß es gerade heute passierte, war Zufall.«

»Ich glaube nicht an Zufälle. Nicht in meinem Job.«

»Weißt du eine bessere Erklärung?«

»Stimmt schon, wenn sie gewußt hätten, daß ihr kommt, hätten sie sieben, acht Leute geschickt. Und wenn sie von mir schon mal gehört haben, wären es zwanzig gewesen. Aber vielleicht haben sie keine zwanzig Leute, denen sie bedingungslos vertrauen und die sie mit einem Fingerschnippen verheizen können. Oder sie haben ihren Mann überschätzt. Denk nicht, daß sie immer logisch und vernünftig handeln, nur weil sie so schlau sind, für zwei Seiten zu arbeiten, um ein doppeltes Gehalt einzustreichen. Jeder macht Fehler.«

»Vielleicht auch wir, wenn wir hier rumsitzen und warten. Was, wenn das Kommando gleich anrollt?«

»Dann sind wir am Arsch«, sagte Zofia. »Gibt es hier eigentlich nichts zu trinken?«

»Saufen alle Agenten?«

»Jeder säuft. Nicht nur Agenten, soweit ich weiß. Anders ist das Leben nicht zu ertragen. Aber ich dachte nicht unbedingt an Wodka. Eher an Kaffee.«

Zofia erhob sich und ging in die Küche. Ich folgte ihr, was sollte ich sonst tun. Doch wohl nicht allein im Wohnzimmer sitzen bleiben. Ich löffelte Kaffee in den Filter, Zofia schüttete Wasser in die Maschine. Als sie zu zischen begann, tauchte Lächner wieder auf. Er sah frustriert aus.

»Nichts zu wollen«, sagte er. »Ich habe ihn etwas härter angefaßt, und nun mag er gar nicht mehr reden.«

»Kein Wort?«

»Nur daß er sich beschweren wird. Schriftlich, in fünffacher Ausfertigung, auf einem Formblatt.«

Wir gingen ins Wohnzimmer und warteten rauchend auf den Kaffee.

»Die Sache gefällt mir nicht«, sagte Lächner auf russisch.

»Warum nicht?« fragte Zofia in derselben Sprache.

»Nur ein Gefühl. Anders als erwartet. Irgendwas ist nicht in Ordnung.«

»Was ist nicht in Ordnung?« fragte ich auf russisch.

Die beiden starrten mich an.

»Wieso sprichst du russisch?« fragte Lächner.

»Weil ihr russisch sprecht.«

»Ich meine: Wieso verstehst du die Sprache?« präzisierte er seine Frage.

»Habe ich in der Schule gelernt. Wieso sprecht ihr auf einmal russisch, wenn ihr denkt, ich verstehe es nicht? Habt ihr Geheimnisse vor mir?«

»Hast du in der Schule gelernt?« wiederholte Lächner.

»Hat hier jeder. Das war Pflichtfach. Die meisten können es trotzdem nicht, aber ich bin ziemlich sprachbegabt.«

Die beiden tauschten einen erstaunten Blick.

»Also«, drängte ich, »warum sprecht ihr russisch?«

»Ich wollte dich nicht beunruhigen«, sagte Lächner. »Irgendwas stimmt nicht mit Lange. Er war so nervös auf einmal. Als ob was passiert ist in den letzten zehn Minuten. Oder als ob er erwartet, daß was passiert. Aber vielleicht täusche ich mich auch.«

»Dann werde ich ihn mir vornehmen.« Entschlossen erhob sich Zofia.

»Lieber nicht«, bremste Lächner. »Wenn er nichts von unserer Allianz weiß, dann sollten wir ihn nicht mit der Nase darauf stoßen.«

»Soll ich ihn mir vornehmen?« fragte ich pro forma.

Zu meiner Überraschung stimmte Christoph Lächner ohne Zögern zu. »Ja. Versuch du mal dein Glück. Dich kennt er mit Sicherheit nicht, also kann er dich auch nicht einordnen. Wenn es nichts nutzt, kann es wenigstens auch nichts schaden.«

Das hatte ich mir mit meiner großen Klappe eingebrockt. Ich mußte in den Keller gehen und einen mit Stricken und Handschellen gefesselten Mann verhören, der nicht reden wollte. Wonach sollte ich ihn fragen? Was tun, wenn er nicht antwortete? Ihn treten? Ihm einen Finger brechen? Die Pistole an seine Schläfe halten und bösartige, bedrohliche Laute ausstoßen? Das alles mochte ich gewiß nicht tun. Wenn er nicht mit mir redet, gehe ich wieder, beschloß ich. Ohnehin erwartete Lächner sicher nicht, daß ich mehr herausbekam als er. Schließlich war er der Profi. Oder dachte er trotz meines Dementis immer noch, daß ich ein demobilisierter Stasi-Mitarbeiter war und ihm die Drecksarbeit abnehmen würde?

Die Erklärung, weshalb sie auf einmal russisch miteinander sprachen, war abstrus. Um mich nicht nervös zu machen! Woher auf einmal diese Rücksichtnahme auf die Nerven eines Amateurs? Jetzt war ich schon mit zwei Leuten zusammen, denen ich nicht traute.

Ich stieg die Treppen hinab. Lange lag noch so da, wie wir ihn abgelegt hatten. Er rührte sich nicht.

»Guten Abend, Herr Lange«, sagte ich.

Eisiges Schweigen. Nicht mal ein Schnaufen belohnte meinen freundlichen Ton. Agenten sind Stiesel! Ich trat näher an ihn heran. Da war dann freilich nicht mehr zu übersehen, daß nicht nur seine Verstocktheit ihm den Mund verschloß. Jemand hatte ihm eine Pistole an die Schläfe gehalten. Und abgedrückt. Ich beugte mich über ihn, fühlte nach seinem Puls, berührte sogar den Kopf. Das Blut war echt, der Mann war tot. Mir schauderte, weil ich stets Probleme mit dem Anblick von Blut habe, doch daß ich sonderlich entsetzt war, kann ich nicht behaupten. Lange war nicht der erste Tote, den ich fand. Und ihn hatte ich wenigstens nicht gekannt. Er kam von der Firma, die meine Freundin ermordet hatte. Der erste, der im Kielwasser meiner Aktivitäten als Fischfutter dahindümpelte. Ein Triumphgefühl wollte sich allerdings nicht einstellen. Ich war über Lächner schockiert. Das hatte ich ihm einfach nicht zugetraut. Erschießt ihn und schickt mich dann in den Keller, um meine Reaktion zu testen. Das Schwein! Ich rannte die Treppen hoch, um ihn zur Rede zu stellen.

Er saß neben Zofia und blickte überrascht auf.

»Schon was rausgekriegt?« fragte er. »So schnell!«

Ich ging auf sein Spiel nicht ein. »Warum hast du ihn erschossen?« fragte ich.

»Erschossen?« Nun klang Lächner endlich mal so blöd wie ich.

»Tot?« fragte Zofia. Sie wechselte einen Blick mit ihrem deutschen Kollegen.

Plötzlich und gleichzeitig warfen sich die beiden auf den Teppich.

»Deckung!« schrie Zofia.

Ich blieb stehen.

»Deckung!« wiederholte Lächner für mich extra laut.

»Raus hier!« steigerte Zofia.

Die Panik war echt, spürte ich, auch wenn ich nicht so genau wußte, was sie verursacht hatte. Ich ließ mich auf die Knie fallen. Lächner robbte durch das Zimmer in Richtung Veranda. Er steckte den Kopf über die Schwelle, zuckte zurück. Zwei, signalisierte er mit den Fingern. Zofia deutete fragend in Richtung Vorderausgang. Er schüttelte den Kopf, zeigte auf die Veranda. Die beiden hatten, wie ich jetzt erst bemerkte, die Pistolen gezogen. Auf einmal ahnte ich, was um mich herum vorging. Nicht Lächner hatte Lange erschossen. Das erwartete Rollkommando war eingetroffen. Acht Scharfschützen gegen die Männer, zwölf gegen die Frau, wenn Zofia die Vermutungen der Gegenseite über ihre Gefährlichkeit korrekt eingeschätzt hatte. Zwei davon standen an der Rückfront. Ich wurde wieder einmal belagert.

Lächner und Zofia richteten sich auf. Auch ich erhob mich. Die beiden Profis suchten den Blickkontakt, mich beachteten sie nicht. Lächner streckte den Daumen der linken Hand, eins, dann den Zeigefinger, zwei. Als er mit dem gestreckten Mittelfinger drei signalisierte, rannten die beiden auf den Balkon und begannen zu schießen. Dies wäre für mich der letztmögliche Augenblick zum Aussteigen gewesen, aber vermutlich war es richtig, daß ich ihn verpaßte. Sonst wäre ich wohl nicht lebend aus der Villa entkommen. Ich rannte den beiden hinterher. Meine Pistole zog ich nicht. Ich kam nicht mal auf die Idee. Es knallte schon laut genug neben meinen Ohren. Allerdings lärmten nur unsere Waffen, die der anderen hörte ich nicht. Entweder sie waren bereits außer Gefecht gesetzt, oder sie benutzten Schalldämpfer. Nur weg hier!

Die Scheiben wiesen etliche Löcher und Spinnwebmuster auf, waren aber nicht zerbrochen. Zofia öffnete die Tür, und wir rannten ins Freie. Auf dem Rasen lagen zwei Männer. Einer bewegte sich, griff nach seiner Pistole. Da ich der einzige war, der das bemerkte, mußte ich handeln. Ich sprang ihm auf die Hand. Er schrie. Jetzt bemerkten es die anderen, wandten sich im Laufen um; Lächner winkte ungeduldig. Ich trat die Pistole beiseite und folgte ihnen. Jemand schoß uns hinterher, ein trockenes Puffen, leiser als die Fehlzündung eines Motorrads. Im Zickzack rannten wir über den Rasen auf das Nachbargrundstück. Dort erst blieben wir stehen, drehten uns um. Drei Männer folgten uns. Es bedurfte keines Kommandos, wir rannten weiter, so schnell wir konnten. Die braungebrannte Familie hatte Besuch bekommen, Onkel und Tanten oder Nachbarn und Freunde. Eine Gesellschaft von über zwanzig Leuten, versammelt um einen Grill und um einen vor sich hin schnulzenden CD-Player. Zofia schoß auf eine der beiden Lautsprecherboxen, und der Lautstärkepegel reduzierte sich um die Hälfte. Nun nahmen die Partygäste unsere Anwesenheit zur Kenntnis. Sie sahen uns verdutzt an, begriffen nicht recht, was das zu bedeuten hatte. Dann sahen sie die Pistolen und gerieten in Panik. Genau das hatte Zofia initiieren wollen: fünfundzwanzig Leute, die schreiend nach allen Seiten davonstoben. Als die Verfolger die Büsche an der Grundstücksgrenze passierten, mußten sie sich erst einmal orientieren, wo wir steckten. Sie blieben stehen, und dann kehrten sie um. In die Menge zu schießen, wagten sie nicht, und zudem mochten sie die Öffentlichkeit wohl noch weniger als wir.

Mein Auto hatten sie nicht entdeckt, es parkte zu weit von Dehnerts Grundstück entfernt. Ich schloß die Beifahrertür auf, rannte um die Motorhaube herum auf die andere Seite, schloß die Fahrertür auf. Lächner hatte inzwischen die Verriegelung der Hintertür gelöst. Zofia warf sich kniend auf die Rückbank, zielte mit der Pistole auf das Rückfenster. Ich setzte mich hinters Lenkrad, startete. Lächner saß neben mir, die Pistole im Schoß, sehr aufmerksam nach vorn und zur Seite spähend. Vor Aufregung würgte ich den Motor ab.

»Ruhig, ganz ruhig«, sagte Zofia mit dem wärmsten Timbre, dessen ihre Stimme fähig war.

Beim zweiten Versuch sprang der Wagen an. Ich gab Gas. Die Kupplung schnippte, der Toyota machte einen Satz, die Reifen quietschten, und wir rasten los. Immer noch kein Verfolger in Sicht.

»Links!« brüllte Lächner. Ich bog ab, ohne zu blinken.

»Rechts!« Das gleiche Manöver.

»Links!« Auf einmal kannte er sich ohne Stadtplan aus. »Vorn wieder links«, sagte er ruhiger. »Jetzt brauchst du nicht mehr zu rasen, wir fallen nur unnötig auf. Sie kennen das Auto nicht. Das ist unsere Chance.«

Zofia gab ihren Posten erst auf, als wir auf einer Hauptstraße in Richtung Autobahn fuhren. Sie ließ sich auf die Bank sinken und steckte die Pistole ins Halfter. Die beiden wirkten mir immer noch zu angespannt.

»Ach du Scheiße«, sagte ich. »Wißt ihr, was wir vergessen haben? Die Kaffeemaschine auszustellen. Das wird einen Teer geben! Der einzige Trost: Wir müssen ihn nicht trinken.«

Unterwegs, 20.00 Uhr

Als wir auf der Autobahn waren, ging ein Schauer durch meinen Körper. Ich versteuerte mich und bremste scharf, was nicht sehr hilfreich war, die Spur wiederzufinden. Fast wäre ein BMW auf uns aufgefahren; der Fahrer riß ihn zur Seite, überholte uns und schaffte es in den Sekunden des Vorbeifahrens, mir gleich drei seiner Finger vorzuführen, zuerst den Zeigefinger, mit dem er gegen die Schläfe tippte, dann den Daumen, den er, eingeklemmt zwischen Zeige- und Mittelfinger, in meine Richtung hielt, und schließlich, vermutlich als ihm einfiel, daß die Geste aus der Mode gekommen ist, auch noch den ausgestreckten Mittelfinger. Für weitere Zeichen, etwa aus Zeigefinger und Daumen ein symbolisches Loch zu formen, war er zu schnell; außerdem versteuerte er sich nun selber. Ich beschleunigte wieder und beruhigte meine Mitfahrer, es habe sich nur um einen Augenblick der Unkonzentration gehandelt.

Kurz vor der Auffahrt hatte es Uneinigkeit über das Ziel gegeben.

»Hamburg«, schlug Lächner vor.

»Berlin«, hielt Zofia dagegen.

»Rostock«, ich wollte auch einen Städtenamen nennen.

»Wieso Rostock?« fragte Zofia.

»Wieso Hamburg?« fragte ich.

»Wieso Berlin?« fragte Lächner.

»Stettner«, sagte Zofia.

»Stettin«, korrigierte ich.

»Okay, Berlin«, entschied Lächner.

Dann war die Auffahrt heran, ich folgte den Berlin-Schildern. Die beiden Agenten schwiegen, und mir versagten, kaum daß ich auf der Autobahn war, die Nerven.

Was, zum Teufel, trieb ich hier? Ich steuerte nach einer Schießerei einen Fluchtwagen, in dem zwei Leute saßen, die ohne nachzudenken auf andere Menschen geschossen hatten. Im Keller lag eine Leiche, die zwar nicht direkt auf unser Konto ging, aber durch unsere Fesselung an der Selbstverteidigung gehindert worden war. Die beiden im Garten waren von Zofia und Lächner niedergestreckt worden. Einer zumindest lebte noch, das hatte ich gesehen, über den Zustand des anderen wußte ich nichts. Und ein paar andere Leute hatten auf mich geschossen. Daß sie nicht trafen, war nicht meinen fabelhaften Reflexen zu verdanken, sondern der Tatsache, daß wir schon siebzig oder achtzig Meter weit gerannt waren, ehe sie aus der Villa gekommen waren, und soviel Zeit hatten sie sich gelassen, weil sie sich nicht blindlings in einen Kugelhagel stürzen wollten. Warum setzte ich mich dem aus? Doch wohl nicht, um mich zu rächen? Ein idiotischeres Motiv als Rache kann es kaum geben, warf ich mir vor. Maja wird nicht mal dann wieder lebendig, wenn ich Pelzer erwische, und an den komme ich sowieso nicht ran. Obwohl es fast unerträglich ist, daß er mit seinen Morden ungeschoren durchkommt. Vielleicht kann man sich an einer Person, auf keinen Fall aber an einem Geheimdienst rächen. Den kann man nicht mal abschaffen. Nicht jeden Tag bricht ein Gesellschaftssystem zusammen. Der real existierende Kapitalismus wird sich wohl noch ein paar Jahre halten. Es ist eine Sache, in einsamer Stube finstere Pläne zu schmieden, und eine ganz andere, sie in der Realität auszuführen. Selbst dann, wenn man darauf gewartet hat. Ich will nicht, daß auf mich geschossen wird. Und vor allem will ich nicht auf andere Menschen schießen. Höchstens auf Pelzer und Clemenceau, die Anführer des Überfalls, bei dem meine Freundin, mein Bruder und seine Frau umkamen, aber nicht auf andere, auf Unbeteiligte und Unschuldige. Religiöse Menschen fürchten weder das Sterben noch das Töten, wenn sie wahrhaft gläubig, also hinreichend verblendet sind. Märtyrer und Inquisitoren sind sich ähnlicher, als sie denken. Sie glauben. Ich bin einfach nicht religiös genug. Oder ist es meine Erziehung, die mich daran hindert, ein paar üble Typen abzuschießen, wo ich die einmalige Chance dazu habe? Niemals war ich in einem Wehrsportlager, nicht bei der GST, nicht bei der Armee. Die erste echte Pistole bekam ich vor einem Jahr in die Hand. Ich habe ein paarmal auf Rummelplätzen mit Luftgewehren auf Tonröhrchen geschossen. Und einmal auf einen Menschen, aber da war ich ziemlich durchgedreht, und außerdem war es eine Notwehrsituation. Mein mir bis damals völlig unbekannter Bruder hatte geheime Papiere an sich gebracht, von denen ich bis heute nicht weiß, was darin stand. Er wollte sie gewinnbringend an den BND zurückverkaufen, aber anstatt zu zahlen, belagerten sie uns, und beim Ausbruchsversuch entkam nur ich. Vielleicht sind es die Gene, die mich daran hindern, mich zu rächen. Raubtiere, die gemeinschaftlich leben, haben eine Tötungshemmung ihren Artgenossen gegenüber; die brauchen sie, sonst würden sie sich gegenseitig ausrotten. Der normale Mensch hat diese Hemmung wohl auch; allerdings schmilzt die Hemmung mit wachsender Entfernung dahin. Es ist schwer, jemanden mit bloßen Händen oder mit einem Stein zu töten, leichter mit einer Pistole oder einem Gewehr und noch leichter mit einer Bombe oder Rakete. Man sieht die Opfer nicht, sieht nicht, was die Kugel oder Bombe anrichtet. Direkt neben mir wurde ein Mann erschossen, vor genau einem Jahr in Frankreich, ich weiß nur zu gut, wie ein Loch im Kopf aussieht. Mag ich deshalb nicht schießen? Was tue ich dann in dieser Gesellschaft? Doch nicht etwa gemeinsam mit den Guten gegen die Bösen kämpfen! Es ist schon ziemlich ekelhaft, daß Leute Millionen und Milliarden verdienen, indem sie den Planeten unbewohnbar machen. Aber so geht's eben zu auf der Welt, ich kann es nicht ändern.

Ich grübelte noch eine Weile vor mich hin, bis mir endlich klar wurde, daß ich Angst hatte. Angst vor dem Schießen und dem

Beschossenwerden, vor allem aber Angst davor, ohne die schützende Maske eines Pennerbartes wieder nach Berlin zu fahren, wo mich Leute kannten – unter meinem richtigen Namen Martin Parr. Da wimmelte es auch von Schlapphüten, deren einige mich sicher wieder für den unsichtbaren Zweiten halten würden. Dasselbe Drama noch mal? Nicht mit mir. Ich wollte, ich mußte aussteigen, schleunigst aussteigen und mich wieder in meiner Kammer verkriechen. Das war natürlich auch keine akzeptable Alternative.

Lächner unterbrach meine Gedanken, ehe ich zu einem Ergebnis gekommen war. Es sei an der Zeit, uns über das weitere Vorgehen zu verständigen. Zofia knurrte zustimmend, rutschte in die Mitte und steckte den blondmähnigen Kopf zwischen den beiden Sitzen durch.

»Scheint alles ziemlich schiefgegangen zu sein«, eröffnete ich die Fehlerdiskussion.

»Kann man so sagen«, bestätigte Lächner.

»Kann man überhaupt nicht sagen«, widersprach Zofia. »Die sind mit fünf, sechs Leuten angerückt, und wir haben nicht mal einen Kratzer...«

»Stimmt nicht!« Lächner zeigte seine linke Hand. Sie blutete.

»Harmloser Streifschuß«, diagnostizierte Zofia. »Gut, ich korrigiere mich wie folgt: Wir haben zwei erledigt und sind mit einem harmlosen Kratzer davongekommen. Nicht mal unser Auto haben sie gesehen. Wir können uns frei bewegen. Sie haben keine Ahnung, wohin wir uns wenden. Und wir wissen, daß sie Ernst machen. Wir haben sie aufgescheucht. Das ist kein schlechter Anfang.«

»Aber sie haben diesen, äh, Dehnert...«, sagte ich.

»Läßt sich nicht ändern.« Lächner winkte mit der blutenden Hand ab.

»Warum haben sie eigentlich den armen Lange erschossen? Der gehörte doch zu denen?«

»Vielleicht auch nicht«, erklärte Lächner. »Er hat gesagt, daß er Dehnerts Mann war. Nur weil wir's nicht geglaubt haben, muß das ja nicht die Unwahrheit gewesen sein.«

»Oder es sind drei Parteien am Werk«, fiel mir ein.

»Schon möglich.« Lächner wandte sich an Zofia. »Wer ist eigentlich Stettner? Der Name kommt mir bekannt vor.«

»Ich dachte, du hast mich verstanden.« Zofia klang ein wenig enttäuscht über die mangelnde Auffassungsgabe ihres Kollegen.

»Ich habe nur verstanden, daß du einen Plan hast. Das ist mehr, als ich von mir behaupten kann, also bin ich darauf eingegangen.«

»Keinen Plan. Nur einen Einfall. Ich gehe davon aus, daß du dieselben Informationen bekommen hast wie ich. Die bekannten Fakten, dazu zwei mögliche Kontakte in Greifswald, zwei in Schwerin, einen in Warschau, Hauptkontakt Dehnert.«

Lächner bestätigte ihre Worte durch Nicken.

»Eure undichte Stelle hat zweifellos von Dehnerts streng geheimem Plan Wind bekommen und wollte uns alle auf einmal ausschalten. Als ob das was nutzen würde! Das läßt sich Primakow auf keinen Fall bieten, und euer Wellershoff oder Geiger sicher auch nicht.«

»Natürlich lassen sie sich das nicht bieten, wäre ja noch schöner. Aber die Gegenseite hätte erst mal Aufschub. Und nach uns käme die zweite Wahl ins Rennen. Denn wir sind die erste Wahl.«

»Sind wir, aber wir hatten auch Glück. Durch irgendeine Panne sind sie zu spät eingetroffen. Sie werden es wieder versuchen. Wir müssen annehmen, daß sie alles rausgefunden haben, was geplant war. Also ist unsere einzige Chance, uns nicht mehr an den Plan zu halten. Alle vorgesehenen Kontakte meiden. Rückmeldungen an die Chefs nicht telefonisch oder über Mittelsleute, sondern nur noch direkt.«

»Darauf bin ich auch allein schon gekommen«, maulte Lächner.

Sie ignorierte es, dozierte weiter. »Wir müssen etwas tun, was sie nicht voraussehen können. Mit Leuten Kontakt aufnehmen, von denen sie nicht wissen, daß wir sie kennen. Ich bin stets mißtrauisch gegen Pläne, die ich nicht selbst entwickelt habe. Ich habe mich vorbereitet auf Pannen, weil es fast immer Pannen gibt. Nicht nur Akten gelesen, sondern auch Zeitungen. Und da ist mir immer wieder der Name Stettner begegnet. Laurenz

Stettner, dreißig Jahre alt, eines der Wunderkinder der deutschen Wirtschaft, in fünf Jahren vom Tellerwäscher zum Millionär, ihr solltet ihn besser kennen als ich. Sitzt trotz seiner Jugend schon im Aufsichtsrat einer Bank, ist Aktionär und Manager der TransNukem, und die ...«

»... gehört zu den Firmen, die in Greifswald bauen wollen«, vervollständigte Lächner ihren Satz.

»Nicht nur bauen wollen. Es ist zwar noch immer nicht ganz klar, ob sie in Lubmin einen Fusionsreaktor hinklotzen oder ein Zwischenlager oder beides oder keins von beiden, sondern nur den kleinen Forschungsreaktor, aber die TransNukem baut jedenfalls schon. In Lubmin läuft wenig, von dem Stettner nichts weiß, und er ist windig genug, selbst was zum Laufen zu bringen, wenn er dadurch noch ein paar Millionen dazuverdienen kann. Fragen wir ihn einfach!«

»Na, ob der die Fragen beantworten wird«, zweifelte ich.

»Stettner hat sicher keine Hemmungen, ganze Landstriche mit Abfall zu verseuchen, ein paar tausend Leute an Krebs krepieren zu lassen, aber wenn man ihm eine Pistole in den Bauch drückt, pinkelt er ein. Ich kenne diese Sorte«, sagte Zofia verächtlich.

»Da muß man aber erst mal dicht genug an seinen Bauch herankommen«, gab Lächner zu bedenken.

»Das ist euer Land. Laßt euch was einfallen.« Zofia grinste, lehnte sich zurück und verschränkte die Arme, wie ich im Rückspiegel sah.

Sie hatte ihren Beitrag geleistet, und der war nicht schlecht gewesen, soweit ich das einzuschätzen in der Lage war. Ein ziemlich schlaues Mädchen. Sie gefiel mir immer besser; ans Aussteigen dachte ich einstweilen nicht mehr.

»Mir wird schon was einfallen«, behauptete Lächner. »Erst mal nach Berlin.«

»Wenn sie eure geheimen Pläne kennen, haben sie sicher auch eure Personenbeschreibung«, fiel mir ein.

»Dann müssen wir eben dich vorschicken«, sagte Lächner. »Dich kennt doch keiner, oder?«

»Na ja.«

»Was soll das heißen?« fragte Lächner streng.

»Du weißt, ich hatte mal Ärger mit deinem Verein. Nicht unmöglich, daß mich jemand erkennt, und das wäre mir unlieb.«

»Was für Ärger?« fragte Zofia und beugte sich wieder vor.

»Rein privat. Hat hiermit gar nichts zu tun«, wich ich aus.

»Ich will's ja gar nicht wissen«, sagte Zofia. »Klar ist, daß wir alle drei an uns arbeiten müssen. Und das wird so leicht nicht gehen. Mein Koffer liegt in einem Schließfach auf dem Bahnhof in Schwerin.«

»Meiner in Greifswald«, sagte Lächner.

»Unsere Reisetaschen sind im Kofferraum«, erinnerte ich ihn.

»Mit Wäsche zum Wechseln«, Lächner winkte wieder ab. Seine Hand, inzwischen in ein Taschentuch gewickelt, blutete nicht mehr. Es war tatsächlich nur ein harmloser Kratzer, der nicht mal ernstlich versorgt werden mußte.

»Was wollt ihr denn verändern?« fragte ich.

»Uns!« sagte Lächner. »Die Namen, das Aussehen, alles, was sich verändern läßt. Aber es ist Samstagabend. Da kann man nicht mal ein simples Haarfärbemittel kaufen wegen der albernen Ladenschlußgesetze.«

»Was ist eigentlich mit deinem Dienst?« fragte ich Zofia und betrachtete sie im Rückspiegel.

»Was soll damit sein?«

»Wie ich annehme, unterhaltet ihr in Berlin eine Zweigstelle oder Residentur oder wie ihr das nennt ...«

»Eine?« fragte Lächner ironisch.

»Und da Agenten mit solchen Tricks arbeiten«, ich ließ mich nicht unterbrechen, »haben sie sicher alles da, was wir brauchen. Sogar falsche Pässe.«

Lächner schüttelte den Kopf, aber Zofia dachte nach, und dann nickte sie sehr langsam. »Wir können es zumindest versuchen«, sagte sie.

Berlin, 23.00 Uhr

»Er ist ausgeflogen«, teilte uns Zofia mit, was wir ihr ohnehin schon angesehen hatten.

»Und nun?« fragte Lächner.

»Suchen wir ihn.«

»Dürfte nicht allzuschwer sein«, sagte ich. »Berlin hat nicht mal vier Millionen Einwohner, die klappern wir an zwei Abenden ab.«

Zofia meinte, zwei Stunden werden reichen, wenn man Sorkins Gewohnheiten kennt. Sofern ihn kein Auftrag beschäftige, schränkte sie ein.

Wir fuhren anderthalb Kilometer weiter zum Kollwitzplatz. Ich blieb im Auto sitzen. Genau in dieser Gegend hatte ich früher gewohnt; die Möglichkeit, einen Bekannten zu treffen, war zu groß. Auch Lächner beteiligte sich nicht an der Suche; er kannte den Russen sowieso nicht.

Die Gegend sah trister aus, als ich sie in Erinnerung hatte. Im vergangenen Sommer waren sämtliche Kneipen überfüllt gewesen, insbesondere die, deren Betreiber auch auf dem Gehsteig Tische und Stühle aufgestellt hatten und sich um solche Banalitäten wie den Ärger schlafgestörter Nachbarn nicht scherten. Dieser Sommer war zu kalt, um kurz vor Mitternacht noch im Freien sein Bier zu schlürfen. Vor den meisten Kneipen saß niemand; die Straßen wirkten leer und leblos. Seltsamerweise war es auch drinnen nicht allzuvoll. Zofia ging ins »Café Westphal« und kam schnell wieder heraus, machte einen Abstecher zur »Krähe«

und eine Runde um den Kollwitzplatz, lief dann die Knaackstraße in Richtung Wasserturm. Ich wollte ihr mit dem Wagen folgen, was einer Baustelle wegen nicht möglich war. Den ganzen Block mußte ich umfahren, und als wir am Wasserturm ankamen, wußten wir nicht, in welcher der zahlreichen Gaststätten sie steckte. Wir hatten Glück, direkt vor dem Wahrzeichen vom Prenzlauer Berg einen Parkplatz zu finden, von dem aus wir über eine zugeparkte Verkehrsinsel hinweg die fünf Gaststätten an der gegenüberliegenden Straßenecke überblicken konnten. Die waren so sehr in, daß sie auch in diesem miesen Sommer voll waren. Selbst draußen unter den häßlichen Baugerüsten saßen ein paar Unentwegte.

Nach zehn Minuten wurden wir langsam nervös. So lange hatte die Runde um den ganzen Kollwitzplatz nicht gedauert!

»Sieh mal nach«, forderte mich Lächner auf.

»Du bist der Profi«, sagte ich.

»Wir gehen beide.«

»Ich bin bloß dein Fahrer.«

»Was ist denn auf einmal mit dir los?«

»Ich habe hier mal gewohnt.«

»Ach so. Dann hättest du uns vielleicht einen Tip geben können, wo russische Agenten ihr Bier trinken.«

»Ich habe hier noch nie russische Agenten gesehen. Oder falls doch, habe ich sie nicht erkannt.«

»Kollegen erkennen sich.«

»Du erkennst ja nicht mal, daß ich kein Kollege bin.«

»Stimmt, du bist Journalist. Du würdest doch wegen so einer Kleinigkeit nicht lügen! Wo trinken russische Journalisten ihr Bier?«

»Vielleicht im ›Pasternak‹, fiel mir ein. »Russischer Name, russische Küche.« Ich deutete auf die Gaststätte.

Gewohnheitsmäßig tastete Lächner nach seiner Waffe, dann stieg er aus. Er blieb auf unserer Straßenseite, spähte unauffällig zu den Kneipen hinüber und überquerte die Straße an einer dunklen Stelle. Von dort aus konnte er nicht sehen, daß Zofia in Begleitung eines rundlichen Mannes die direkt neben dem »Pasternak« gelegene Gaststätte »Am Wasserturm« verließ. Aber als sie die Straße überquerten, rannte er ihnen hinterher, so geräuschlos, daß sie ihn erst bemerkten, als er direkt hinter ihnen stand, mitten auf der Fahrbahn. Die beiden zuckten zusammen, als er sie ansprach. Ich sah nur die Körpersprache. Nicht besonders gut, es war dunkel. Lächner, so deutete ich den Vorgang, wollte sichergehen, daß Zofia nicht in eine Falle getappt war, also bedrohte er den Dicken mit seiner Waffe. Zofia wandte sich ruhig um. Lächner entspannte sich, der Dicke auch. Die drei wechselten noch ein paar Worte, dann kamen sie zum Auto.

»Greifswalder Nummer«, sagte der Dicke, als er sich neben mich setzte, auf russisch zu den beiden anderen, die auf der Rückbank Platz nahmen. »Das müssen wir auch ändern. Zu auffällig.« Dann wandte er sich mir zu, streckte mir seine Hand entgegen. Ich ergriff sie. Ein fester Händedruck. »Mein Name ist ...«, begann er deutsch; er stockte, wandte sich um. »Wie heiße ich?« fragte er Zofia auf russisch.

»Sorkin«, teilte sie ihm mit.

»Keinen Vornamen?«

»War noch nicht nötig.«

Er schüttelte komisch den Kopf, drehte sich wieder zu mir um und verkündete: »Ich heiße Boris Iwanowitsch Sorkin. Jedenfalls heute abend.« Er lachte fröhlich.

»Franz«, behauptete ich.

»Keinen Familiennamen?«

War noch nicht nötig.«

Sorkin lachte wieder. Es wirkte nicht gekünstelt. Er war wohl leicht zu erheitern. Oder betrunken; seine Bierfahne war ein Indiz, das sich nicht überriechen ließ. Seine Sprache allerdings war klar, und sein Deutsch ausgezeichnet, der Akzent noch weniger zu hören als bei Zofia. Wenn er es darauf anlegte, würde er als Deutscher durchgehen.

»Fahren wir in meine Werkstatt«, sagte Sorkin. »Richtung Friedrichshain. Eldenaer Straße.«

Ich startete und fuhr ohne Überlegen oder Widerspruch los, wie sich das für einen Taxifahrer gehört. Fünfzehn Minuten später waren wir trotz Baustellenslalom da. Auch in dieser Gegend hatte ich mal gewohnt, ich kannte mich aus.

Auf den ersten Blick eine gewöhnliche Wohnung in einem heruntergekommenen Mietshaus mit Blick auf das häßlichste Industriegebiet von Berlin. An der Klingel stand ein deutscher Name: Müller. Sorkin war bei seiner Tarnung ähnlich einfallslos auf Nummer Sicher gegangen wie Iwers, der meinen Namen ausgesucht hatte. Die Schlösser, drei an der Zahl, wirkten angesichts der wachsenden Zahl von Wohnungseinbrüchen weder sonderlich übertrieben noch auffällig. Und daß beide Flügel von innen mit Stahlplatten verkleidet waren, sah man der Tür von außen nicht an. Durch die Täfelung und vor allem durch das dick verglaste Guckloch wirkte sie altmodisch und fragil.

Das erste, kleinere der beiden Zimmer war mit einfachen, billigen Möbeln für den Empfang von Zufallsgästen eingerichtet, das zweite hingegen sah aus wie eine Kreuzung aus Labor, Büro, Theaterfundus und Waffenkammer.

Obwohl er offenbar nicht so ganz genau wußte, worum es ging, übernahm Sorkin das Design unseres künftigen Erscheinungsbildes. Für die Paßfotos mußten Haarfarbe und auffällige Details bereits verändert sein, also begannen wir damit. Sorkin betrachtete uns und legte dann fest, daß Zofia und Lächner altern sollten, ich jedoch jünger auszusehen habe; ich kann nicht behaupten, daß mir diese Anordnung mißfiel. Er schminkte mir einen Schmiß auf die linke Wange, verpaßte mir einen dunkelblonden Schnurrbart und eine dunkelblonde Perücke. Zofia erhielt rotes Haar und eine Lennon-Brille, während Lächner mit weißem Haar, weißem, sehr gepflegten Vollbart und einer Hornbrille ausgestattet wurde. Sorkin fotografierte uns und meinte dann, daß wir uns mit Requisiten aus seinem Fundus tatsächlich in jene Typen verwandeln sollten, die er kreiert hatte.

Als er für einen Augenblick im Nebenzimmer verschwand, erkundigte sich Zofia leise: »Haben wir eigentlich Geld?«

»Übernimmt das nicht eure Firma?« fragte ich.

»Weißt du, wieviel wir verdienen? In Rußland mag man damit noch hinkommen, aber hier? Ich habe gar nichts, und Sorkin auch nicht. Der ist darauf angewiesen, sich ein paar Tausender dazuzuverdienen, damit er sich mit seinem Hut nicht an einen U-Bahn-Eingang setzen muß.«

»Wie viele Tausender?« wollte Lächner wissen.

»Sagen wir, zwei pro Person.«

»Kein Problem.«

»Und das Hotel wird auch nicht billig sein.«

»Kein Problem.«

»Das hört man gern«, sagte Sorkin, der wieder ins Labor kam.

Er legte einen Reisepaß aufgeklappt auf den Tisch. Hans-Heinrich Teweleit, geboren 1929 in Hamburg, Wohnort Hamburg. Das Foto zeigte einen grauhaarigen Mann mit weißem, gepflegtem Vollbart und Hornbrille. Natürlich war es nicht Lächner, aber die Ähnlichkeit war dank der auffälligen Requisiten groß genug, daß wahrscheinlich nicht mal ein Grenzbeamter Verdacht schöpfen würde. Für eine Hotelrezeption oder Verkehrskontrolle reichte der Paß allemal. Selbst wenn der Hamburger mit bayerischem Akzent sprach.

»Die beiden anderen dauern länger«, entschuldigte sich Sorkin, »unsere Vorräte sind nicht so üppig. Frühestens morgen abend. Aber mehr als einen Ausweis braucht man im Hotel nicht. Jetzt könnt ihr euch anmelden. Am besten, ihr bleibt in der Gegend. Nah am Zentrum und doch abseits vom Trubel. Eine gute, teure Adresse, keine unmäßig feine. ›Ramada‹, würde ich sagen, Voigtstraße, Ecke Frankfurter Allee. Bestellt eine Suite für Teweleit, Schwiegersohn und Tochter. Sagt, daß ihr in zwei Stunden dort seid.« Sorkin deutete auf eines der drei Telefone.

»Und wenn sie nichts mehr frei haben so kurzfristig?« fragte Lächner. »Schließlich ist heute die Love-Parade!«

»Glaubst du, die Techno-Freaks wohnen in Nobelhotels?«

»Die nicht, aber vielleicht die Reporter.«

Lächner ließ sich die Nummer geben und wählte.

Es dauerte lange, bis sich jemand meldete.

»Guten Abend. Teweleit. Ich mußte meine Reisepläne kurzfristig ändern und brauche dringend eine Suite ... Noch heute ... Ich weiß, wie spät es ist ... In zwei Stunden, denke ich. Zwischen zwei und drei ... Drei Personen ... Ja, das wäre mir genehm ... Sehr freundlich von Ihnen. Ich bedanke mich.«

»Keine Journalisten.« Sorkin grinste. »Zu neu, zu unbekannt, zu weit vom Schuß. Mit einem Wort: ideal!«

Als wir mit unserer Renovierung begannen, wieselte Sorkin um uns herum, scherzte, gab Tips, versorgte uns mit den notwendigen Ingredienzen. Ob er sich dafür interessierte, vor wem wir uns versteckten und was wir vorhatten, weiß ich nicht. Irgendwann sprach er leise und sehr schnell mit Zofia, und diesmal konnte ich trotz meiner Russischkenntnisse nicht folgen. Auch Lächner schien es zu schnell zu gehen, doch war sein Vertrauen in Zofia so groß, daß er sie nicht aufforderte, die Sprache zu wechseln. Berechtigtes Vertrauen, wie ich aus Sorkins Miene schloß, als sie ihren Disput beendeten. Zum ersten und einzigen Mal an diesem Abend wirkte er verstimmt. Möglicherweise ging es auch um ein ganz anderes Thema; wenig später schaltete Sorkin einen der Computer an und ließ Zofia eine Viertelstunde lang in Dateien blättern und im Internet herumsurfen. Sie suche, murmelte sie beiseite, nach verwertbaren Informationen über Stettner. Die Zeit war zu kurz für Ergebnisse. Unsere Frisuren waren wichtiger.

Anderthalb Stunden später hätten nur noch die engsten Freunde uns wiedererkannt. Falls einer von uns überhaupt Freunde haben sollte. Lächner war ein flotter, rüstiger Rentner, der einer leichten Gehbehinderung wegen einen Stock benutzte. Zofia hatte sich die Haare rot gefärbt und sie gekräuselt. Mit ihrer Brille, den Krähenfüßen in den Augenwinkeln und den dunklen Schatten unter den Augen sah sie mindestens so alt aus wie ich, doch haderte sie nicht mit ihrem Schicksal, oder falls doch, verbarg sie es geschickt. Ich hatte keinen Grund zur Klage. Mein graues, struppiges Haar war jetzt dunkelblond und sehr sorgfältig frisiert.

Zofia hatte es geschnitten, gewaschen und gefärbt, auch die Augenbrauen. Mit kräftigen Fingern hatte sie mir den Kopf massiert, und nach der lange entbehrten Berührung fühlte ich mich schon fünf Jahre jünger. Weitere fünf Jahre bewirkten seltsamerweise der Schnurrbart und der Schmiß, der diesmal nicht aufgeschminkt, sondern mit Hilfe eines Mittels geschaffen worden war, das die Haut zur Narbe zusammenzog. Ich sah aus wie ein Enddreißiger und fühlte mich wie Mitte Zwanzig. Bereit und in der Lage, mit einem strahlenden Lächeln in meinem Yuppie-Gesicht die Welt zu retten.

14. Juli, 18.00 Uhr

Die wichtigste Beschäftigung eines Agenten ist das Warten. Daß sich Gott am Sonntag vom Schöpfen erholen mußte, kann ich ja noch verstehen, auch wenn er zumindest am letzten Werktag ziemlichen Pfusch abgeliefert hat. Unklar ist mir, weshalb die Menschen ihn nachäffen, obwohl sie über die Woche keine Welt zusammengebastelt, ja, obwohl sie es trotz ernstlicher Bemühungen nicht mal geschafft haben, sie zu zerstören. Selbst Topmanager waren unerreichbar, zumindest für Leute, die ihre Gewohnheiten nicht kannten.

Lächner verschwand am Vormittag für drei Stunden und kehrte so frustriert zurück, wie er erwartet hatte. Stettner halte sich in Berlin auf, allerdings nicht in seinem Hause; er werde voraussichtlich am nächsten Tag in seinem Büro erscheinen. Dort habe sich nur der Anrufbeantworter gemeldet. Eine Botschaft aufzusprechen wäre unklug gewesen. Unser Besuch sollte ihn überraschen. Daß der Geschäftsführer und Hauptaktionär einer Firma mit Millionenumsätzen nicht so einfach ohne Voranmeldung für jedermann zu sprechen sein würde, war uns bewußt. Wir wollten ihn zunächst mal beobachten, seine Gewohnheiten studieren, falls er denn welche hatte, und improvisieren, wenn uns etwas ein- oder auffiel.

So lungerten wir denn den ganzen Tag im Wohnzimmer unserer Suite herum, plauderten und sahen fern. In Schwerin, wurde gemeldet, hatte es eine Schießerei gegeben, doch waren nur Blutspuren gefunden worden, keine Opfer. Die Polizei tippte auf eine Auseinandersetzung rivalisierender Banden. Zeugen hatten mehrere sehr verdächtige Männer beobachtet, doch konnten sie keinen hinreichend genau beschreiben. Und falls doch, sahen wir inzwischen ganz anders aus. Kein Grund zur Beunruhigung.

Zofia und Lächner erzählten Schnurren aus ihrem Leben. Beide hatten schon mehrfach böse Krisen zu vermeiden geholfen durch ihre segensreiche Spionagetätigkeit. Es klang zu sehr nach Münchhausen, als daß ich ihnen hätte glauben können, doch war es recht unterhaltsam.

Nun sei ich aber mal dran, forderte mich Lächner auf.

»Ich habe keine Vergangenheit«, sagte ich.

»Das neueste Beretta-Modell, aber keinen vernünftigen Namen. Nerven wie Stahlseile bei einer Schießerei, aber keine Vergangenheit«, faßte Lächner seine Beobachtungen zusammen. »Für wen arbeitest du?«

»Für euch«, versicherte ich.

»Kleine Geheimnisse soll man achten«, Zofia klang sehr ironisch.

»Du hast ja auch deine kleinen Geheimnisse«, konterte ich.

»Zum Beispiel?« fragte sie.

»Was hattest du gestern mit deinem rundlichen Freund zu bereden?«

»Ich habe ihn gebeten, seinen Computer benutzen zu dürfen.«

»In welcher Sprache eigentlich?«

»Russisch natürlich.«

»Bist du ganz sicher, daß du dich nicht in der Sprache vergriffen hast im Eifer des Gefechts?«

Nicht nur Zofia, auch Lächner schien einen Augenblick aus der Fassung gebracht.

»Wie meinst du das?« fragte er.

»Das war nicht Russisch«, erklärte ich, »sondern ...«, ich überlegte einen Augenblick, »Bulgarisch!«

»Du kannst so gut russisch, daß du merkst, wenn wir bulgarisch sprechen?« fragte Zofia erstaunt.

»Das einzige, womit ich euch immer wieder verblüffen kann,

sind, wie es scheint, meine Russischkenntnisse«, sagte ich. »Aber eine Gegenfrage ist eine unbefriedigende Antwort.«

»Die Antwort ist simpel«, sagte Zofia. »Sorkin ist nicht Russe, sondern Bulgare.«

»Ach was!« Lächner schüttelte den Kopf. »Warum hast du die Bulgaren reingezogen?«

»Aus zwei Gründen. Zum einen, weil wir nicht so genau wissen, gegen wen wir arbeiten. Die Bulgaren hängen wahrscheinlich nicht drin, also schien es mir der sicherste Kontakt zu sein. Zum anderen kenne ich Sorkin. Er braucht immer Geld. Als ich ihm einen kleinen Nebenverdienst in Aussicht stellte, war er ja auch sofort bereit.«

»Warum hast du uns nichts davon gesagt?« wollte Lächner wissen.

»Sagt ihr mir alles?« fragte Zofia und strahlte uns an.

Wir konnten ihr nicht böse sein. Sie sah selbst in ihrer Frankenstein-Maske noch zu nett aus. Und ihre Gründe leuchteten uns ein.

Sie hatte Sorkin, so erzählte sie auf unsere Fragen, vor sieben Jahren kennengelernt, als die Welt noch ganz anders aussah und nach anderen Gesetzen funktionierte. Die Wirtschaft des Ostblocks kränkelte auf die Agonie zu, doch das Feindbild war trotz Glasnost noch ungetrübt. Feinden etwas wegzunehmen, damit es den eigenen Leuten bessergeht, war ehrenvoll. Der faulende, sterbende, parasitäre Kapitalismus brachte immer wieder Produkte hervor, für die der Sozialismus, dem die Zukunft gehörte, viel bessere Verwendung hatte. Boshafterweise wurden die Erfindungen und Neuentwicklungen nicht verschenkt, etliche nicht einmal verkauft. Also mußten sie anderweitig beschafft werden. Das war ihre Aufgabe gewesen. Sie war in Österreich, der Schweiz und in Deutschland eingesetzt worden, in Westdeutschland, versteht sich. Sie war jung und attraktiv und hatte Möglichkeiten, die ältere, grämliche, männliche Agenten nicht hatten, doch zuweilen blieb selbst ihr nichts übrig als das, was die anderen auch machten. Bei Nacht kletterte sie über Zäune, überbrückte

Alarmanlagen, öffnete Sicherheitsschlösser, fotografierte Akten, füllte Disketten mit Informationen oder beschaffte Prototypen, sofern die sich wegtragen ließen. Bei einer dieser Aktionen wurde sie von einem Uniformträger überrascht, obwohl sie ganz genau über die Touren der Wachleute informiert gewesen war. Doch der Wachmann war ebenso überrascht wie sie. Fast hätten sie sich gegenseitig erschossen, sie zielten aufeinander, drückten aber nicht ab, weil beide nicht daran interessiert waren, die echten Wachleute zu alarmieren. Natürlich war es Sorkin, und gerade noch rechtzeitig begriffen die beiden, daß sie Kollegen waren und für befreundete Dienste arbeiteten. Den Job erledigten sie gemeinsam, und in den Jahren danach waren sie sich immer mal wieder begegnet.

»Freunde sind wir nicht«, schloß Zofia ihre Erzählung. »In unserem Metier gibt es keine Freundschaften. Nur Zweckbünde. Aber unser Bund hält auch jetzt noch, wo sich alles geändert hat, wo der blühende Sozialismus auf einmal weggefault ist und dem sterbenden Kapitalismus die Zukunft gehört, weil er übriggeblieben ist, und wo jeder Dienst gegen alle kämpft, weil wir natürlich sofort den proletarischen Internationalismus gegen die Wolfsgesetze eingetauscht haben und jedes Land für sich allein heult.«

»Für mich hat sich gar nichts geändert durch euren Zusammenbruch«, sagte Lächner. »In München sieht man das prinzipieller. Als ich anfing, wart ihr der Feind, und heute seid ihr es auch noch. Nicht mehr in erster Linie politisch, aber deine Leute schnüffeln nach wie vor hinter unserer Technologie her, und da reagieren meine Leute immer noch allergisch. Das ist«, wandte er sich an mich, »nämlich mein Aufgabenbereich: Abwehr von Wirtschaftsspionage. Ich sitze am Schreibtisch und sortiere die Berichte über die Aktivitäten von Zofia und ihren Genossen.«

»Du sitzt am Schreibtisch?« fragte ich und spielte Enttäuschung. »Ich dachte, du bist so eine Art James Bond.«

»Früher mal«, er lächelte wehmütig, als sei er wirklich schon so alt, wie er in seiner Maske aussah. »Ich war ziemlich gut, glaube ich, und ich hab's gern gemacht. So gern, daß ich gar nicht aufsteigen wollte. Erst als ich fünfzig war, ließ es sich nicht mehr vermeiden. Stellvertretender Abteilungsleiter. Das dürfte die Endstation sein, denn da bin ich eine Fehlbesetzung.«

»Na, wie es aussieht, hast du ja jetzt endlich wieder etwas Action«, tröstete ihn Zofia. »Und das noch dazu an der Seite einer Feindin. Mehr kann sich keiner wünschen.«

Ich hörte kaum noch zu, weil die Gedankenmühle rotierte. Lächner war eine höhere Charge beim BND. Ein Mann mit Überblick, kein kleines Licht.

»Kennst du einen gewissen Pelzer?« fragte ich und hätte mich im selben Augenblick ohrfeigen können, denn er zog die linke Augenbraue hoch wie Spock und lächelte überlegen.

»Hab doch gewußt, daß du ein Kollege bist«, sagte er. »Pelzer ist so geheim, den kennen knapp die eigenen Mitarbeiter.«

»Wenn du dich da mal nicht täuschst«, stand Zofia mir bei. »Adrian Pelzer, auch noch bekannt unter einem halben Dutzend anderer Namen, eine selbst für unser Metier ziemlich dubiose Existenz, und bei eurem spießigen Bürokratenhaufen sowieso. Spezialgebiet Rechtsextremismus in Westeuropa, wobei nicht ganz klar ist, ob er ihn bekämpft oder unterstützt. Wahrscheinlich bekämpft er ihn, indem er sich an die Spitze gesetzt hat. Leitet seit siebzehn Jahren eine Sondertruppe, die so geheim ist, daß überhaupt nur die ausländischen Dienste von ihrer Existenz wissen.«

»Du hast deinen Hausaufgaben gemacht«, sagte Lächner. »Aber woher kennt ihn Franz, der friedfertige Kulturjournalist? Ich jedenfalls kannte Pelzer nicht, bis sie mich an den Schreibtisch verbannten. Und was er ganz genau macht, weiß ich bis heute nicht.«

Zwar hatte er Zofia angeblickt, doch war natürlich ich angesprochen. Während ich noch über eine nichtssagende Ausrede nachdachte, antwortete Zofia.

»Gestern«, erzählte sie, »habe ich mal wieder Hausaufgaben erledigt. Sorkins Computer hat Zugang zum Soud-System, in dem wir die westlichen Agenten erfaßt haben, soweit sie uns bekannt sind. Also fast alle. Ich habe natürlich nicht wegen Stettner reingesehen, damit hätten wir Sorkin nur unnötig auf unsere Pläne aufmerksam gemacht, und je weniger davon wissen, desto größer unsere Überlebenschancen.«

Mir schwante Böses.

»Ich habe die Beschreibung unseres Freundes Franz Müller eingegeben«, setzte sie im Plauderton fort. »Der Name tauchte ein paarmal auf, ist ja auch zu verlockend deutsch und durchschnittlich, aber unser Franz war keiner der Aliasse.«

Fast hätte ich aufgeatmet, doch war es noch nicht vorbei, das war ihr anzusehen. Lächner wußte das auch. Er grinste mich an, dann Zofia und erwartete, daß sie endlich mein Geheimnis lüftete.

»Tja, aber dann hatte ich doch jemanden auf dem Schirm«, setzte sie zur Pointe an, »der ihm verblüffend ähnlich sah. Einen gewissen Holger Schüssler, geboren 1949, aufgewachsen in Köln und München. V-Mann und freier Mitarbeiter für Polizei, Verfassungsschutz und Bundesnachrichtendienst. Unter dem Namen Martin Parr Karriere in der rechten Szene. Stellvertretender Leiter eines Wehrsportlagers in Frankreich, Dienstgrad Hauptmann. Seit 1984 keine Aktivitäten erfaßt.«

Lächner pfiff, womit er wohl vor allem die eigene Klugheit loben wollte.

»Ich erkenne einen Kollegen, wenn ich ihn sehe«, sagte er.

Ich lächelte verlegen. Es war noch immer nicht vorbei. Was, zum Teufel, hatte sie eingetippt? Körpergröße, vermutetes Alter, Form der Nase, Farbe der Augen? Das durfte einfach nicht reichen, um meine Daten zu finden!

»Der letzte Eintrag war ein wenig irritierend«, sagte Zofia. »Unser Agentenverbund existiert zwar nicht mehr, aber irgendwer scheint doch hin und wieder noch was weiterzumelden. Zum Beispiel ungewöhnliche Todesfälle. Martin Parr wurde am 28. August 1995 in Hamburg von seiner Gattin erschossen.«

»Der arme Kerl«, sagte ich. »Scheint die falsche Frau gehabt zu haben. Man kann ja heute nicht vorsichtig genug sein.«

»Zufällige Ähnlichkeit hielt ich bis eben auch für eine Möglichkeit«, Zofia nickte langsam. »Darum habe ich bis jetzt auch nichts gesagt. Unsere Leute sind natürlich nicht auf die offizielle Verlautbarung hereingefallen. Parr alias Schüssler wurde von Agenten des Bundesnachrichtendienstes erschossen. Es handelte sich um die Sondereinsatztruppe des Mannes, nach dem Franz sich eben erkundigt hat: Adrian Pelzer.«

»Ein Toter sucht seinen Mörder«, versuchte ich zu spotten.

»Bei der Schießerei starb nicht nur Schüssler«, setzte Zofia ungerührt fort. »Auch seine alte Gemahlin und seine jugendliche Geliebte kamen um.«

»Jetzt wird mir klar, was du gegen meine Firma hast«, sagte Lächner.

»Ich bin nachtragend«, stimmte ich zu. »Ich mag es einfach nicht, erschossen zu werden.«

»Ich bin nicht neugierig«, behauptete Zofia, »aber wie du das gedreht hast, würde mich schon interessieren. Daß Pelzer sich täuschen ließ, will ich noch glauben, doch wenn unsere Soud-Rechercheure darauf hereingefallen sind, mußt du noch cleverer sein, als du aussiehst. Und du siehst ziemlich clever aus mit deinem blonden Schnurrbart.«

»Das täuscht«, sagte ich. »Der ist nämlich nicht echt.«

»Wirklich nicht?«

»Ehrenwort. Der ist nicht echter als dein rotes Haar.«

23.00 Uhr

Es war kalt und dunkel. Die Straßenlaternen, sofern sie überhaupt funktionierten, funzelten in trübem Lila vor sich hin. Wolken schirmten das Mondlicht ab und waren so schwarz, daß sie das Licht der Großstadt kaum reflektierten. Wenigstens regnete es nicht. Langsam schlenderte ich an der Mauer vor dem Industriegebiet die Eldenaer Straße entlang, beobachtete die paar Leute, die vorbeikamen, und hing meinen Gedanken nach.

Obwohl wir erst um Mitternacht mit Sorkin verabredet waren, hatten wir das Hotel bereits zwei Stunden früher verlassen. Sicher ist sicher, hatten die Profis von sich gegeben. Das Terrain müsse erkundet werden. Zwar traute Zofia dem Bulgaren, aber nur so lange, wie sie ihn sah. Wenn er fair spielte, was sie hoffte und voraussetzte, konnte Vorsicht dennoch nicht schaden.

Nur Zofia wollte ihn aufsuchen. Lächner sollte Hausflur und Hof überwachen, ich die Straße. Das hielten sie für die leichteste Aufgabe, den Fähigkeiten eines Amateurs oder freien Mitarbeiters angemessen.

Zofia hatte mich überrascht. Während ich mich mit meiner Frisur befaßte, hatte sie unter meinen Augen Computerdateien durchforstet und etwas gefunden, das mich zwar nicht betraf, aber mit mir zu tun hatte. Mir war nichts übriggeblieben, als alles abzustreiten. Die Wahrheit hätten sie mir sowieso nicht geglaubt, sie wäre mir ja selbst absurd erschienen, wenn ich sie nicht erlebt hätte. Daß ich alles abstritt, lag näher an den Tatsachen als die Akte. Die betraf einzig und allein Holger Schüssler, dem ich kurz vor seinem Tod das erste Mal begegnet war. Daß Pelzer uns für eine Person hielt, lag an unserer Ähnlichkeit. Und ähnlich sahen wir uns, weil wir Brüder waren, wie ich annehme. Einen sicheren Beweis gibt es dafür nicht, wenn nicht die Ähnlichkeit Beweis genug ist. Diese Verwechslung hätte mich beinahe das Leben gekostet. Aber wem sollte ich das erzählen? Wer würde mir glauben?

Es widerstrebte mir, den beiden Lügen aufzutischen. Ich mochte sie nämlich. Zofia sowieso, weil sie so klug war, so klar, so zielstrebig, so professionell, und natürlich auch, weil sie selbst in ihrer entstellenden Maske immer noch eine gutaussehende Frau war, ein Typ, der mich ansprach, der etwas in mir berührte, von dem ich nach einem Jahr Einsiedlerleben schon geglaubt hatte, es existiere nicht mehr. Was mich selbst überraschte, war, daß ich auch Lächner mochte. Der arbeitete für den mir verhaßten Dienst und stellte ihn, obwohl er auf der Abschußliste stand, nicht in Frage. Er war zynisch, und wahrscheinlich hatte er in seinem Leben schon mehr schlimme Dinge angestellt als alle meine Bekannten aus dem früheren Leben zusammengenommen. Ich glaube, ich mochte ihn vor allem deshalb, weil er nicht ganz so perfekt war, wie er von sich selbst glaubte. Das Mädchen war mindestens doppelt so schlau wie er. Wenigstens war er in der Lage, das zu erkennen, und so ordnete er sich ihr unter, obwohl oder weil er der älteste und erfahrenste von uns war.

Die beiden waren längst im Haus verschwunden, erst Lächner, und als er ihr nach zehn Minuten das Signal gab, die Luft sei rein, auch Zofia. Ich hatte das aus der Ferne beobachtet, damit niemand auf die Idee kam, wir gehörten zusammen. Die Vorsicht erschien mir übertrieben, aber sie steckte mich an. Wenn ich Schritte hörte, zuckte ich zusammen. Der schmuddelige Penner mit dem zersausten Vollbart, der an mir vorübertorkelte, konnte echt sein, ebensogut auch eine Maske wie mein Outfit. Oder wie Lächners: Der hätte diese Rolle gewiß ebenso überzeugend spielen können wie den flotten Grandseignieur. Der Penner stank mörderisch, also entschloß ich mich, ihn für echt zu halten. So perfektionistisch hätte ein Beobachter die Maskerade sicher nicht betrieben, nehme ich an. Selbst ich hatte mich in meinen finstersten Pennerzeiten regelmäßig gewaschen.

Zwei struppige Köter rannten an mir vorüber, vertieft in ihr Spiel und ohne jeden Blick für mich. Ihre Besitzer, drei junge, verlotterte Burschen und ein trotz der Kälte leichtbekleidetes Mädchen mit einem ganzen Warenlager Schmuck an Ohren, Nase und Lippen, musterten mich mißtrauisch aus den Augenwinkeln, weil ich in meiner Aufmachung zu fein für die Gegend aussah, in ihren Augen wie ein Fremdkörper. Aber so interessant, daß sie mich angepöbelt hätten, war ich auch wieder nicht. Sie liefen vorbei, ohne ihr trunkenes Gespräch zu unterbrechen.

Vielleicht würde ich Christoph und Zofia doch irgendwann die Wahrheit über mich erzählen. Wem, wenn nicht ihnen? Sie waren, so absurd mir das selber erschien, die einzigen Freunde, die ich hatte, abgesehen von dem Privatdetektiv, dem ich meine Tarnung verdankte. Agenten meine besten Freunde? Irgend etwas war falsch gelaufen in meinem Leben. Am liebsten hätte ich alle Geheimdienste abgeschafft, und doch freundete ich mich mit den ersten beiden Spionen an, die mir über den Weg liefen? Und das, obwohl sie mich nach Strich und Faden belogen? Ich spürte, daß sie mir nicht übelgesinnt waren, auch wenn sie mir die nächste Lüge servierten. Reichte das für Freundschaft? War es nicht eher ein Zweckbündnis? Sie brauchten mich, weil ihre eigenen Dienste hinter ihnen her waren. Und ich brauchte sie, um ... Ja, warum eigentlich? Um nicht einsam zu sein? Um näher an die Leute heranzukommen, die Maja ermordet hatten? Um besser zu verstehen, was damals geschehen war? Um die Welt vor der Atommafia zu retten?

Den Gedanken konnte ich nicht weiterverfolgen, denn endlich bemerkte ich den Mann im Auto. Er parkte auf der gegenüberliegenden Straßenseite, hatte die Tür zu Sorkins Haus im Blickfeld, und weil es dunkel war, wäre er als Nichtraucher meiner Aufmerksamkeit entgangen. Das Feuerzeug verriet ihn. Zwar konnte ich nichts als eine dunkle Gestalt sehen, und auch die nur für einen Moment, aber ich zweifelte keinen Augenblick. Kollegen erkennen einander, wenn sie sich sehen, war Lächners Lieblingsredensart. Auf einmal verstand ich sie. Kollegen erkennen sich sogar dann, wenn sie sich nicht richtig sehen.

Das Haus wurde überwacht. Zofia tappte in eine Falle. Vielleicht hatten sie sogar schon Lächner geschnappt. Den Gedanken, daß der Beobachter einer von Sorkins Leuten sein könnte, verwarf ich sofort wieder. Der Mann, auch wenn er gemütlich rauchend im Auto saß, bedeutete Gefahr, das spürte ich. Und der einzige, der jetzt noch handeln konnte, war ich.

Da war es wieder, dieses seltsame Gefühl der Sicherheit, das mich vor einem Jahr in ähnlichen Situationen noch verblüfft hatte. Damals hatte ich mir eingeredet, ich sei ein Geheimagent mit gelöschtem Gedächtnis, aber funktionstüchtigen Reflexen. Das war Unfug. Es bedarf keiner besonderen Schulung, im Ernstfall angemessen handeln zu können. Nur eines besonderen Charakters. Man muß in der Lage sein, sich von seinen Instinkten leiten zu lassen, sofern die Instinkte funktionieren.

Keinen Augenblick mußte ich überlegen, was zu tun war. Zielstrebig ging ich an dem Auto vorbei zu dem dahinter geparkten Wagen. Das bemerkte er ohne Zweifel, doch wirkte es natürlich, und sofern er mich nicht persönlich kannte, würde er keinen Verdacht schöpfen. Ich war ihm gegenüber im Vorteil. Er konnte mich nicht als Kollegen erkennen, weil ich keiner war.

Ich steckte meinen Zündschlüssel ins Schloß. Natürlich schloß er nicht, aber das war nicht wichtig. Ohnehin hatte ich nicht vor, in den Wagen zu steigen. Ich zog ein Päckchen Zigaretten aus der Tasche meines Anzugs, steckte mir eine Cabinet in den Mund und versuchte, sie zu entzünden. Dabei achtete ich darauf, daß das Feuerzeug auf keinen Fall funktionierte. Ich fluchte und schleuderte es auf die Straße. Dann entdeckte ich zufällig den Mann im Auto. Daß ich ihn in der Dunkelheit trotz glimmender Zigarette überhaupt nicht sah hinter den spiegelnden Fenstern seines BMW, konnte er nicht wissen. Ich ging die paar Meter bis zu seiner Tür und klopfte gegen die Scheibe. Unwillig kurbelte er sie ein Stück herunter. Ein drahtiger Mann um die Vierzig. Dunkles Haar, dunkler Schnauzbart. Mehr war nicht zu sehen, und auch das nicht sonderlich deutlich.

»Entschuldigung«, sagte ich, »haben Sie mal Feuer?«

Er knurrte, aber die Annahme, mich nur so schnell wieder loszuwerden, bewog ihn, die Scheibe ganz herunterzukurbeln und mir sein Feuerzeug entgegenzustrecken. Ich nahm es nicht, sondern riß die Beretta aus dem Halfter und preßte sie ihm gegen die Schläfe.

»Hände überm Lenkrad an die Scheibe legen!« ordnete ich an.

Er zögerte einen Augenblick, ob er Widerstand leisten oder wenigstens den Ahnungslosen spielen sollte, dann gehorchte er ohne Widerspruch.

»Kopf auf das Lenkrad legen«, sagte ich.

Auch das tat er, ohne sich zu beschweren.

»Wie viele?« fragte ich mit meiner furchteinflößendsten Stimme.

Er antwortete nicht.

»Wie viele sind im Haus?«

»Zwei«, sagte er.

Ich löste die Waffe von seiner Schläfe. Sofort versuchte er sich aufzurichten.

»Liegenbleiben!« schnauzte ich ihn an. »Und hör auf zu spinnen. Wie viele?«

»Zwei«, wiederholte er, den Kopf auf das Lenkrad gesenkt.

Ich löste die Waffe von seiner Schläfe, und diesmal blieb er liegen.

»Also drei oder vier«, sagte ich, während ich die Beretta umdrehte, am Lauf packte und ihm den Kolben über den Kopf schlug.

Er konnte ein Stöhnen nicht unterdrücken, doch sein Zusammensacken war gespielt. Des beengten Raumes wegen hatte ich nicht weit genug ausholen können. Nichts, das sich durch weitere Schläge nicht korrigieren ließ. Nach dem vierten Schlag bemerkte ich, daß der Kolben feucht war. Wenn er blutet, hat er genug, dachte ich. Vorsichtig öffnete ich die Tür, drückte ihm sofort wieder die Mündung gegen die Schläfe. Er lag überm Lenkrad, die Hände zwar nicht mehr an der Scheibe, aber immer noch oben auf dem Armaturenbrett. Selbst wenn er noch zur Gegenwehr in der Lage gewesen wäre, hätte er Mühe gehabt, damit anzufangen. Ich zog seine Waffe aus dem Halfter und stopfte sie in meine Jackentasche. Seine Brieftasche steckte ich mir ebenfalls ein.

Ich warf die Tür wieder zu und sah mich um. Soweit ich erkennen konnte, hatte niemand meinen Überfall gesehen. Es sei denn, hinter den dunklen Scheiben lauerte ein Beobachter. Aber mein Gespür beruhigte mich, dort sei niemand. Ich ging zurück zu dem anderen Auto, zog mein Schlüsselbund aus dem Türschloß und hob sogar mein Feuerzeug auf, wobei ich versuchte, mit meinem Blick die Mauern von Sorkins Haus zu durchdringen.

Angst hatte ich nicht. Meine Freunde steckten in der Falle, und nur ich konnte sie herausholen. So klar und einfach erschien mir das in dem Augenblick, und ich lief einfach los, überquerte die Straße, ging zur Haustür, öffnete sie. Bis dahin eine völlig normale Aktion. Das Flurlicht schaltete ich allerdings nicht an, es hätte mich verraten. Die Frage war, ob Lächner noch durch den Hausflur schlich oder ob sie ihn schon geschnappt hatten. Also ging ich zuerst zum hinteren Ausgang. Die Beretta in der Hand, was mir nicht viel Sicherheit verschaffte, denn so dunkel es draußen auch war, im Hausflur war es noch finsterer, und wenn hier jemand auf mich lauerte, dann waren dessen Augen auf jeden Fall besser an die Schwärze gewöhnt als meine.

Die schwere Metalltür war nur angelehnt. Ich zog sie vorsichtig auf und spähte auf den Hof. Mülltonnen auf dem Beton, kein Grün, nur ein mickriger Baum. Das Hinterhaus dunkel, einige Scheiben zerschlagen. Der Eingang mit Brettern vernagelt. Kein Mensch zu sehen. Langsam schob ich die Tür wieder zu und wandte mich um.

Ich hatte kein Geräusch gehört, keinen Schritt, kein Atmen. Aber daß jemand neben mir stand, bemerkte ich schon, ehe er mir von hinten einen harten Gegenstand gegen die Rippen drückte. Rechtzeitig für einen saftigen Schreck, zu spät für eine Reaktion.

»Waffe fallen lassen«, flüsterte er.

Ich ließ die Beretta los. Der Aufprall klang blechern wie Theaterdonner. Immerhin war ich geistesgegenwärtig genug, sofort die linke Hand in die linke Jackentasche zu stecken, wo ich die Pistole des Beobachters verstaut hatte. Zwar wußte ich nicht, was das für ein Modell war und ob und wo man sie entsicherte, doch konnte der Posten sich vermutlich nicht vorstellen, daß ich keine Ahnung hatte. Sollte ich also die Chance bekommen, die Waffe zu ziehen, würde er sie für eine echte Bedrohung halten.

»Auf den Hof«, flüsterte der Mann.

Meine Augen gewöhnten sich langsam an die Finsternis, aber weil er hinter mir stand, nahm ich immer noch nicht mehr wahr als eine Stimme und eine an meine Rippen gedrückte Pistole.

Ich zog die Tür zum Hof auf, blieb stehen. Und wenn das Lächner war?

»Christoph?« fragte ich versuchsweise.

»Raus!« gab der Mann zur Antwort.

Es war nicht Lächner. Also mußte ich handeln. Ich trat einen Schritt vor, er folgte nicht schnell genug, die Waffe löste sich, und da wirbelte ich auch schon herum, sie ihm aus der Hand zu schlagen, und das glückte mir auch, er leistete überhaupt keinen Widerstand, blieb nur starr stehen, ein großer, schwarzer Schatten. Er stöhnte, als ich die Waffe aus der Tasche zog und auf ihn zielte, dann taumelte er einen Schritt vorwärts, brach zusammen und schlug klatschend auf dem Estrich auf. Hinter ihm stand Lächner mit einem Messer.

»War knapp«, flüsterte er mir zu. »Ich habe ihn die ganze Zeit belauert, aber ich kam nicht an ihn ran. Er hat auch gespürt, daß ich da bin. Gut, daß du ihn abgelenkt hast. Dachte sicher, ich bin du.« Er sah die Pistole in meiner linken Hand. »Woher hast du die?« fragte er.

»Vor dem Haus war auch einer«, sagte ich. »Wo ist Zofia?«

»Oben. Ich habe ihn erst bemerkt, als sie schon drin war.«
»Dann los!« Ich tastete nach meiner Pistole. Als ich sie nicht fand, half mir Lächner mit einer kleinen Taschenlampe.
»Wir können da nicht einfach reingehen!« bremste er.
»Wenn nicht, wird sie vielleicht umgelegt.«
»Wer weiß, ob sie noch lebt!«
»Willst du sie im Stich lassen?«
»Wir warten, bis sie rauskommen.«
»Da kann es zu spät sein!«
»Willst du anklopfen?«
»Nur wenn's sein muß. Ich habe mal ein paar Monate bei einem Schlosser gelernt. Ein bißchen hat's genutzt, ich bekomme die meisten Türen auf. Ohne Werkzeug zwar keine Sicherheitsschlösser, aber es sind ja Leute drin, also ist bestimmt nicht abgeschlossen.«
»Versuchen wir's.«
»Und der?« Ich tippte mit dem Fuß gegen den Schatten.
»Stört keinen mehr. Erst morgen früh beim Aufräumen.«
»Dann los!«
Leise stiegen wir im Dunklen in den dritten Stock. Ich wollte mich sofort mit der Tür befassen, aber Lächner zog mich am Ärmel. Erst den gesamten Treppenaufgang sichern, bedeutete er mir. Seite an Seite schlichen wir bis zum Dachboden.
»Da ist niemand«, flüsterte ich ihm zu, doch das mußte er selbst überprüfen.
Mit seiner Taschenlampe leuchtete er unter die Balken und hinter das dort gelagerte Gerümpel. Ausrangierte Kühlschränke und Möbel, Säcke mit Lumpen und Papier, Bauschutt und Steine.
»Tempo«, drängte ich, »sie ist schon eine Viertelstunde drin.«
»Keine zehn Minuten«, beruhigte er mich.
Wir schlichen wieder treppab. Lauschten an der Tür. Nichts zu hören. Kein Licht drang durch die Ritzen. Sofern niemand im dunklen Flur lauerte, waren sie im Wohnzimmer oder im Labor.
»Taschenlampe«, flüsterte ich.
Lächner nahm sie in die linke Hand und beleuchtete die Tür.

Zwei Sicherheitsschlösser, ein normales. Die Sicherheitsschlösser waren nachträglich eingebaut, und sofern auch nur eines davon verschlossen war, mußten wir tatsächlich warten, bis jemand herauskam. Der Schnapper hingegen ließ sich mit einem Dietrich öffnen. Nur daß ich keinen dabeihatte. Ich versuchte es mit dem Taschenmesser. Ohne Erfolg. Das Schloß sah simpel aus, doch es widerstand meinen Bemühungen. Am liebsten hätte ich die Tür eingetreten. Das war nicht nur wegen des Lärms unmöglich. Die Stahlplatte an der Innenseite würde sogar dem Angriff mit einem Brecheisen standhalten.

Lächner gab mir Zeichen, ich solle mich beeilen. Ich steckte mein nutzloses Taschenmesser wieder ein. Dabei klirrte mein Schlüsselbund. Ich zog es aus der Tasche. Einer der Schlüssel hatte einen simplen, kaum geformten Bart. Und tatsächlich, er paßte, der Schnapper bewegte sich, doch die Tür blieb zu.

»Verriegelt«, flüsterte ich Lächner zu.

»Also warten«, sagte er.

»Wir versuchen es anders.«

»Wie?«

»Auf die dumme Tour. Klingeln.«

»Quatsch.«

»Weißt du was Besseres?«

»Dann haben sie uns auch am Arsch.«

»Weißt du was Besseres?«

»Nein«, gab Lächner zu. »Aber mach's richtig. Mit Licht von unten hochlaufen. Schön laut und unschuldig.«

Ich schlich nach unten. Dort ließ ich die Haustür zuknallen, schaltete die Flurbeleuchtung ein und stieg unbekümmert die Treppe hoch. Laut und unschuldig. Noch immer hatte ich keine Angst, jedenfalls nicht um mich. Nur um Zofia. Wer weiß, was die mit ihr anstellten. Nein, das durfte ich nicht zulassen.

Lächner hockte neben der Tür. Ich beachtete ihn nicht, klingelte. Drin ging kein Licht an, aber ich hörte ein Geräusch. Jemand betrachtete mich durch den Spion.

Ich grinste fröhlich und rief: »He, Djadja Boris, eto ja, Wadim.

Otkrywai mnje!« Keine Reaktion. Ich klopfte und sagte heiter: »Selstwochosjaistwennyje Maschiny«. Eine sinnlose Phrase ohne jeden Kontext, aber sie klang sehr russisch.

Wenn es Sorkin war, der mich beobachtete, würde er sich wundern, doch sagte mir mein Instinkt, daß es jemand anders war. Falls der russisch sprach, flog mein Bluff auf, aber wenn nicht, hielt er es für Bulgarisch und mich für einen von Sorkins nichtsahnenden Leuten. Damit wäre das Überraschungsmoment auf unserer Seite. Wenn er nur endlich die Tür öffnen würde. Auf meinen Einfall, Sorkin Onkel Boris zu nennen, war ich besonders stolz. Denn daß er nicht Sorkin hieß, war mir bekannt. Und wenn die anderen wußten, auf welchen Namen der Bulgare tatsächlich hörte? Dann würde ein Phantasiename sie unnötig mißtrauisch machen.

»Schto s toboi, Djadja Boris? Problemy?«

Das Schnappen eines Riegels. Die Tür wurde aufgeklinkt. Im Flur stand ein fremder Mann. Er hatte das Licht eingeschaltet, damit ich mühelos seine Pistole zu erkennen in der Lage war. Er zielte auf mich.

»Sdrastwuitje«, sagte ich, immer noch gutgelaunt. »Gdje Djadja Boris?«

Er ließ sich tatsächlich täuschen, senkte die Pistole ein wenig und fragte mich, ob ich deutsch spreche.

Antworten mußte ich schon nicht mehr, denn Lächner schnellte durch die Tür, rammte den Mann gegen die Seitenwand und schlug mit der Pistole zu. Ein Hieb reichte. Noch während der Überrumpelte langsam an der Wand herunterrutschte, rannten wir an ihm vorbei, rissen die Tür auf. Niemand im Wohnzimmer, also weiter ins Labor.

So schnell und leise wir auch gewesen waren, der vierte Mann war auf unsere Ankunft vorbereitet. Mitten im Raum stand Zofia. Ihre Hände waren mit Handschellen gefesselt, die Arme vor dem Körper. Dicht hinter ihr der letzte des Rollkommandos. Sorkin gehörte nicht zu dessen Truppe, denn er lag am Boden, ungefesselt, also bewußtlos oder tot.

Wir blieben in der Tür stehen. Der Mann zielte nicht auf uns, sondern auf Zofia.

»Der Herr Muhlack«, sagte er.

»Der Herr Basler«, sagte Lächner, der also Muhlack hieß. »Wie immer in Begleitung einer schönen Frau.«

»Ungewöhnlicherweise in Begleitung eines jungen Mannes«, gab Basler zurück. »Ein typisches Patt, wenn ich mich nicht irre. Ihr könnt nicht auf mich schießen, sonst wird die Dame verletzt, die euch einiges wert zu sein scheint.«

»Und du kannst nicht auf uns schießen, weil dich die Dame fertigmacht, wenn du die Pistole aus ihrem Nacken entfernst«, konterte Lächner.

»Unterschätz mich nicht. Ich halte es für klüger, wenn ihr die Waffen weglegt und wir miteinander reden wie vernünftige Menschen.«

»Gern, wenn du mit gutem Beispiel vorangehst.«

Zofia hatte eine Platzwunde im Gesicht. Die Kerle hatten sie geschlagen. Wut stieg in mir auf, ich mußte etwas unternehmen – nur was? Aus dem Augenwinkel bemerkte ich, daß Sorkin sich bewegte. Wir waren vier gegen einen. Das mußte zu schaffen sein.

»So kommen wir nicht weiter«, stellte Basler fest.

»Scheint mir auch so«, sagte ich. »Wie geht es dir, Zofia?«

»Hab schon bessere Abende erlebt«, antwortete sie matt.

»Er ist ja noch nicht vorbei«, tröstete ich.

»Eine neue Stimme«, sagte Basler. »Mit wem habe ich das Vergnügen?«

»So neu ist die Stimme leider nicht mehr, aber es ist die Stimme der Vernunft. Vielleicht können wir uns ja wirklich wie normale Menschen unterhalten. Weshalb sind Sie hinter uns her?«

»Das soll die Stimme der Vernunft sein? Idiotisches Geschwafel?«

»Ich würde es wirklich gern wissen.«

»Ein Amateur! Muhlack, wie tief bist du gesunken!«

»Laßt ihr mir eine Wahl?« fragte Lächner.

»Hört auf mit dem Blödeln«, fuhr ich die beiden an. »Ja, Basler, ich bin ein Amateur. Und ich will wissen, warum dauernd auf uns geschossen wird. Das muß einen Grund haben. Und einen Urheber. Sagen Sie es mir. Keine Angst, daß Sie sich lächerlich machen, wenn Sie Binsenwahrheiten und Platitüden wiederkäuen. Ich weiß es wirklich nicht.«

»Was hat Ihnen Muhlack denn erzählt?« fragte Basler.

»Daß es eine undichte Stelle im Dienst gibt und er sie finden soll.«

»Ja, er war schon immer sehr erfindungsreich, unser Muhlack. Er ist die undichte Stelle, Junge.«

»Schon möglich. Ich kann das nicht beurteilen, denn ich bin nur ein Amateur, wie Sie richtig erkannt haben. Von wem wissen Sie, daß er die undichte Stelle ist?«

»Hör auf, mich abzulenken«, sagte Basler. »Muhlack, bleib stehen! Ich bin schon zu lange im Geschäft, als daß ein Amateur und ein Rentner mich austricksen können.«

Sorkin war jetzt wach, wie ich sah. Und da er dicht neben Basler und seiner Geisel lag, konnte er vielleicht unbemerkt an sie herankommen. Wir brauchten Zeit.

»Laß den Quatsch«, schnauzte ich Lächner an. »Wir versuchen gerade, uns vernünftig zu unterhalten. Er war kurz davor, uns eine Antwort zu geben.«

»Glaubst du an den Weihnachtsmann?« fragte Lächner. »Basler ist ein Laufbursche. Glaubt alles, was man ihm erzählt. Sie reden ihm ein, Muhlack ist ein Verräter, also hechelt er los und will mich erschießen. Wenn wir ihm beweisen, daß sein Auftraggeber der Verräter ist, wird er es trotzdem nicht glauben, weil er die Information nicht auf dem vorgeschriebenen Dienstweg bekommen hat.«

»Kann ja sein, aber er hat ihn doch wenigstens gesehen!« sagte ich.

Sorkin hatte sich ein paar Zentimeter auf Basler zubewegt. Der achtete nur auf unsere Auseinandersetzung, also setzten wir sie fort.

»Nicht unbedingt«, klärte mich Lächner auf. »Ein codiertes Fax, eine gefälschte Unterschrift oder Parole. Hat gar nichts zu bedeuten, aber das begreift ein Idiot wie er nie.«

»War es so, Basler?« fragte ich. »Sind Sie per Fax engagiert worden, oder haben Sie den Auftraggeber gesehen?«

»Auf dem üblichen Weg«, sagte Basler. Er klang nachdenklich. Doch war er besser ausgebildet, als ich dachte. Er blieb aufmerksam, Sorkins Bewegung entging ihm nicht.

»Was soll das, Panow?« fragte er. Dabei bewegte er in einem Reflex die Pistole in Richtung des herankriechenden Bulgaren. Das gab Zofia die Chance, auf die sie gewartet hatte. Sie wirbelte herum, schlug ihm mit den zusammengeschlossenen Fäusten gegen den Arm. Ein Schuß löste sich. Kein lauter Knall, der Schalldämpfer ließ es wie ein Ploppen klingen. Sorkin, der gerade emporschnellte, wurde in der Luft gestoppt und klatschte auf den Boden.

Zofia bewegte sich sehr schnell, aber Basler war nicht langsamer. Ihr Tritt verfehlte ihn, weil er zurücksprang und, allerdings ungezielt, noch einmal schoß. Lächner, der gerade selber abdrücken wollte, schrie auf.

Sorkins Labor war zu klein für wilde Sprünge, Basler wurde durch die Kante des Computertischs aufgehalten und kam nicht mehr dazu, einen dritten Schuß abzugeben. Zofias nächster Tritt traf ihn so schmerzhaft zwischen die Beine, daß er schreiend seine Waffe fallen ließ und sich krümmte. Sie fing die Pistole mit beiden Händen auf und hielt sie gegen seine Schläfe.

»Wer hat dich geschickt, du Arsch?« fragte sie.

»Von mir erfahrt ihr nichts«, sagte Basler.

»Dann nicht.« Zofia drückte ab. Blut und Hirn spritzte über die Computer. Baslers toter Körper rutschte an der Tischkante entlang und plumpste zu Boden.

»Wo ist der andere?« fragte Zofia und klang überhaupt nicht mehr matt.

»Im Flur«, antwortete Lächner.

Ich stand neben ihm und war nicht fähig, etwas zu sagen. Auch als Zofia hinausrannte und gleich darauf ein weiteres Ploppen zu hören war, schwieg ich.

»Eh, mich hat er getroffen, nicht dich«, beschwerte sich Lächner über meine Starre.

»Wo denn?« fragte Zofia, die wieder ins Labor zurückkam, sofort zu Baslers Leiche ging und ihm einen Schlüssel aus der Tasche zog.

»Die übliche Stelle. Die dritte Wunde in drei Tagen. Mein linker Arm ist inzwischen perforiert wie Klopapier. Bloß nicht dran reißen!«

Endlich brachte ich die Kraft auf, mich zu ihm umzudrehen. Blut auf dem hellen Ärmel seines Jacketts. Zofia, die ihre Handschellen losgeworden war, zog ihm die Jacke aus.

»Sieh mal nach Panow«, trug sie mir auf.

Mechanisch setzte ich mich in Bewegung. Sorkin hieß Panow, Lächner hieß Muhlack, und Zofia richtete Agenten hin, ohne daß es ihr etwas auszumachen schien. Das verstörte mich, ich bewegte mich wie ein Schlafwandler.

Panow lag auf dem Bauch. Unversehrt auf den ersten Blick. Ich drehte ihn auf den Rücken. Da sah er dann nicht mehr so gesund aus. Zwei Einschüsse in der Brust, einer links, der andere rechts. Der Treffer rechts hatte ihn vor meiner Ankunft zu Boden geschickt. Und in die andere Kugel war er hineingesprungen; sie hatte ihn an einer Stelle erwischt, die auch der beste Arzt nicht mehr reparieren konnte. Trotzdem erwartete ich, daß er mir zublinzeln und sagen würde, die Pässe seien fertig. Oder wenigstens noch ein bedeutungsschweres letztes Wort, eine Warnung, eine wichtige Botschaft loswerden wollte. Doch Panow war so tot wie sein Mörder. Ich schloß ihm die Augen und richtete mich wieder auf.

»Tot«, sagte ich.

Lächner war inzwischen bis aufs Unterhemd entkleidet, und Zofia begutachtete seine neueste Wunde.

»Nicht so dramatisch«, sagte sie. »Wieder nur ein Streifschuß. Hat ein bißchen Fleisch mitgenommen, aber ist immer noch genug dran. Viel Platz für neue Löcher.«

»Warum werde immer ich getroffen? Das ist ungerecht«, klagte Lächner.

»Sieh dir mein Gesicht an. Ist das gerecht?« Zofia tippte vorsichtig auf ihr aufgerissenes Jochbein. »Du wickelst dir drei Lagen Mull herum, kaufst dir einen neuen Anzug und siehst aus wie immer. Ich kann mich zwei Wochen nicht auf die Straße trauen. Zieh dich an, wir müssen weg. Hätte nicht gedacht, daß ihr mich raushaut. Wie viele waren es denn?«

»Vier. Einen hat er ausgeschaltet, und dann kam er ins Haus gestürmt, um dich zu retten.«

»Tatsächlich?« Sie blickte mir in die Augen, und zum ersten Mal wirkte sie unsicher. »Danke.«

»Keine Ursache«, sagte ich automatisch. »Ich lasse meine Freunde nicht im Stich«, fügte ich markig hinzu.

»Deine Freunde?« Sie wirkte fast so verwirrt wie ich. Dann nahm sie sich zusammen. »Los, schnappt euch, was wir brauchen können. Die Pässe, falls sie fertig sind, Geld, Munition. Ich lösche die Dateien, damit sich kein Unbefugter bedienen kann. Die beiden anderen sind doch tot?« fragte sie.

»Natürlich«, sagte Lächner.

»Meiner nicht.«

»Was? fragten sie im Chor und starrten mich an.

»Meiner nicht«, wiederholte ich.

»Sondern?« Zofia klang überhaupt nicht mehr unsicher. Nicht mal besonders freundlich.

»Lebendig.«

»Gefesselt?«

»Wozu? Ich habe ihn mit dem Griff der Pistole niedergeschlagen. Er liegt bewußtlos im Auto.«

»Vor der Tür?«

»Ja.«

»Los!« Sie stürmte davon. Wir folgten ihr in den Hausflur, rannten, ohne das Licht anzuschalten, eine halbe Etage tiefer und blickten durch ein Fenster auf die Straße. »Welches Auto?«

»Ein dunkler BMW.«

»Wo?«

»Da, wo die Parklücke ist.«

»Scheiße.«

Wir rannten wieder nach oben. Zwar war die Zeit knapp, jeden Augenblick konnte das nächste Rollkommando eintreffen, aber eine kleine Strafpredigt mußte sie mir doch halten.

»Du denkst, daß ich kalt bin, weil ich die beiden einfach so erschossen habe. Es ist mir nicht so leichtgefallen, wie es gewirkt hat, und vielleicht stimmt es auch, daß ich kalt bin, aber es gab keine andere Möglichkeit. Sie oder wir. Ich lebe nur deshalb noch, weil sie aus mir rausprügeln wollten, wo ihr seid. Und wenn sie es gewußt hätten, dann wäre es aus gewesen mit mir. Der Herr X, gegen den wir angetreten sind, kann Faxe fälschen und vermutlich den halben Dienst gegen uns aufmarschieren lassen, aber er wird sich hüten. Die meisten sind nämlich nicht solche dumpfen Idioten wie Basler und sein Kompagnon. Nicht jeder würde einfach eine Frau zusammenschlagen, noch dazu eine Kollegin. In Wahrheit steht X ziemlich allein da, weil er niemand einweihen kann. Also ist er auf bornierte Idioten angewiesen, auf Sadisten wie Basler. Und von der Sorte gibt es nicht viele. Jeder, den wir ausschalten, steigert unsere Überlebenschancen. Du hast einen verschont und bildest dir ein, du bist ein großer Humanist. Dabei bist du nur leichtsinnig und gefühlsduselig. Der Kerl kommt wieder. Und dann erwischt er vielleicht einen von uns. Ich danke dir trotzdem, daß du Lächner auf Trab gebracht hast, mich rauszuhauen. Für einen Amateur hast du erstaunlich viel riskiert. Und erstaunlich viel geschafft. Aber du bist trotzdem ein Amateur. Hat er dich eigentlich gesehen? Na prima! Du hast, glaube ich, ein paarmal darüber nachgedacht, ob du lieber aussteigen solltest. Lächner und ich müssen unseren Arsch riskieren – fürs Vaterland und weil uns inzwischen nichts anderes übrigbleibt. Du mußt das nicht unbedingt. In Schwerin ist niemand nahe genug an dich herangekommen, um dich beschreiben zu können. Du hättest sonstwer sein können. Jetzt wissen sie, wie du aussiehst. Ab sofort stehst du zusammen mit uns auf derselben Abschußliste. Du hast dir selbst den Rückzug abgeschnitten.«

Ich hörte mir ihren Vortrag an, ohne eine Miene zu verziehen. Bei ihrem letzten Satz entgleisten mir dann aber doch die Gesichtszüge. Zofia nahm wohl an, daß ihr Vortrag mich betroffen gemacht hatte, jedenfalls wandte sie sich um und schaltete die Computer ein, auch den mit Blut und Hirn bespritzten, dessen Monitor sie mit einem Blatt Papier provisorisch reinigte. Es war tatsächlich ihre Predigt, die mich erschreckt hatte, allerdings nicht der Inhalt, sondern die Form. Zofia hatte ihren slawischen Akzent verloren.

15. Juli, 01.00 Uhr

»Ins Hotel können wir nicht zurück«, sagte Lächner.

»Wo sollen wir sonst schlafen? Hier?« Ich deutete auf die Grünanlage.

Wir saßen am Forckenbeckplatz auf einer Bank. Vor uns eine große Rasenfläche, hinter uns kämpfte der Knöterich darum, ein sturzhäßliches Pergola-Rohrgestell zu überwuchern – mit mäßigem Erfolg. Zwei große Taschen standen zu unseren Füßen, vollgestopft mit Requisiten aus Panows Labor. Ein paar elektronische Geräte, Schlüssel, Kreditkarten, Personalausweise, Waffen und Munition, Handschellen, zwei Polizeiuniformen, Perücken, Bärte, Haarfärbemittel – eben alles, was ein Agent so brauchte. Oder zu brauchen meinte.

Die Lage war mißlich genug, uns ausreichend mit Gesprächsstoff zu versorgen.

»Bist du müde?« fragte Zofia ironisch. Sie sprach wieder mit Akzent, und ich tat, als sei mir ihr kleiner Abstecher ins Inländerdeutsche nicht aufgefallen.

»Noch nicht. Aber im Hotel liegt mein Schopenhauer. Den kann ich doch nicht einfach aufgeben.«

»Um Gottes willen! Wir müssen sofort hin!«

»Was spricht dagegen? Drei sind tot, der vierte hat sich in Sicherheit gebracht und unsere Spur verloren.«

»Sortieren wir erst mal die Fakten«, schlug Lächner vor.

Etliches konnten wir nur vermuten. Daß Sorkin alias Panow

uns nicht verraten und verkauft hatte, wurde durch seinen Tod wahrscheinlich. Also waren sie uns anders auf die Spur gekommen. Herr X, unser Gegenspieler, hatte Zugang zu den Akten von Lächner und Zofia, eine andere Erklärung gab es nicht. Und er schien etwas von Menschen zu verstehen. Das mußte nicht mal ungewöhnlich viel sein, die Folgerungen lagen auf der Hand. Da Lächner und Zofia in Schwerin bemerkt hatten, daß ihr Plan der Gegenseite bekannt war, mußten sie ihn ändern, auf alte Verbindungen zurückgreifen, die auf keinen Fall mit X zu tun hatten. Auch der versierteste Psychologe konnte nicht voraussehen, für welchen der Kontakte wir uns entscheiden würden. X mußte also seine Leute ausschwärmen und alle Möglichkeiten checken lassen. Einer hatte Panow überprüft. Weshalb der ihn überhaupt einließ in seine konspirative Wohnung, war unklar. Vielleicht kannte er ihn, oder er hielt ihn für einen Mitarbeiter der Hausverwaltung. »Unsere Leute beherrschen alle Tricks«, meinte Lächner. Das galt freilich auch für Panow. Wer den anderen zuerst durchschaut hatte, würden wir nie erfahren. Irgendwann zogen sie ihre Waffen. Daß Panow unterlag, ließ darauf schließen, sein abendlicher Besucher war Basler. Denn Panow war ein guter Mann nach Zofias Ansicht, nur einer wie Basler war dazu in der Lage, ihn niederzuschießen und nicht mal eine Schramme abzubekommen. Basler also durchsuchte das Labor, entdeckte die Pässe und rief sein Team zusammen. Sie wußten nicht, wann und ob wir kommen, und während sie noch berieten, klingelte es schon. Sie mußten improvisieren. Das machten sie gut. Einer von ihnen öffnete die Tür.

»Ich kannte ihn nicht und dachte natürlich, das ist einer von Panows Leuten«, erzählte Zofia. »Ich bin von Natur aus mißtrauisch. In diesem Fall reichte das nicht. ›Hallo, etwas früh‹, sagte er, auf deutsch zwar, aber es klang so, als ob er Bescheid wußte, also folgte ich ihm in den Flur, die Hand unter der Jacke an der Waffe. Ich zog sie nicht. Im Flur war auch niemand, das beruhigte mich. Dafür im Wohnzimmer. Sie drückten mir ihre Pistolen ins Genick. Keine Chance zur Gegenwehr.«

»Sie waren so stark wie zwölf Leute«, war in Anspielung auf ihre Aufschneidereien in Schwerin mein Vorschlag zur Erklärung ihres Versagens.

»Nicht ganz«, erwiderte sie ernsthaft. »Aber Basler war wirklich ein guter Mann. Beschränkt zwar, trotzdem sehr reaktionsschnell. Meine Klasse. Fast.«

Nicht ganz so gut war er im Verhör. Sie stellten Fragen, Zofia antwortete ausweichend oder mit Witzen, und wahrscheinlich erfuhr sie mehr als er. Zum Beispiel, daß sie gerade erst gekommen waren und nicht ahnten, welche Vereinbarungen wir mit Panow getroffen hatten. Basler schickte einen seiner Leute aus der Wohnung, um den Hausflur zu sichern. Und weil sie nur noch zu zweit waren und Zofia fürchteten, legten sie ihr Handschellen an, die Arme auf dem Rücken, wie es sich gehörte. Dann wurden die Fragen schärfer. Wo Muhlack sei. Keine Antwort? Schlag in den Magen. Wo ist Muhlack? Sucht seine eigenen Kontakte auf. Wir haben uns getrennt, versuchte sie ihm einzureden. Wann trefft ihr euch? Wo? Wer ist der dritte Mann? Durch mehr oder minder geschickte Lügen war es ihr gelungen, die Zahl der Schläge zu reduzieren, aber Basler hatte einfach zuviel Spaß an der Gewalt, als daß er sich eine so wunderbare Gelegenheit hätte entgehen lassen, eine gefesselte Frau zu verprügeln. Es törnte ihn an. Als er seinen Fragenkatalog abgearbeitet hatte, boxte er ihr in den Magen, gegen die Brust und ins Gesicht und fing noch mal von vorn an. Diesmal die Wahrheit, hatte er verlangt, obwohl er wußte, daß sie ihm nichts verraten würde. Es ging ihm um den krönenden Abschluß der Fragerunde, um die allmähliche Steigerung der Gewalt. Er saß wohl schon recht lange in Berlin fest. In Deutschland ergeben sich einfach zu wenige Gelegenheiten zum Foltern. Gar zum Foltern von Frauen. Und das war nach Zofias und Lächners übereinstimmender Meinung sein Hobby.

Meine Ankunft verhinderte das Schlimmste. Ehe Baseler seinen Mitarbeiter zur Tür schickte, öffnete er Zofias Handschellen und schloß sie wieder, als sie die Arme nach vorn gestreckt hatte, und der Trottel bekam nicht einmal mit, daß Basler das tat, um im schlimmstmöglichen Fall hinter ihr in Deckung gehen zu können.

Daß sie zu viert waren, hatte Zofia bestenfalls vermutet. Der Mann in BMW wurde nicht erwähnt. Sie nahmen keinen Kontakt über Sprechfunk auf, also wußte er sicher nicht, was im Haus geschehen war. Ich präsentierte im Schein von Lächners Taschenlampe die erbeutete Brieftasche.

»Tausend Mark!« sagte Lächner verächtlich. »Auch bloß ein Laufbursche.«

Der Name im Paß sei unerheblich, noch ein Müller, vielleicht hieß er sogar wirklich so, Müller II, wenn er sich recht entsinne, er kannte das Gesicht auf dem Foto. Ein mindestens so übler Kerl wie Basler, meinte er, und es sei verwunderlich, daß ich so einfach mit ihm fertig geworden sei, alle Achtung, auch wenn ich ihn dann idiotischerweise laufenließ, was weiteren Ärger mit ihm vorprogrammierte. Den Vortrag hatte ich schon aus hübscherem Munde gehört.

»Bringt ihr um, wen ihr wollt. Ich bin kein Killer, und ich will es auch nicht werden«, sagte ich.

»Ein edler Vorsatz«, bemerkte Zofia trocken.

»Völlig uneigennützig«, auch Lächner spottete, »weil du dich damit selbst dienstverpflichtet hast.«

»Unsinn«, widersprach ich. »Erstens sehe ich in Wahrheit ganz anders aus als jetzt, und zweitens gibt es über achtzig Millionen Deutsche. Wie sollten sie mich da jemals finden können? Falls ich weiter mitmache, dann freiwillig!«

»Das ehrt dich«, sagte Lächner.

»Du hast einen guten Charakter«, Zofia meinte es wohl ernst, obwohl ihre Stimme ironisch klang, »und dein Verstand ist eigentlich auch nicht übel, soweit ich das beurteilen kann. Nur in diesem Punkt setzt er aus. Klar, du kannst dich zurückziehen. Wir sind nicht so gemein, daß wir dich verpfeifen, wenn du uns im Stich läßt. Schon gar nicht, wo du uns gerettet hast.«

»Aber nun nimm mal an«, setzte Lächner fort, »sie kriegen uns. Du bist nicht mehr da, uns rauszuhauen, also können sie sich Zeit für uns lassen. Nimm an, sie reißen uns auf die altmodische Art die Fingernägel heraus, um zu erfahren, wer der dritte Mann war. Oder sie machen es sich leicht und pumpen uns mit Chemikalien voll ...«

»Sodium-Amytal«, murmelte ich.

»Du kennst das Zeug? Um so besser. Einer Wahrheitsdroge kann niemand widerstehen. Wir werden plappern wie die Verkäufer von Ladenhütern am Sonderangebotsstand eines Warenhauses.«

»Dann kennen sie deinen derzeitigen Namen, deinen Unterschlupf, dein Auto, alles«, versetzte mir Zofia mit der naheliegenden Folgerung den letzten Stoß. »Du mußt untertauchen. Sie werden dich trotzdem finden.«

An sich bin ich nicht leicht zu überzeugen, doch mit den paar Sätzen hatten sie es geschafft. Ich wäre ohnehin nicht ausgestiegen, keine Ahnung, warum, aber sie hatten recht. Mir blieb keine Wahl, und das gab ich zu.

Obwohl mir langsam kalt wurde – unsere Sommermäntel hingen im Schrank unserer Suite –, begann ich auch einzusehen, daß wir nicht ins Hotel zurückkehren konnten. Wir wußten einfach nicht, was sie wem vor unserer Ankunft mitgeteilt hatten. Selbst wenn sie noch gar nichts gemeldet hatten, so stand doch zumindest fest, daß wir uns in Berlin aufhielten. Lange würde es nicht dauern, bis sie uns fanden. Wobei unklar war, welchen Aufwand sie betreiben würden. Den größtmöglichen mit der geringstmöglichen Anzahl Leute, vermuteten die Profis.

»Wie wäre es denn«, fiel mir ein, »wenn ihr einfach zu euren Zentralen zurückkehrt – oder, noch besser, beide nach Pullach?«

»Quatsch«, sagte Lächner, und Zofia schüttelte den Kopf.

»Hört mich erst mal an, ehe ihr aufschreit. In Pullach ist natürlich auch der Mann, den ihr X nennt, aber der wird sich hüten, offen gegen euch aufzutreten. Alle Mordbefehle gegen euch werden aufgehoben, und ihr seid erst mal gerettet. Danach könnt ihr dann weitersehen.«

»Klingt gar nicht so verkehrt«, gab Lächner zu. Sofort widersprach er sich selbst. »Das wäre unprofessionell. Wir haben den

Auftrag, die undichte Stelle zu finden. Es gibt immer Aufgaben, an denen man scheitert, aber das macht sich nicht gut in der Personalakte.«

»Ein Kreuz hinter dem Namen sieht auch nicht wesentlich besser aus. Vor allem, wenn man es selbst nicht mehr betrachten kann. Unser lieber Kollege, Bruder, Schwager und Onkel Christoph Lächner oder Muhlack oder ...«

»Namen sind ohne Bedeutung. Wenn wir versagen, muß ein anderer ran. Umgelegt werden kann man auch in München.«

»Wir haben bessere Chancen als jeder andere«, stimmte ihm Zofia zu. »Sie waren vor uns da, sie waren mehr, und trotzdem sind wir unversehrt ...«

Lächner beschwerte sich durch Knurren.

»... abgesehen von dem obligatorischen Streifschuß an Christophs linkem Arm«, ging sie auf ihn ein. »Wir scheinen ganz dicht dran zu sein an ihnen, sonst wären sie nicht so nervös.«

»Wenn ihr mir außer euren Namen nicht noch was verschwiegen habt, sind wir an gar nichts dran«, sagte ich.

»Namen sind ohne Bedeutung«, antwortete Zofia.

»Wir wissen absolut nichts als das, was schon bekannt war, als sie euch losgeschickt haben«, beharrte ich auf dem Kern meiner Kritik an ihren Überlegungen. »Hinter den Kulissen läuft ein illegales Atommüllgeschäft. Ein paar Leute in euren Diensten mischen mit und verwischen die Spuren. Das ist das blanke Nichts! Klappt mal am Montag den *Spiegel* auf. Die sind informierter als ihr.«

»Die werden auch besser bezahlt«, konterte Zofia. »Und etwas mehr als am Anfang wissen wir auch, zumindest über die deutsche Seite. Fast zwanzig Leute konnten X sein. Aber wenn sie unsere Personalakten kennen und solche Leute wie Basler in Marsch setzen, dann reduziert sich der Verdächtigenkreis auf – wie viele, Christoph?«

»Fünf«, sagte Lächner. »Übrig bleiben nur ein Abteilungs- und vier Referatsleiter. Vielleicht auch noch der Chef und sein Stellvertreter, aber das glaube ich nicht. Geiger hat keine Ahnung, wie man so was durchzieht. Außerdem ist er erst seit einem Monat im Amt; die Sache läuft schon wesentlich länger. Admiral Güllich ist nun wieder zu lange dabei; der wird sich hüten.«

»Bloß noch fünf Verdächtige«, faßte Zofia zusammen. »X verliert nicht nur die Leute, die wir aus dem Verkehr ziehen, sondern gleich auch noch alle, die ihn ohne ihr Wissen getarnt haben, einfach dadurch, daß sie als Alibi-Verdächtige ausscheiden. Noch zwei oder drei Stationen und er steht uns in eigener Person gegenüber, weil ihm das Menschenmaterial ausgegangen ist.«

»Nur daß wir nicht so weit kommen werden, weil ab morgen die Polizei hinter uns her ist.«

Lächner verstand, was ich meinte, und wehrte ab: »Ach, die Leichen wird der Kerl beseitigen, den du mit freundlichen Empfehlungen an X weggeschickt hast.«

»Und wenn nicht?« fragte Zofia. »Das wäre doch die leichteste Methode, uns auszuschalten: einfach alles laufenzulassen. Die Bullen werden hinter uns statt hinter denen her jagen. Da hat, äh, Fritz ...«

»Namen sind ohne Bedeutung.«

»Da hat er unseren schwächsten Punkt getroffen. Wir müssen es melden.«

»Wem?« Lächner war noch nicht überzeugt.

»Gibt es denn niemand, dem ihr trauen könnt?«

»Das Problem ist nicht, daß wir niemandem trauen können«, erklärte mir Zofia. »Die meisten sind so vertrauenswürdig, wie Beamte an ihren Schreibtischen überall auf der Welt sind. Eher noch vertrauenswürdiger, weil sie einfallslose deutsche Beamte sind und ihre Pensionen auf keinen Fall gefährden würden. Das Problem ist, daß wir die harmlosen Aktenhengste nicht von den weniger harmlosen unterscheiden können. Aber das darf uns nicht hindern. Wenn die Polizei die Leichen findet und ein übereifriger Staatsanwalt die Ermittlung leitet, dann suchen sie so lange, bis sie die Sündenböcke haben, und das werden nach Lage der Dinge wir sein, tot oder lebendig. Wenn die Leichen weg sind, gibt es keine Untersuchung.«

Ich schlug ihnen vor, den Chef und seinen Stellvertreter zu informieren, da sie zumindest den beiden ja offenbar trauten. Das verwarfen sie nach kurzem Überlegen. Es müsse schnell gehen, und Sonntagnacht sei es kaum möglich, sie an einen Apparat zu locken. Wellershoff hingegen könnten sie sofort erreichen, weil Lächner seine private Telefonnummer kannte. »Selbst wenn er X ist, muß er die Nachricht zur Kenntnis nehmen. In unserem Verein hören sich alle gegenseitig ab, also kann er nicht anders, als zu handeln.«

»Wellershoff kann X sein? Er hat euch doch in Marsch gesetzt!« Der Sumpf war genauso dreckig, wie ich ihn mir immer vorgestellt hatte.

»Aus meiner Kenntnis seiner Person glaube ich nicht, daß er es ist«, sagte Lächner, »aber er ist der Abteilungsleiter, der in Frage kommt. Es war Geigers erste Aufräumaktion als neuer Chef. Als Wellershoff offiziell mit der Untersuchung beauftragt wurde, blieb ihm gar nichts anderes übrig: Er mußte uns losschicken. Das hat wenig zu bedeuten.«

Selbst der simple Anruf erforderte Vorbereitungen. Nicht nur, daß klar sein mußte, in welcher Dosierung wir Wellershoff die Informationen zukommen ließen, fast noch wichtiger war die Auswahl der geeigneten Zelle. Im Zeitalter der Digitalisierung des Telefonverkehrs bedurfte es, wie mir Lächner inzwischen schon mehrfach erklärt hatte, keiner Fangschaltungen mehr, um die Nummer des Anrufers zu ermitteln. Aber daß wir in Berlin waren, wußten sie ohnehin. Solange uns nicht die Polizei und der gesamte Geheimdienst verfolgten, sondern nur ein paar von X handverlesene Männer, nutzte ihnen die Kenntnis unseres Standortes wenig, weil sie die Stadt nicht flächendeckend überwachen konnten. Wenn wir uns kurz faßten, hatten sie keine Chance, uns noch in der Zelle anzutreffen. Nur den Stadtbezirk sollten wir vorsorglich wechseln. Falls sie sich wider Erwarten um das Wegräumen der Leichen kümmerten, wären sie uns zu nah gewesen.

Meinen Schopenhauer mußte ich zwar aufgeben, nicht aber das Auto. Das hatten sie immer noch nicht gesehen, und daß sie von Panow überhaupt nichts erfahren hatten, stand fest. Wir brauchten nicht mal ein Nummernschild zu stehlen, Sorkin hatte uns am Vortag damit aus seinem Vorratslager versorgt. Zwar parkte der Wagen in der Nähe des Hotels, doch brachte uns dort keiner damit in Verbindung, denn wir waren, wie es sich für Geschäftsreisende gehört, vom Flughafen Tegel aus mit einem Taxi vorgefahren.

Es war schon nach zwei, als Lächner seinen Abteilungsleiter von einer Marzahner Telefonzelle aus weckte. Zofia war in einem Gebüsch verschwunden, um uns abzusichern. Ich blieb nahe genug bei der Zelle, um verstehen zu können, was Lächner sagte. Wenn meine Freunde mich verschaukelten, wollte ich ihnen das wenigstens nicht gar zu leicht machen.

Lächner, obwohl er mich wahrscheinlich nicht bemerkte, hielt sich an die Absprache.

»Entschuldigen Sie die späte Störung, aber dies ist ein dringender Anruf für Ihren Gatten ... Aus bestimmten Gründen kann ich nicht über die Dienstleitung sprechen ... Lächner hier. Sind Sie wach genug, mich zu verstehen?«

Lächner? Ich dachte, er heißt Muhlack. Aber Namen sind ja ohne Bedeutung.

»Es ist wichtig. Ich kann aus verständlichen Gründen nicht in die Details gehen. Die Gegenseite kennt unseren Terminplan. Wir wurden in Schwerin erwartet. In Berlin gab es vor drei Stunden den nächsten Versuch. Vier Schäden, ich wiederhole: vier. Die müssen auf der Stelle repariert werden. Schicken Sie den Havariedienst ...«

Wellershoff wollte ihn wohl unterbrechen. Lächner bestand darauf, zu Ende zu reden. Er sagte ihm die Adresse und beschrieb ihm die Lage des Schadens außerhalb der Wohnung: auf dem Hof, hinter den Mülltonnen, geschützt vor zufälliger Entdeckung. Dann durfte die Gegenseite doch etwas sagen oder fragen.

»Das wäre unklug«, beschied ihn Lächner. »Ich informiere noch den Bereitschaftsdienst. Wir kommen schnellstmöglich zurück, um neue Termine zu machen. Eine schöne Nacht wünsche ich Ihnen. Und grüßen Sie Ihre werte Gattin.«

Er hängte auf, der Automat piepste und spie die Karte aus. Lächner blickte auf seine Uhr, schob die Karte wieder ein und wählte erneut.

»Muhlack ... Ich weiß, daß es eine offene Leitung ist. Ich werde auch keine Namen sagen. Nur eine Adresse. Soeben habe ich meinen Chef von einer Havarie informiert. Vier Schäden. Berlin. Eldenaer Straße ... Ja. Muhlack, Ende.«

Als wir in den Wagen stiegen, tauchte Zofia wieder auf und setzte sich zu uns.

»Eine andere Zelle«, sagte sie. »Ich rufe die Bulgaren an. Irgendeiner wird schon reagieren. Wenn sie alle in die Eldenaer Straße strömen, um so besser. Dann beschäftigen sie sich miteinander anstatt mit uns.«

»Und womit beschäftigen wir uns?«

»Erst mal besorgen wir uns eine Wohnung«, teilte mir Lächner mit. »Ich weiß auch schon, wo.«

»Sei nicht traurig wegen deiner Bettlektüre«, witzelte Zofia. »Ich erzähle dir eine Gute-Nacht-Geschichte, und du kaufst morgen ein neues Buch. Wenn sie unser Zimmer durchsuchen, werden sie den Schopenhauer finden und drin lesen. Vielleicht hilft ihnen das ja bei der Welterkenntnis.«

»Glaube ich nicht. Hilft ja nicht mal mir!«

11.00 Uhr

Einen Topmanager zu kidnappen erforderte offenbar keine so gründliche Vorbereitung wie der nächtliche Anruf beim eigenen Abteilungsleiter. Wir mußten schnell handeln, um wenigstens einmal etwas Vorsprung vor X zu bekommen. Laurenz Stettner hatte keine Leibwächter. Warum also nicht einfach in sein Büro marschieren und ihm dort die Pistole auf die Brust setzen? Ich gebe zu, daß der Einfall von mir stammte und ich ihn nicht sonderlich ernst gemeint hatte, doch die beiden sprangen darauf an. Wie sie zu denken und zu planen pflegten, könne von X möglicherweise vorausgesehen werden, doch ich sei eine unbekannte Größe, also eine Variable im Spiel. Am hellichten Tag mit einer Pistole in ein Büro zu marschieren war so verrückt, daß es vielleicht sogar klappen konnte. Vorausgesetzt, Stettner war im Büro, und vorausgesetzt, seine Vorzimmerdame ließ uns vor, und vorausgesetzt, es wimmelte im Büro nicht von Mitarbeitern.

Die zahlreichen unbekannten Faktoren zu beachten hätte uns gelähmt. Wir ignorierten sie einfach. Da wir bisher stets Pech gehabt hatte, waren wir, statistisch gesehen, endlich an der Reihe mit dem Glück. Ein wenig nachhelfen mußten wir allerdings. Nicht alle sollten den Manager aufsuchen, eine so große Delegation würde auffallen. Lächner allein hatte bessere Aussichten. Er sah als einziger von uns so seriös aus, daß er auch ohne Termin vielleicht zum Chef vorgelassen wurde.

Lächner trug einen neuen Anzug, da der alte blutig und zerrissen war. Nun war der Herr wieder vorzeigbar. Ein solider Geschäftsmann. In die Jahre gekommen, aber drahtig, etwas altmodisch, aber keinesfalls von der neuen Zeit überrollt.

Die Firma TransNukem saß in einem sechsstöckigen Bürogebäude nahe dem Bahnhof Zoo. Viel Blau, viel Stahl, viel Glas. Zofia war hineingegangen, ohne an der Pforte aufgehalten zu werden. Nach einer Viertelstunde war sie wieder herausgekommen und hatte uns ein Zeichen gegeben, die Luft sei rein. Lächner setzte sich sofort in Bewegung. Als er an ihr vorbeiging, raunte sie ihm ein paar Informationen zu. Er ließ sich nicht anmerken, daß er sie verstanden hatte, öffnete die Tür und verschwand im Gebäude.

Zofia sah sich auf der Straße um. Verglichen mit dem nächtlich unbelebten Friedrichshain ein Menschengewimmel. Autos stauten sich an Ampeln, und Hunderte geschäftige Leute eilten über die Fußwege, überholten die Touristen, drängten und schoben. Ich stand vor dem Schaufenster eines Schuhladens und betrachtete das Treiben in der spiegelnden Scheibe.

Da ihr nichts Verdächtiges auffiel, kam sie zu mir und informierte auch mich. Das Gebäude sei relativ frei begehbar, abgesehen von der TransNukem. Die hat ein Viertel der sechsten Etage gemietet. Eine Glastür hindert Besucher des Hauses daran, sich aus Neugier oder Unkenntnis des Weges in die Büros zu verirren. Sie wird von außen durch eine Magnetkarte und von innen durch einen Summer geöffnet, wenn man herein will. Neben der Tür ist eine Wechselsprechanlage. Zofia hatte geklingelt, und ohne daß jemand ihr Fragen stellte, wurde die Tür für sie geöffnet. Sie war über den Flur gegangen und hatte keinen Wachmann gesehen. Eine Sekretärin kam aus einer Tür und fragte sie, zu wem sie wolle. Sie erfand einen Namen und erfuhr zu ihrem Bedauern, daß ein Mitarbeiter dieses Namens dort nicht bekannt sei. Die Sekretärin schien das ebenso zu bedauern; sie war sehr höflich. Ihre Verpflichtungen ließen es leider nicht zu, sie zur Glastür zu begleiten. Zofia hätte also im Bürotrakt bleiben können, doch das war nicht vorgesehen.

Inzwischen war Lächner sicher auch bei der Sekretärin angelangt und versuchte, sie mit seinem Altmännercharme zu bezirzen. Sofern ihm das gelang, würde er in den nächsten Minuten dem Manager gegenüberstehen.

Laurenz Stettner galt als unkonventioneller Selfmademan. Zwar war er niemals Tellerwäscher gewesen, eigentlich überhaupt nicht arm, nicht nur aus meiner Perspektive nicht, seine Eltern besaßen eine Gasthauskette, und als er fünfundzwanzig Jahre war, überschrieben sie ihm eine halbe Million. Er ließ sich auf Spekulationen ein, hatte Glück, kaufte sich Aktien und Firmenanteile, und mit achtundzwanzig war er reich und clever genug, die TransNukem zu übernehmen und vor der Pleite zu bewahren. Auch wenn die Kernkraft seit Harrisburg und Tschernobyl in Verruf geraten ist, bleibt sie doch die Energie der Zukunft. Daran glaubte er, und darum wurde er nicht müde, das jedem Reporter zu erzählen. Und es kamen viele Reporter; erfolgreiche Jungunternehmer sind die wahren Helden der westlichen Welt. Um so mehr, wenn sie wortgewandt sind, kritische Fragen freundlich abschmettern und alles hinreichend einfach erklären können. Harrisburg war eine Anfangsschwierigkeit, und die Russen haben gepfuscht. Im übrigen häufe sein Unternehmen keinen neuen Müll auf, sondern entsorge ihn auf umweltfreundliche und kostengünstige Weise. Selbst wenn heute nacht überall auf der Welt sämtliche Reaktoren abgeschaltet und nie wieder in Betrieb genommen werden, sei bereits genug Müll produziert worden, die TransNukem bis zu seinem, Stettners, Rentenalter zu beschäftigen. Mit diesen Weisheiten hatte uns Zofia vor unserer Visite versorgt; sie verdankte sie der Presse.

Gesehen hatte sie ihn, außer auf Fotos und im Fernsehen, noch nicht. Er war ihr bei ihrem Abstecher in den sechsten Stock auch nicht zufällig über den Weg gelaufen. Sie wußte nicht mal, ob er überhaupt im Büro war. Ebensogut konnte er in Lubmin nach dem Rechten sehen oder in Moskau neues Unrecht organisieren, wenn er nicht gar, einem spontanen Einfall folgend, in die Karibik geflogen war, weil ihm das europäische Wetter nicht behagte. Das glaubten wir nicht, weil wir es nicht glauben wollten.

Ich stellte mir vor, wie Lächner die Vorzimmerdame beschwatzte. Was? Kein Termin notiert? Das sei unmöglich, er habe sich telefonisch avisieren lassen. Ein Fax habe er eigenhändig durch die Leitung geschickt, und sein Geschäftsführer habe ihm fernmündlich versichert, der Termin sei bestätigt. Muß unbedingt geklärt werden, was da falsch gelaufen ist. Da ich schon mal hier bin, ist vielleicht noch nicht alles verloren. Ich bin Teweleit, Teweleit & Söhne, Import-Export, Firmensitz in München und Hamburg. Eher Nordsüd- als Ostwest-Handel, aber wir sind nicht eng, sondern weit, weltweit, haha. Ich habe Herrn Stettner einen Vorschlag zu unterbreiten, dauert nicht länger als fünf Minuten. Wenn er nicht interessiert ist, war es das. Wir sparen beide Zeit, in der ich mich nach anderen Partnern umsehen und er Golf spielen kann. Wenn er interessiert ist, was ich, nebenbei gesagt, erwarte, vereinbaren wir ein ausführliches Gespräch, und ich werde selber darauf achten, daß es im Kalender vermerkt wird, aber das wird nicht nötig sein, denn Herr Stettner wird es rot anstreichen lassen.

Was er tatsächlich sagte, weiß ich nicht. Ich stand neben Zofia, inzwischen vor einem Buchladen. Dort fühlte ich mich besser aufgehoben als vor dem Schuhgeschäft. Wir redeten wenig, und wenn, waren es Spekulationen. Er ist drin, glaubten wir, sonst wäre er schon wieder draußen. Und was wird er machen, wenn er in Stettners Büro ist? Muß er Zeit mit Scheinvorschlägen vergeuden, weil ein paar Mitarbeiter um den Chef herumwieseln, oder kann er ihm sofort die Pistole auf die Brust setzen? Was ist, wenn die Sekretärin mithört? Wird sie schon nicht. Sie interessiert sich nicht für Geschäfte, sonst wäre sie nicht Sekretärin, sondern Firmenchefin.

Alles wird gut. Er wird jetzt ganz cool dastehen und Stettner die Pistole gegen die Schläfe oder noch besser gegen die Eier drücken und wird ihn nach zweifelhaften Geschäften und nach seiner Verbindung zum Geheimdienst fragen, und der Manager wird es erst nicht ernst nehmen und dann ganz schnell umkippen und alles sagen, was wir hören wollen. Ich bin ein gewissenloser Verbrecher, Geld ist wichtiger als Menschenleben, und Herr X heißt Hintermoser und ist Referatsleiter, und wenn Sie wollen, geben ich Ihnen alles schriftlich, nur bitte nicht schießen.

Dann sind sie fertig, Lächner schlägt ihm den Kolben über den Kopf oder die Handkante ins Genick und verläßt das Büro. Er spielt den enttäuschten Kleinunternehmer und teilt der Sekretärin wütend mit, ihr Chef sei ein bornierter Idiot, aber das brauche sie ihm nicht auszurichten, das habe er schon selbst hinreichend deutlich erklärt. Weil eine Polstertür zwischen Vorzimmer und Büro ist und weil sie niemals den Chef belauscht, glaubt sie das auch und gibt ihr tiefes Verständnis für seine Frustration zu erkennen und begleitet ihn zur Tür, ohne Verdacht zu schöpfen, und dann ist Lächner draußen, ehe jemand etwas mitbekommt.

Alles wird gut. Es muß einfach gut werden.

Ein Fenster im sechsten Stock splitterte. Des Straßenlärms wegen hörten wir das Bersten des Glases nicht. Doch weil wir aufmerksam waren, sahen wir es, sahen, wie ein Mann durch die Luft segelte und zwischen ein paar Fußgängern aufschlug. Die hatten Glück, daß sie nur von seinem Blut bespritzt und nicht erschlagen wurden, aber sie kreischten laut los und blickten nach unten und dann unsicher nach oben, als ob von nun an alle paar Sekunden jemand herunterstürzen würde, ein Platzregen von lebensmüden Managern.

»Scheint doch nicht alles gutgegangen zu sein«, sagte ich.

13.05 Uhr

»Ich hab ihn doch nicht aus dem Fenster geworfen!« verwahrte sich Lächner.

»Wer sonst?« fragte ich.

Wir saßen in der Couchecke der Wohnung, die wir nach unseren nächtlichen Telefonaten besetzt hatten. Bei seinem dreistündigen Ausflug am Sonntag morgen hatte er die Abreise einer Familie – Mann, Frau, zwei Kinder – beobachtet und aus der Menge des Gepäcks auf längere Abwesenheit geschlossen. Er war ins Haus gegangen, um zu sehen, aus welcher Wohnung der Mann die Koffer holte. Es war anzunehmen, daß Freunde oder Nachbarn einen Schlüssel hatten, um die Blumen zu gießen, aber für zwei Tage könnte es ein einigermaßen sicheres Quartier für Notfälle sein. Mit einem Universalschlüsselbund aus Panows Beständen hatte ich keine Mühe gehabt, die Tür zu öffnen. Daß wir schlecht schlafen konnten und früh wieder aufstanden, lag nicht an der Furcht vor Überraschung. Der Kampf in Panows Haus hatte auch die beiden Profis stärker mitgenommen, als sie mich glauben lassen wollten.

Kurz nach dem Fenstersturz war Lächner aus dem Bürogebäude gekommen, ohne daß jemand versuchte, ihn aufzuhalten oder zu verfolgen. Dennoch gab er uns ein unauffälliges Zeichen, wir sollten ohne ihn in unser Quartier zurückkehren. Sofort schalteten wir das Radio ein. Das erste Mal wurde Stettners Tod in den Zwölf-Uhr-Nachrichten erwähnt. Der bekannte Industrielle Laurenz Stettner starb durch einen Sturz aus dem Fenster seines Büros, hieß es. Wir ließen ein Mittagsmagazin laufen, aber bis zu den Ein-Uhr-Nachrichten wurde der Sturz nicht wieder erwähnt, und der Wortlaut der Meldung war unverändert. Von einem Massaker in der Eldenaer Straße war übrigens nichts bekannt; das wäre auf allen Sendern die Spitzennachricht gewesen.

Als Lächner während des Wetterberichts endlich eintraf, nahmen wir seine veränderte Erscheinung kaum zur Kenntnis. Der graue Bart war verschwunden, desgleichen Hornbrille und Stock, nur die Haare waren noch weiß. Erregt machten wir ihm Vorwürfe. Auch Zofia hielt sein Vorgehen für übertrieben.

»Ihr werdet es mir nicht glauben, aber ich habe ihn nicht mal angefaßt!« verteidigte sich Lächner.

»Stimmt. Glauben wir nicht!« sagte ich.

»Erzähl endlich, was passiert ist!« forderte ihn Zofia auf.

»Da ist nicht viel zu erzählen. Am Anfang sah es so aus, als ob wir wirklich endlich mal Glück haben. Es lief so ähnlich, wie wir es uns ausgemalt hatten. Fünf Minuten konnte er für einen würdigen alten Herren erübrigen, und dies sofort – später sei keine Zeit, weil er zu einer Sitzung müsse. Er war allein im Zimmer, die Tür zum Vorzimmer gepolstert, also konnte ich gleich zur Sache kommen. Als er die Pistole sah, pinkelte er zwar nicht ein, aber viel hat nicht gefehlt. Sofort fing er an zu jammern und zu betteln und hörte gar nicht auf meine Fragen. Irgendwie mußte ich ihn beruhigen. Ich steckte die Pistole weg und sagte ihm, das ist keine Entführung und kein Erpressungsversuch, sondern eine offizielle Untersuchung, die ich im Auftrag der Regierung mache. Das beruhigte ihn ganz und gar nicht, obwohl er mich verstanden hatte. Ich warf ihm noch ein paar Brocken hin. Zwischenlager Nord. Fusionsreaktor Lubmin. Das Geschäft mit den Russen. Auf einmal ist es passiert. Ich war nicht darauf gefaßt, und ich verstehe es nicht. Er drehte durch, ich konnte ihn nicht festhalten, als er zum Fenster rannte und einfach hinaussprang. Durch die Scheibe. Ich verstehe es nicht.«

»Ich auch nicht«, bekannte ich.

»Ich war so überrascht, daß ich fast den Abgang vermasselt hätte, aber dann konnte ich mich doch zusammennehmen und ...«

»Still«, sagte Zofia und drehte das Radio etwas lauter. Endlich war ein Übertragungswagen vor dem Bürogebäude eingetroffen, und der Reporter hatte es geschafft, dem Leiter der polizeilichen Untersuchung sein Mikrofon vor den Mund zu halten. Hauptkommissar Herzen drückte sich vor klaren Antworten. Die Untersuchung habe ja soeben erst begonnen, mit Ergebnissen sei demzufolge nicht zu rechnen. Unfall, Selbstmord oder Mord?, beharrte der Reporter auf seiner Frage. Unfall könne ausgeschlossen werden, scherzte der Hauptkommissar, denn es sei unwahrscheinlich, daß Herr Stettner seine Fenster habe putzen wollen. Auf den ersten Blick sehe es wie Selbstmord aus, doch könne derzeit auch Mord nicht ausgeschlossen werden. Laurenz Stettner habe kurz vor seinem Sturz einen Besucher gehabt, »einen großen, dünnen Mann Ende Sechzig, leicht gehbehindert, läuft am Stock, völlig ergraut, trägt einen geflegten Vollbart und eine dicke, sehr starke Hornbrille. Der Mann, dessen Name uns bekannt ist, wird gebeten, sich unverzüglich mit der nächsten Polizeidienststelle oder direkt mit mir in Verbindung zu setzen.« Der Hauptkommissar sagte seine Telefonnummer und gab dann, etwas unwillig, noch ein paar Auskünfte. Der gesuchte Zeuge habe sich nach Aussage der Sekretärin mit ihrem Chef gestritten und sehr erregt dessen Zimmer verlassen. Nein, er wolle nicht darüber spekulieren, ob das Gespräch im Zusammenhang mit Stettners Tod stehe. Nein, auch nicht darüber, ob sich Stettner vor der Vorstandssitzung fürchtete. Schon gar nicht darüber, ob die Gerüchte über eine bevorstehende Pleite der TransNukem fundiert seien. Das alles werde die Untersuchung ergeben.

Zofia drehte das Radio leiser.

»Der Bulle bildet sich nur ein, daß ihm mein Name bekannt ist«, sagte Lächner. »Ich mußte den Ausweis nicht zeigen, also entschied ich mich für eine Phantasievariante.«

»Namen sind ohne Bedeutung.«

Zofia konnte eine so günstige Gelegenheit, ihre Lieblingsredensart einzusetzen, nicht ungenutzt verstreichen lassen.

»Auch Personenbeschreibungen sind ohne Bedeutung. Ich

werde die ursprüngliche Haarfarbe wieder herstellen. Dann hält mich keiner mehr für einen Endsechziger. Höchstens die Sekretärin würde mich bei einer Gegenüberstellung erkennen, aber dazu wird es nicht kommen. Wie sollten die mich finden? Vor allem: warum? Es war Selbstmord.«

»Hör auf!« schrie ich ihn an. »Hör auf!«

»Nicht so laut! Die Nachbarn!« sagte Zofia.

»Das ist mir scheißegal! Ich hab's satt! Dieses idiotische Lügen! Schluß. Aus. Ich war dicht dran, euch wirklich zu mögen, euch fast für Freunde zu halten, auch wenn ihr mich die ganze Zeit verschaukelt habt. Meint ihr, das merke ich nicht, nur weil ich die Klappe halte? Eure Stories haben mehr Löcher als Fäden. Na und? Geschenkt! So sind Agenten eben. Und nach und nach steige ich trotz eurer Spinnereien dahinter. Aber Informationen sind etwas anderes als Mord! Was ihr gestern abgezogen habt, war ein bißchen hart, aber irgendwie noch zu verstehen, wenn man eure Regeln akzeptiert. Das heute ging zu weit. Man wirft Leute nicht einfach aus dem Fenster. Ihr könnt doch nicht alle umbringen, die ihr für Feinde haltet!«

»Kommt drauf an, wie viele es sind«, Zofia grinste.

Lächner blieb ernst. »Ich habe ihn nicht rausgeworfen!« schwor er.

»Obwohl dein Beruf Lügner ist, kannst du das nicht besonders gut. Was hat Stettner falsch gemacht? Hat er dir eine pampige Antwort gegeben? Oder den Namen einer Person genannt, die du unbedingt schützen willst? Wolltest du deine Spuren verwischen? Oder hattest du einfach mal Lust, jemanden durch eine Scheibe auf die Straße zu werfen? Ihr braucht doch keinen Grund, wenn ihr jemanden umlegen wollt.«

»Einen Grund schon: Wir tun das fürs Vaterland.«

Mein Ausbruch schien Zofia zu belustigen; sie reizte mich mit ihren ironischen Bemerkungen, und ihr konnte ich auch nicht böse sein. Wahrscheinlich wollte sie mir klarmachen, daß ich maßlos übertrieb. Mag sein, aber meine Wut wurde nicht kleiner. Ich konzentrierte sie auf Lächner.

»Killer! Du bist nicht besser als Basler, der Berufssadist. Der hat auch geglaubt, auf der richtigen Seite zu stehen und für eine gute Sache zu morden. Nur daß Leute wie ihr keine Ahnung haben, was gut und böse ist!«

»Doch«, sagte Lächner leise. »Das weiß ich.«

Er klang so resigniert, daß Zofia zu grinsen aufhörte.

»Ich bin anders, als du denkst«, fuhr Lächner fort. »Ich bin kein Killer. Oder wenn doch, dann nur in der Art, wie es jedem Soldaten passieren kann, daß er jemand tötet. Bisher waren es drei. Die ersten beiden in Selbstverteidigung. Das war bei einem Bürgerkrieg in Afrika. Ich mußte schießen, sonst hätten sie mich erschossen oder mit ihren Buschmessern zerhackt. Ich bin nicht mal sicher, ob die tödlichen Schüsse aus meiner Waffe kamen. Genaugenommen war das gestern der erste, der zählt. Ich hab's mir nicht anmerken lassen, aber das war nicht leicht. Ich konnte die ganze Nacht nicht schlafen. Nicht eine Minute! Das war zwar irgendwie auch Selbstverteidigung, und ich hab dir mit dem Stich wahrscheinlich das Leben gerettet, und eigentlich sollte mein Gewissen mich belobigen, aber das tut's nicht. Stettner hab ich nicht angerührt! Das ist die Wahrheit. Ich bin kein Killer. Jedenfalls keiner, der mit eigener Hand Menschen umbringt. Aber ich habe Schlimmeres getan. Das sage ich, weil ich sehr wohl noch zwischen Gut und Böse unterscheiden kann.«

»Was ist schlimmer, als jemanden aus dem Fenster zu werfen?« fragte ich.

»Anzuordnen, daß jemand aus dem Fenster geworfen wird. Verantwortung zu tragen. Ich bin mitverantwortlich für den Tod von einer Million Menschen.«

Zofia erbleichte und schüttelte den Kopf. Ich war zu überhaupt keiner Reaktion fähig. Mit zitternden Händen entzündete Lächner eine Zigarette.

»Du stellst dir Geheimdienstarbeit wie in einem James-Bond-Film vor«, sagte er. »Und was wir zur Zeit erleben, wird deine Vorstellungen bestätigen. Aber das ist nicht typisch! Noch nie ist in Deutschland auf mich geschossen worden. Auch nicht anderswo auf der Welt, außer in Mozambique, und selbst dort war nicht ich gemeint, sondern nur zufällig unter denen, die angegriffen wurden. Die CIA macht manchmal nasse Sachen, bringt linksliberale Präsidenten und andere mißliebige Personen um. Der KGB hat das mit Dissidenten und Abweichlern auch getan. Wir nicht! Vielleicht die kleine Sondertruppe deines speziellen Freundes Pelzer, darüber weiß ich zuwenig, aber das Gros von uns sammelt Informationen. Nichts sonst. Und trotzdem sind wir nicht wirklich besser. Wir mischen uns ein. Überall auf der Welt. Wenn sich irgendwo zwei Parteien bekriegen, dann hofieren wir diejenige, die am wenigstens links ist. So war das in Mozambique. Die Regierung galt als prokommunistisch, also haben wir die RENAMO unterstützt, Widerstandskämpfer in der offiziellen Lesart. Wir haben ihnen Geld geschickt, Waffen, sogar Söldner. Wenn sie ungestört tagen wollten, haben wir ihnen Quartiere besorgt, hier in Deutschland. Und wir haben ihnen Berater zur Seite gestellt. Ich war einer davon. Ich habe gesehen, worum es wirklich ging. Klar, wenn sie Regierungstruppen trafen, haben sie auch auf die geschossen. Aber das kam selten vor. Meist überfielen sie Dörfer und haben Zivilisten umgelegt. Bauern, ihre Frauen und Kinder. Das war eine so blutrünstige Bande, daß ich es nicht aushielt. Ich konnte sie nicht beraten, ich wollte es nicht. Ich bin abgehauen. Die beiden, die ich getötet habe, waren von der RENAMO, wenigstens das. Ich war schon auf Territorium, das sie nicht kontrollierten, und zum Glück war auch eine FRELIMO-Einheit im Dorf. An dem Tag haben es unsere diensteigenen Mörder nicht geschafft. Das waren sie, Mörder. Ob sie wirklich eine Million Menschen umgebracht haben, weiß ich nicht. Vielleicht waren es mehr, vielleicht auch bloß die Hälfte. Das ist nicht wichtig. Wichtig ist, daß wir sie unterstützt haben. Nicht allein, natürlich hat die CIA die Aktion geleitet, und die gröbste Drecksarbeit haben die südafrikanischen Geheimdienste gemacht, die Leute von BOSS und dem MIS. Wir waren dabei. Ich war dabei. Ich habe es nicht angeordnet, ich wollte es sogar stoppen, habe Berichte geschrieben und mich unbeliebt gemacht. Aber bin ich ausgestiegen, als nichts passierte? Habe ich die Öffentlichkeit angerufen? Nein. Sie teilten mich der Ostaufklärung zu, wo es nicht so viele Leichen gab, jedenfalls nicht durch uns, und ich hab mich ducken lassen und mitgespielt.«

Lächner entzündete die nächste Zigarette. Seine Hände waren wieder ruhig. Da wir nichts sagten, sprach er weiter.

»Ich lege Leute nur um, wenn ich mit dem Arsch an der Wand stehe, und auch wenn mir das ein paar schlaflose Nächte einbringt, ist es richtig. Falsch ist es, eine Bande von Metzgern im Interesse der Freien Welt mit Schlachtwerkzeugen zu beliefern. Die Demokratie ist aus dem Ruder gelaufen, wenn so etwas gefördert wird. Ich verstehe nicht, wie man das Kroppzeug wählen kann, das dafür verantwortlich ist. Dummheit ist die wichtigste staatstragende Eigenschaft, aber sie entschuldigt nicht alles. Ich bin etwas schuldiger als das Stimmvieh, weil ich mehr gewußt habe, aber inzwischen sind Informationen über die Massaker zugänglich. Liest das jemand? Mußte auch nur einer deswegen seinen Hut nehmen? Und ich mach immer noch mit. Ich spioniere fürs Vaterland und für das beste aller freiheitlichen Systeme, ich laß mich bezahlen und warte auf meine Pension. Es ist ein beschissener Job, aber ich kann nichts anderes. Seit neunundsechzig bin ich dabei. Ich bin zu alt, noch was Neues anzufangen, und zu jung, schon in Rente zu gehen. Was wir jetzt durchziehen, das ist eine gute Sache, falls ich tatsächlich noch zwischen Gut und Böse unterscheiden kann. Doppelagenten und Verräter hat es immer gegeben. Das gehört zum Gewerbe. Sie richten Schaden an, aber der ist meist nicht sonderlich hoch, weil auf der anderen Seite auch genügend Doppelagenten sitzen und den Verrat zurückverraten. Bedenklich wird es dann, wenn sie in einflußreicher Position sitzen. Je höher, desto schlimmer. Unser Herr X scheint ziemlich weit oben zu sitzen. Der ist auf jeden Fall gefährlich. Nicht nur für uns, sondern für ein paar hundert oder tausend Menschen, unter Umständen sogar für die ganze Welt. Ihr denkt, ich übertreibe?«

Sind wir, dachte ich, tatsächlich drauf und dran, die Welt vor den Anschlägen eines Finsterlings zu retten? Kann das James Bond nicht wesentlich besser als wir?

»Das wäre nicht das erste Mal! Ihr scheint beide keine Ahnung von Geschichte zu haben, wenn ihr das nicht wißt. Schon mal von Apis gehört? Das war der Codename von Oberst Dragutin Dimitrijevi, Chef des serbischen militärischen Geheimdienstes, 1914 unter anderm verantwortlich für die Sicherheit des Erzherzogs Franz Ferdinand beim Besuch in Sarajevo. Dimitrijevi stand auch auf einer deutschen Gehaltsliste. Wir wollten uns nach Osten erweitern und brauchten einen Anlaß für einen Krieg. Er hat ihn geliefert und den Mord am österreichischen Thronfolger organisiert. Dem Mörder hat er eingeredet, es geht um Serbiens Unabhängigkeit. Die wurde damals nicht erreicht, erst heute, und wenn man sich anguckt, was da abläuft, wäre es vielleicht besser, daß sie es nie geschafft hätten. Der Doppelagent hat den bis dahin größten Krieg der Weltgeschichte mitinszeniert. Ich denke, daß wir...«

Den Rest seines Vortrages bekamen wir nie zu hören. Zofia brachte ihn mit einer Handbewegung zum Schweigen und tastete nach ihrer Pistole. In der Wohnungstür drehte sich ein Schlüssel.

13.30 Uhr

Das Mädchen blieb erstaunt in der Tür stehen. »Guten Tag«, sagte sie unsicher; offenbar konnte sie sich unsere Anwesenheit so wenig erklären wie wir uns die ihre, doch sahen wir so anständig aus und saßen so ruhig am Couchtisch, daß es wohl seine Ordnung haben mußte, nur wußte sie nicht, welche. Sie mochte sechzehn oder siebzehn Jahre sein, war klein und etwas pummlig.

»Die älteste Tochter des Hauses Kunze, nehme ich an?« fragte Zofia.

»Ja. Ich bin Birgit. Und Sie?«

»Haben dir deine Eltern nichts gesagt?«

»Nein.«

»Setz dich zu uns«, schlug Zofia vor und deutete auf den freien Sessel. Verwirrt folgte Birgit der Einladung. Lächner schnaufte und verdrehte die Augen. Schon wieder ein Problem!

»Wann hast du denn das letzte Mal mit ihnen gesprochen?«

»Gestern morgen.«

»Kurz bevor sie abgefahren sind?«

»Nee, ganz früh. Sie sind bestimmt nicht vor Mittag weggekommen. Ick hab 'ne Freundin besucht.«

»Ach so. Dann kannst du es ja nicht wissen. Mein Mann ist ein Schulfreund deines Vaters. Wir kamen gestern in Berlin an, unangemeldet, und hatten Glück im Unglück. Für ein Gespräch war kaum Zeit, aber wir suchten für ein paar Tage ein Quartier, und da bot uns dein Vater seine Wohnung an.«

»Schulfreund?« fragte sie und betrachtete mich mit sonderbarem Blick.

»Wir haben uns lange nicht gesehen«, sagte ich.

»Sie sind viel jünger als mein Vater.«

»Danke, das hört man gern. Ich habe mich ein bißchen besser gehalten. Aber nicht viel. Ich finde, daß er ganz gut aussieht für unser Alter. Als Tochter hat man natürlich einen anderen Blick dafür.« Es klang gestelzt; irgendwie lag es mir nicht, Schulmädchen zu belügen.

»Warum haben sie mich nicht angerufen?«

»Sie waren sehr in Eile, weil sie einfach nicht fertig wurden mit dem Packen«, erfand Zofia.

»Trotzdem«, beharrte Birgit. »Det machen sie nicht.«

»Was machen sie nicht?« fragte Zofia.

»Fremde in die Wohnung lassen und mir nicht Bescheid sagen.«

Sie war mißtrauisch, aber es reichte nicht zum Aufspringen und Wegrennen. Wir sahen vertrauenswürdiger aus, als wir waren.

»Wir sind keine Fremden. Und was heißt, sie machen es nicht? Sie haben es doch gemacht! Oder wie, glaubst du, sind wir sonst hier hereingekommen?«

»Sie hätten mir wenigstens 'nen Zettel hingelegt!«

»Das hätten sie wirklich tun sollen«, stimmte Zofia ihr zu. »Verstehe ich ehrlich nicht, daß sie es vergessen haben. Auf die fünf Minuten wäre es auch nicht mehr angekommen.«

Birgit nickte, Zofia hatte ihre Meinung getroffen. Trotzdem war sie nicht ganz überzeugt, und schuld daran war offenbar meine jugendliche Maske. Dabei war ich vermutlich sogar älter als ihr mir unbekannter Vater.

»Wo sind Sie denn zur Schule gegangen?« wandte sie sich unschuldig an mich.

»Na hier!« sagte ich und deutete mit dem Daumen über die Schulter. Es schien die richtige Antwort gewesen zu sein, das Mädchen entspannte sich.

»Wenn es dich stört, daß wir hier sind, suchen wir uns natürlich ein anderes Quartier«, sagte Zofia. »Es wäre schön bequem gewesen, aber wir finden sicher was anderes. Morgen, spätestens übermorgen sind wir verschwunden.«

»Sind Sie Russin?« fragte Birgit.

»Geboren in Polen. Aber ich lebe schon lange hier und bin durch die Heirat Deutsche geworden. Wir haben uns noch gar nicht vorgestellt. Magdalena Herrmann.«

»Frank Herrmann«, fiel mir ein.

»Und ich«, ließ Lächner zum ersten Mal seine Stimme hören, »bin der Hans-Peter Moser, Franks Cousin aus Freiburg in Breisgau. Wie wär's denn, Magda, wenn du uns einen Kaffee kochst?«

»Wir haben noch nicht mal Mittag gegessen«, maulte Zofia-Magdalena, doch als brave Ehefrau und Cousine erhob sie sich sofort und ging in die Küche.

»In welche Klasse gehst du?« fragte Lächner.

»Jetzt sind Ferien. Ick komm in die elfte.«

»Warum bist du nicht mitgefahren?«

»Mit meinen Eltern?« Gesicht und Tonfall signalisierten, daß sie die Vorstellung für eine Zumutung hielt.

»Sturmfreie Bude in der Hauptstadt«, gab sich Lächner verständnisvoll. »Mal was anderes als immer nur Mallorca.«

Zofia kam zurück und teilte uns mit, der Kaffee laufe durch, doch Birgit beachtete sie nicht.

»Meine Eltern sind nicht in Mallorca. Noch nie gewesen.«

»Das war doch nur ein Witz.«

»Und wo sind sie? Det werden sie doch wenigstens gesagt haben, oder?«

»Willst du uns verhören?« Lächner tat, als sei er belustigt.

Birgit ließ sich nicht erschüttern. »Wo sind sie?«

»Frankreich«, sagte Lächner.

Vermutlich hatte er falsch geraten. Birgit verzog zwar keine Miene, doch schob sie sofort die nächste Fangfrage hinterher. »Wie heißt mein Vater mit Vornamen?«

Schweigen.

»Wie heißt er?« wiederholte sie.

Da hatte sie uns kalt erwischt.

»Dieter«, sagte Lächner.

»Daneben.«

»Joachim«, steuerte Zofia bei.

»Daneben. Und jetzt gibt der Schulfreund die Auflösung bekannt.« Sie sah mich an.

»Norbert.«

»Wer sind Sie?« fragte Birgit.

Zofia zog ihre Pistole. »Hätte sowieso nicht lange funktioniert«, murmelte sie.

Das Mädchen erbleichte.

»Wir sind die Guten«, erinnerte ich Zofia.

»Keine Angst«, beruhigte sie mich und Birgit. »Wir wollen dir nichts tun. Auf gar keinen Fall. Du hast recht. Wir kennen deine Eltern nicht, und sie kennen uns nicht. Wir sind ohne ihre Erlaubnis hier. Sie wissen nichts davon. Aber wir sind keine Gangster. Ganz im Gegenteil. Gangster sind hinter uns her. Als wir gestern sahen, daß deine Eltern in Urlaub fuhren, haben wir uns in der Wohnung versteckt. Wir stehlen nichts, wir machen nichts kaputt, und falls doch, bezahlen wir es. Was wir essen, haben wir uns selber gekauft. Und in zwei Tagen wollten wir sowieso verschwinden.«

Obwohl Zofia recht überzeugend klang, blickte das Mädchen uns starr an. Sie hatte Angst, und das konnte ich ihr nicht verdenken. Auf einmal war eine Welt in ihr Zuhause eingebrochen, die sie bislang für ein Fernsehmärchen gehalten hatte, falls sie überhaupt solche Filme sah. Drei fremde Menschen hatten die Wohnung besetzt und bedrohten sie mit einer Pistole. Das war zuviel für einen Teenager.

»Wir bitten dich, nicht zu schreien und nicht wegzurennen. Dann passiert dir nichts«, sagte Lächner.

»Halt die Klappe!« fuhr ich ihn an. Das Mädchen zuckte zusammen. Ich mäßigte meine Lautstärke. »Das kannst du mit einem Kind nicht machen!«

»Ich mach doch gar nichts!« verteidigte sich Lächner.

»Wäre ja auch noch schöner! Hör zu, Birgit, ich weiß, daß es wie ein Alptraum für dich ist, und wir können reden, soviel wir wollen, es wird nicht besser. Ich versuch's trotzdem.«

Sie starrte auf den Tisch, doch hatte ich den Eindruck, daß sie zuhörte.

»Dir wird auf keinen Fall etwas passieren. Auch nicht, wenn du schreist oder wegrennst. Margareta steckt jetzt die Pistole weg. Sie wollte nicht auf dich schießen, sie wollte nur, daß du nicht schreist und wegrennst. Wenn du schreist, halten wir dir den Mund zu, und wenn du wegrennst, halten wir dich fest, aber etwas Schlimmeres wird dir auf keinen Fall geschehen. Du merkst doch, daß wir alle versuchen, dich zu beruhigen und mit dir zu reden. Das wäre nicht nötig, wenn wir dir was tun wollten. Das alles hat nichts mit dir zu tun. Wir haben selber ein Problem, wir haben selber Angst. Für mich ist die Situation genauso absurd wie für dich. Ich bin Journalist und nur durch Zufall dazugekommen. Die beiden anderen arbeiten für den Geheimdienst und haben etwas herausgefunden, was gefährlich ist, und ein paar Leute wollen sie daran hindern, ihr Wissen weiterzugeben. Sie haben auf uns geschossen, wir sind entkommen und haben uns versteckt. Solange wir nicht ganz genau herausgefunden haben, wer uns erschießen wollte, können wir nicht mal zur Polizei gehen. Noch einen oder zwei Tage, dann haben wir die Lösung, dann verschwinden wir aus deiner Wohnung und deinem Leben.«

Zofia hatte die Waffe tatsächlich weggesteckt. Birgit hatte noch immer Angst, aber sie blickte uns wieder an.

»Gehen Sie weg«, sagte sie leise.

»Hier können sie uns nicht finden. Versteh doch, wir haben auch Angst.«

»Wie soll das weitergehen?« fragte Birgit resigniert.

»Wir werden es schon zusammen aushalten.« Zofia gelang es, munter und fröhlich zu klingen, obwohl ihr ebenso trübe zumute war wie mir. Das hätte einfach nicht passieren dürfen! Es war nicht heroisch, sondern lächerlich. Wir mußten nicht nur die

Welt retten, sondern hatten dabei auch noch einen verängstigten Teenager auf dem Hals. Das verdoppelte unsere Schwierigkeiten.

»Wenn Sie sich hier verstecken, werden Sie Ihren Fall nicht lösen«, sagte das Mädchen.

»Wir würden uns ja eine neue Wohnung suchen, aber da kann es ähnliche Schwierigkeiten geben.« Lächner ließ seine Stimme sanft klingen, um sie nicht zu erschrecken und mich nicht zu reizen. »Glaub mir, es gibt keine andere Lösung, als hierzubleiben und der Situation das Beste abzugewinnen.«

»Sie wollen mir wirklich nichts tun?«

»Auf keinen Fall«, versicherte Zofia. »Du bist nicht unsere Geisel und nicht unsere Gefangene. Du bist unser Gast. Wenn du willst, unsere Gastgeberin.«

»Ick will nicht«, trotzte Birgit, »aber es bleibt mir nichts anderes übrig.«

»Doch«, sagte Zofia. »Du kannst uns verraten, jetzt, wo du weißt, daß wir dir auf keinen Fall etwas tun werden. Du kannst es immer wieder versuchen, ohne daß dir was passieren wird. Aber dann wird wahrscheinlich uns etwas passieren. Kann sein, daß wir getötet werden. Und das willst du sicher auch nicht.«

»Ich kenne Sie ja gar nicht«, sagte Birgit. Unvermutet lächelte sie mich an und setzte fort: »Und Sie kennen sich auch nicht so gut. Sie haben Ihre Frau Margareta genannt. Ich denke, sie heißt Magdalena!«

»Namen sind ohne Bedeutung.«

16. Juli, 01.30 Uhr

Zwei Polizisten schlenderten im müßiggängerischen Diensttempo an einem Bürogebäude in Berlin-Charlottenburg vorbei. Sie trugen die Sommeruniform – braune Hose, khakifarbenes kurzärmliges Hemd, darüber der Temperatur wegen die farblich zur Mütze passende Jacke. Es war ein Pärchen. Die Frau mochte Mitte Dreißig sein. Sie hatte langes rotes Haar und war unwesentlich größer als ihr Partner. Der Mann hatte einen dunkelblonden Schnurrbart und dunkelblondes Haar. Er mochte Ende Dreißig sein und sah recht flott aus in der Uniform. Zumindest fand er das selber. Das Pärchen waren Zofia und ich. Die Verkleidung stammte aus dem Fundus des seligen Panow. Zofias Uniform paßte, als wäre sie eigens für sie geschneidert worden, während meine Hose entschieden zu lang und zu eng war. Ich mußte den obersten Knopf offen lassen und die Hosenbeine umkrempeln, doch in der Nacht fiel das sicher niemandem auf.

Kein Licht im Bürogebäude. Das hatte Lächner vorausgesehen; auch ein ungeklärter Todesfall würde an den Gepflogenheiten im Hause nichts ändern. Es gab keinen Grund, das Büro zu bewachen. Schlimmstenfalls war es versiegelt. Kein ernstzunehmendes Hindernis. Siegel sollten brave Bürger abschrecken. Nicht Einbrecher oder Agenten.

Den Nachmittag und Abend hatten wir mit Beratungen verbracht. Birgit nahm daran teil. Wir hofften, daß sie unsere Gegenwart bereitwilliger tolerierte, wenn sie wußte, worum es ging. Es gab, abgesehen von der Zahl der Leichen am Wegesrand, wenig, was vor ihr geheimgehalten werden mußte. X wollte vertuschen, wir aufdecken. Mulmig war mir trotzdem. Wenn die Sache überstanden war – was dann? Das Mädchen würde nicht dichthalten. Wenn entschieden wurde, die Affäre intern zu regeln, war sie in Gefahr. Eine Mitwisserin, die zum Schweigen gebracht werden mußte. Galt das nicht auch für mich? Im Augenblick war daran nichts zu ändern. Zofia und Lächner würden mir nichts tun, das wußte ich. Nicht mal, wenn sie den Befehl dazu bekamen. Dem Mädchen würden sie ebenfalls nichts tun. Und an das Später konnte ich später denken.

Daß es um ein Öko-Verbrechen ging, nahm Birgit für uns ein. Leute, die Atommüllschiebungen verhindern wollen, können einfach keine Verbrecher sein. Nur, daß wir nicht zur Polizei gingen, verstand sie nicht. Fast alles hatte sie sich schweigend angehört, doch zu diesem Punkt ersparte sie uns ihren Rat nicht. Öffentlichkeit ist eine Waffe, verkündete sie. Es muß verhindert werden, daß Atommüll einfach verbuddelt wird. Der Abfall kann Tausende verstrahlen, über das Grundwasser sogar Zehntausende. Daß irgendwo in der Zentrale des Dienstes ein Mann sitzt, der sich bestechen ließ, ist nicht so wichtig. Herr X wird nicht der erste, nicht der einzige und nicht der letzte korrupte Agent sein. Daß er vor uns Angst hat und wir vor ihm, verstehe sie durchaus, aber die Polizei wird uns vor ihm schützen, und wenn erst einmal alles veröffentlicht ist, was wir wissen, ist es für diesen X zu spät, uns am Reden zu hindern. Unsere Argumentation, daß nur Leute wie X es den Wirtschaftsverbrechern möglich machen, über Ländergrenzen hinweg zu operieren und daß die Polizei nicht mal friedliche Bürger schützen könne, schon gar nicht in Ungnade gefallene Geheimagenten, leuchtete ihr nicht ein.

Trotzdem blieb sie selbst dann friedlich, als wir sie in ihr Zimmer schickten, um die nächsten Schritte zu planen. Allerdings vertrauten wir ihr nur, soweit wir ihre Schritte kontrollieren konnten, also war Lächner in der Wohnung geblieben, um sie unauffällig zu bewachen. Ohnehin mochte er sich in der Nähe des Hauses, aus dessen oberstem Geschoß sich Stettner zu Tode gestürzt hatte, nicht blicken lassen.

Die Straße war kaum belebt. Sofern die Absturzstelle ein Wallfahrtsort geworden sein sollte, war der Andrang der Sensationspilger jedenfalls schon vor Stunden abgeflaut. Wir vollendeten unsere Runde um den Häuserblock und schlenderten zum Eingang. Ich fummelte mit dem Universalschlüsselbund an der Tür herum, Zofia behielt die Straße im Auge.

»Mach hin«, raunte sie mir zu. »Da kommen Leute.«

Ich knurrte und probierte den nächsten Schlüssel. Und den nächsten.

Drei angetrunkene junge Männer blieben stehen und sahen uns zu. Zofia wandte sich zu ihnen um und lächelte sie an. Sie lächelten zurück und gingen weiter. Wenn Polizisten guter Laune sind, geschieht nichts Spannendes, also gab es keinen Grund, uns bei der Arbeit zuzusehen.

Endlich schnappte das Schloß auf. Wir öffneten die Tür, gingen ins Haus und sperrten hinter uns ab. Ich merkte mir den Schlüssel, der gepaßt hatte, und verstaute das Bund. Drei Sekunden später mußte ich es wieder vorholen, denn die Tür oberhalb der breiten Eingangstreppe war ebenfalls verschlossen. Diesmal brauchte ich nicht zu suchen, es war derselbe Schlüssel.

Die Lobby war nicht sonderlich groß, kaum mehr als ein verbreiterter Durchgang zu den Fahrstühlen und der Haupttreppe. Viel war nicht zu erkennen in der Finsternis. Daß dort Tische und Sessel standen, bemerkte ich erst, als ich dagegenrammelte. Die Taschenlampen schalteten wir nicht ein, da das Licht von der Straße aus gesehen werden könnte.

»Nicht zum Fahrstuhl«, bremste Zofia mich flüsternd.

»Laufen?« murrte ich.

»Es gibt zwei Seitentreppen für Notfälle«, sagte Zofia. »Auf jeder Etage Stahltüren mit Panikschlössern. Von innen stets offen, von außen stets zu.«

»Sechs Schlösser öffnen? Wenn wir den Fahrstuhl nehmen, ist es nur eins.«

»Wir haben nur den Universalschlüssel, keine Universalmagnetkarte.«

Dem konnte ich nicht widersprechen. Die TransNukem hatte den rechten Trakt gemietet, also gingen wir nach rechts. Die Feuertüren ließen sich mit Panows Ausrüstung mühelos öffnen. Eigentlich erstaunlich, daß es nachts nicht in sämtlichen Büros von Spionen wimmelt, wenn es solche Schlüsselsysteme gibt. Zwei Minuten später jedenfalls standen wir vor der Tür des Vorzimmers von Stettners Büro. Eine halbe Minute später dahinter. Zofia schaltete die Taschenlampe an. Kein Siegel vor der Tür zum Zimmer des Chefs. Eine Klinke, die zu drücken nichts nutzte, und neben der Tür ein elektronisches Schloß. Mit penetrantem giftgrünem Blinken wies es darauf hin, daß es in Betrieb war. Zehn Ziffern, zwei Symbole.

»Ein Pincode«, sagte ich. »Nun sind wir am Arsch.«

»Nicht unbedingt.« Zofia kramte in ihrer Tasche, holte ein Kästchen und einen Pinsel hervor. »Graphitstaub«, erklärte sie. »Damit sichert man Fingerabdrücke. So ein Code wird nicht jeden Tag gewechselt.« Sie verteilte den Staub auf der Tastatur und pinselte darauf herum. »Das heißt, Abdrücke sind nur auf den Tasten, die die Tür öffnen. Das sind ... hm, nur drei. Bei dieser Sorte Schloß sind es eigentlich vier.«

»Eine Taste zweimal, ist doch klar. Nur welche? Und in welcher Reihenfolge?«

»Es sind die Ziffern eins, fünf und sechs.«

»Mindestens fünfzehn Kombinationsmöglichkeiten, glaube ich.«

»Vierundzwanzig, um genau zu sein.«

Gott, war die Frau schlau!

»Vielleicht haben wir einen Fehlversuch, ehe ein Alarm losheult.«

»Dann müssen wir die dreiundzwanzig falschen eben vermeiden.«

»Wie denn?«

»Du bist der Schlosser. Laß dir was einfallen.«

»Erstens bin ich kein Schlosser ...«

»Sondern Journalist und freier Geheimdienstmitarbeiter, ich weiß.«

»Ich habe nie für einen Geheimdienst gearbeitet.«

»Wenn nicht früher, dann eben jetzt. Und zweitens?«

»Als ich gelernt habe, übrigens nicht mal ein halbes Jahr und ohne großen Erfolg, waren die elektronischen Schlösser noch gar nicht erfunden. Jedenfalls nicht im Osten.«

»Dann muß ich es aufschrauben und sehen, ob wir es überbrücken können.«

»Verstehst du was davon?«

»Na ja ...«

»Kann man den Code eigentlich frei wählen, wenn so was eingebaut wird?«

»Natürlich.«

»Die meisten suchen sich was Einfaches. Eine Zahl, die anderen unbekannt ist, die sie selbst aber nie vergessen.«

»Der erste Kuß ...«

»So romantisch war Stettner sicher nicht. Er wird den eigenen Geburtstag gewählt haben. Wann ist er geboren?«

»1965. Sechs und fünf. Tag und Monat weiß ich nicht. Immer noch fünf Möglichkeiten. Erster, fünfter oder sechster Januar, erster Mai, erster Juni.«

»Die Chancen stehen eins zu vier. Keine schlechte Quote. Wenn wir zwei Versuche haben, sogar noch besser. Übrigens glaube ich nicht, daß ein Alarm dranhängt. Nicht an einer Bürotür.«

»Und wenn doch?«

»Erster Mai paßt nicht zu Stettner. Kampftag der Werktätigen.«

Zofia sah mich merkwürdig von der Seite an. »Kampftag der Werktätigen?«

»So hieß das bei uns. Bei euch doch auch?«

»Erster Juni paßt auch nicht zu ihm. Internationaler Tag des Kindes. Stettner war nie Kind.«

Entschlossen drehte sie sich der Tafel zu, und ohne zu überlegen, tippte sie sechs, eins, sechs, fünf ein. Ein Klicken und die Tür ließ sich aufklinken.

Stettners Büro war bescheidener eingerichtet, als ich mir vorgestellt hatte. Ein großer, schwarzer Schreibtisch mit zwei Telefonen, einer Wechselsprechanlage und einem Faxgerät, dahinter ein hochlehniger dunkler Lederdrehsessel, ein Aktenschrank, ein runder Tisch mit drei Stühlen und ein Computertisch, auf dem zwei Computer standen. Der eine, der mit einem dritten Telefon verbunden war, interessierte Zofia nicht. In den hätte sie sich auch von außerhalb einhacken können. Wir waren wegen des zweiten Geräts eingebrochen, dessen Existenz Lächners geschulter Beobachtungsgabe nicht entgangen war. Wozu brauchte der Jungunternehmer das, wenn nicht dafür, um Daten zu speichern, die keinerlei Zugriff von Unbefugten ausgesetzt werden durften?

Zofia drückte auf den Power-Schalter. Piepend erwachte der Computer, und über den Bildschirm jagten weiße Buchstaben auf schwarzem Grund.

»MS-DOS«, sagte sie.

»Ist das gut oder schlecht?«

»Für uns gut, da kenne ich mich besser aus als auf einem Mac. Habe ich mir gedacht!« rief sie plötzlich.

›Enter Password‹ stand auf dem Bildschirm.

»Das werden wir nicht so leicht rauskriegen wie den Türcode«, vermutete ich.

»Viel leichter und ohne Nachdenken!« Zofia – ihre Glock trug sie wie gewohnt im Achselhalfter – zog aus dem zur Uniform gehörenden Holster ein Gerät, suchte sich auf der Rückseite des Computers die geeignete Schnittstelle und aktivierte die Box. »Wie gesagt, ich habe es erwartet. Das Gerät sucht selbständig den richtigen Code. Wir brauchen nur abzuwarten.«

Warten kann unangenehm werden, wenn man vor einem Monitor sitzt, auf dem sich absolut nichts tut. Selbst in angenehmer Gesellschaft schleicht die Zeit quälend langsam voran, ganz im

Unterschied zu meinem Herzen, das sich unnötigerweise für einen rasenden Galopp entschieden hatte und so laut ratterte, daß man es sicher im Vorzimmer hören konnte. Zum Schwatzen waren wir beide nicht aufgelegt. Zofia ließ sich nichts anmerken, aber auch sie war nervös. Außer uns war niemand im Gebäude, doch war es durchaus möglich, daß eine Wachgesellschaft in regelmäßigen oder unregelmäßigen Abständen nach dem Rechten sah oder daß eine Putzkolonne anrückte. Lag in den benachbarten Büros das SEK auf der Lauer nach dem Mörder, den es stets an den Ort der Tat zurückzieht? Bemerkte jemand, der unsere Uniform zu Recht trug, das Flackern hinter dem zerbrochenen Fenster?

Das Fensterbrett befand sich knapp unterhalb der Bauchhöhe. Kein unüberwindliches Hindernis für einen Sprung, während das Hinausschubsen nicht so leicht sein dürfte. Ich ging hinüber und sah es mir an. Die Polizei hatte das gleiche Mittel verwendet wie Zofia bei der Codetafel. Deutlich zu erkennen der Abdruck eines Schuhs. Das erleichterte mich: Der erste sichere Hinweis dafür, daß Lächner uns nicht belogen hatte.

Ich blickte aus dem Fenster auf die Straße. Kein Mensch zu sehen. Ein einsamer Streifenwagen kam angefahren. Ich zuckte zurück, dann sah ich wieder hinaus. Die Funkstreife fuhr vorüber.

Zofia begann zu tippen.

»Sind wir drin?« fragte ich und trat hinter ihren Stuhl.

»Wir ja, aber es nicht.«

»Wie meinst du das?«

»Gelöscht. Viel gelöscht. Fast alles.«

»Soweit ich weiß, kann man Gelöschtes wieder sichtbar machen, solange es nicht überschrieben ist.«

»Was glaubst du, was ich gerade tue? Meine Memoiren tippen?«

Sie hämmerte auf den Tasten herum, bis ein Text erschien. Er war derb verstümmelt und mit Fragmenten aus mindestens zwei anderen Texten durchsetzt, doch war es ein Anfang.

Ich muß zugeben, daß ein anderes Gefühl stärker war als die Angst: Freude. Vielleicht war sie hektisch und überhitzt, aber sie war echt. Endlich erlebte ich, wovon ich in meinem ereignisarmen Leben oft geträumt hatte. Dieser Traum war so stark gewesen, daß ich ihn, als mir Zweifel an der eigenen Identität kamen, für realer hielt als die Erinnerungen an die Tristesse meines Alltags. Wahrscheinlich träumen viele Männer etwas Ähnliches, doch bekommen die meisten nie die Chance, in ihre fiktiven Welten hineinzusteigen. Und sollte es ihnen doch zustoßen, werden sie damit gewiß nicht so gut fertig wie ich.

Es war wie ein Wunder. Vor vier Tagen hatte ich einsam in meiner Wohnung herumgehangen und meine Depressionen gehätschelt. Alles hatte ich verloren, die Geliebte, die Freunde, sogar die Identität. Nichts war mir geblieben als das Leben und die Gewißheit, daß ich es vergeudet hatte. Wenn ich einen Energieschub hatte, raffte ich mich auf und holte mir aus der Videothek einen Actionfilm. Sämtliche Mitarbeiter der Videothek kannten und grüßten mich, obwohl ich selten mit ihnen sprach. Ich war ihr bester Kunde, weil ich oft Energieschübe kompensieren mußte. Was nutzt Energie, wenn niemand sie haben will?

Auf einmal steckte ich selber mitten in einem Actionfilm. Ich hatte einen väterlichen Freund gewonnen und eine junge Frau zur Seite, die mir von Stunde zu Stunde besser gefiel, obwohl sie mit der Waffe leichtfertig umging und eine mehr als obskure Existenz war. Wahrscheinlich reizte mich gerade das. Nach Majas Tod hatte ich keine Frau mehr angesehen. Zofia war die erste, die unter der Tarnkappe hervorgeschlüpft war, die ich der Welt übergestülpt hatte.

Genau betrachtet, war es zu schön, um wahr zu sein. Ein Zauberer klopft mit seinem Stab an meine Pforte, fegt die Spinnweben hinweg, und es wird hell um mich herum. Die Welt ist nicht nur ein Jammertal. Sie kann ein Ort sein, an dem sich Träume erfüllen. Nein, dachte ich, das stimmt mit meiner Erfahrung nicht überein. Träume erfüllen sich nicht so leicht. Meist erfüllen sich ja nicht mal die Alpträume. Das kann nicht real sein. Das ist ein Abenteuerfilm, der eigens für mich inszeniert wurde. Aber der Fall war echt, die Toten bewiesen es. Und auch dieser Einbruch in ein

Büro mitten in Berlin war echt. Vor dem Fernseher hätte mein Herz nicht so mörderisch gepoltert.

»Scheiße«, fluchte Zofia und holte mich wieder in die Wirklichkeit zurück. Hektisch hämmerte sie auf der Tastatur herum.

Der Lohn der Angst, der Mühen, der Ausdauer, der erwiesenen Fähigkeiten war unangemessen. Leistung zahlt sich nicht aus. Eine Stunde später waren wir nicht wesentlich schlauer. Nur noch nervöser. Die teilweise rekonstruierten Texte waren alles andere als brisant. Entwürfe von Briefen und Berichten, Bilanzen, ein paar persönliche Notizen. Die zuweilen brillanten Formulierungen, die Stettner bei Interviews spontan einfielen, hatte er auf seiner alten No-Name-Maschine vorbereitet. Seine Geheimnisse hatte er dem Computer nicht anvertraut, und gelöscht hatte er die Daten, weil sie nicht mal ihm etwas bedeuteten oder weil das 40-Mega-Laufwerk voll war. Zofia kopierte einige Dateien, die sie in Ruhe studieren wollte, und schaltete das Gerät aus.

Uns war längst klar, daß unsere Glückssträhne noch immer nicht begonnen hatte.

»Eine verlorene Nacht«, sagte Zofia.

Das hatte ich bis eben auch gedacht, und daher weiß ich nicht, woher mir plötzlich der Einfall kam, aus der Pleite einen Vorteil zu ziehen.

»Nicht unbedingt. Klar, wir haben nichts gefunden. Das wissen wir. Aber weiß es X?«

»X weiß nicht mal, daß wir hier sind.«

»Dann müssen wir dafür sorgen, daß er es erfährt.«

Zofia war schnell im Denken, sie verstand mich und erklärte mich zum Genie. Ich sah keine Veranlassung, ihr zu widersprechen. Wir mußten unaufdringliche Spuren unserer Anwesenheit hinterlassen, die auffielen. Die Sekretärin würde die Polizei rufen, die Polizei die Presse unterrichten. Es mußte klar sein, daß unser Besuch den Computern galt. Falls Stettner mit X in Verbindung gestanden hatte, würde es X beunruhigen, daß wir nun noch dichter an ihn herangekommen waren. Nervöse Menschen machen Fehler. Genau das, worauf wir angewiesen waren.

08.30 UHR

Das frühe Aufstehen machte mich fertig. Inzwischen sah ich trotz der schmeichelhaften Maske fast wieder so alt aus, wie ich war. Lächner hatte mich um sieben geweckt und mir ein Gebräu vorgesetzt, das er seit unserem gemeinsamen Greifswalder Morgen für starken Kaffee hielt. Aber nach zweieinhalb Stunden Schlaf erschien es mir wie Abwaschwasser. Ich mußte mir selbst einen Kaffee brühen, um einsatzfähig zu werden. Genau darum ging es nämlich: um den nächsten Einsatz. Schon wieder wurde ich gebraucht. Inzwischen lief nichts mehr ohne mich bei den Schlapphüten.

In der Nacht hatte es keine Probleme gegeben, das Büro in jenen Zustand zu versetzen, den wir für angemessen hielten. Mag sein, daß wir etwas dick auftrugen, doch fürchteten wir, weniger könnte zuwenig sein. Zofia schaltete den alten Computer wieder ein und gab das von ihrem Gerät ermittelte Paßwort ein. Wir wischten alles ab, was wir angefaßt hatten. Wenn der Einbruch, wie gewünscht, bemerkt wurde, mußte das Inkognito der Einbrecher desto sorgfältiger gewahrt bleiben. Die Tür mit dem elektronischen Schloß lehnten wir nur an und hofften, daß der Zug beim Öffnen der Vorzimmertür sie nicht zuwerfen würde.

Keiner der Nachtschwärmer beachtete uns mehr, als zu erwarten gewesen war. Ungehindert erreichten wir das Auto, warfen unsere Dienstmützen auf den Rücksitz und fuhren heimwärts.

Trotz der mageren Ergebnisse waren wir aufgekratzt und überdreht. Wir malten uns das Gesicht von X aus, wenn er im Radio hörte, daß in das Büro der TransNukem eingebrochen, aber nichts gestohlen worden war. Den Tätern scheine es nur darum gegangen zu sein, Zugriff auf den privaten, mit keinem Netz verbundenen Computer des am Vortag verunglückten Firmenchefs zu bekommen. Über die blödesten Witze schütteten wir uns vor Lachen aus und erfanden auf der Stelle neue, nur um nicht aufhören zu müssen mit dem Lachen. Ich fühlte mich so wohl wie selten, und Zofia ging es vermutlich nicht anders.

Im Friedrichshain, in einer dunklen Straße, zogen wir uns um. Falls uns ein spät heimkehrender, ein schlafgestörter oder ein früh aufbrechender Mieter des Hauses, in dem unser Notquartier lag, sehen sollte, würden ihm Polizisten ungewöhnlicher und bemerkenswerter erscheinen als Zivilisten. Zofia hatte keine Hemmungen, sich in meiner Gegenwart zu entkleiden. Das hatte sie bereits im Hotel getan und sich offenkundig nichts dabei gedacht. Vielleicht bemerkte sie nicht, was sie damit bei mir auslöste, vielleicht war es ihr egal, oder sie genoß es sogar. Im Auto allerdings waren wir uns innerlich so nah, daß sie nicht mehr so tun konnte, als entgehe ihr mein Interesse. Sie lachte mich an, sandte aber kein Signal aus, eine Annäherung meinerseits sei erwünscht.

In der Wohnung versuchte ich es dann doch. Sie wehrte mich freundlich ab, noch habe sie zu arbeiten, gab mir einen schwesterlichen Kuß und schlich in Birgits Zimmer, in dem ein Computer stand. Das Mädchen schlief so tief, daß Zofias Arbeit zwei Meter neben ihrem Kopfkissen sie nicht weckte. Und ich hatte mich hingelegt und gehofft, Zofia werde bald fertig werden und nachkommen. Dann war ich eingeschlafen. Am Morgen hatte sie neben mir gelegen, und als ich aufstand, hatte sie sich auf die andere Seite gewälzt, ohne die Augen zu öffnen.

Völlig ohne Ergebnis war unser Einbruch doch nicht gewesen. In den Files von Stettners Computer war Zofia immer wieder auf einen Namen gestoßen: Manuel Reymann. Stettners Junge für alles, so etwas wie ein sehr persönlicher Sekretär, Mitarbeiter und Kompagnon, auf jeden Fall ein Mann, der über die TransNukem nicht weniger wußte als sein Chef. Wir schnappen ihn uns, ehe er seine Wohnung verläßt, hatte Lächner gesagt. Das Einbrechen wird mir langsam zur lieben Gewohnheit, war mir nach der ersten Tasse des Selbstgebrühten eingefallen. Als ich nach der zweiten Tasse die Augen aufbekam, sah ich endlich, daß mein Partner die Rentnermaske angelegt hatte.

Nun saßen wir also wieder im Auto, und ich tat, wofür Lächner mich ursprünglich engagiert hatte. Ich chauffierte ihn. Unterwegs hielt ich vor einem Zeitungskiosk und kaufte mehrere regionale und überregionale Zeitungen. Der Berufsverkehr hatte begonnen. Obwohl ich die meisten Schleichpfade kannte, würden wir einige Zeit bis zum Wannsee brauchen. Die konnte Christoph mir durch Vorlesen verkürzen.

In den Boulevardzeitungen war Stettners Tod der Aufmacher, in den seriöseren wurde er immerhin noch auf der Titelseite gemeldet.

»TRAGISCH: TODESSTURZ EINES JUNGMILLIONÄRS«, schrieb *Bild*.

Die *BZ* übertrumpfte sie mit »PLEITE? MILLIONÄR SPRANG VOM HOCHHAUS«. Nun ist ein sechsstöckiges Gebäude zwar nicht direkt ein Hochhaus, doch sprach der Titel Lächner offenbar stärker an als der andere, denn er begann seine Presseschau mit der *BZ*.

> Ein Schock am Montag morgen: Neben den Passanten schlug ein Mann auf, verspritzte sein Blut über den Asphalt. Es war Laurenz Stettner (31), Atom-Millionär. Chef der TransNukem, spezialisiert auf die Entsorgung radioaktiver Abfälle. Sein Büro war im sechsten Stock. Das Fenster ist zerbrochen. Seine Sekretärin Iris G. (37): »Er war wie immer. Fröhlich und guter Dinge. Ich glaube nicht an Selbstmord!« Kann es Mord gewesen sein? Wer war der geheimnisvolle Besucher in Stettners Büro? Lesen Sie bitte weiter auf Seite 3.

Lächner blätterte um.

MYSTERIÖSER BESUCH
DANN TODESSTURZ

Laurenz Stettner (31) galt als Wunderkind der deutschen Wirtschaft. Seine Eltern sind einfache Leute, Gaststättenbesitzer. Stettner brachte es im Wortsinn vom Tellerwäscher zum mehrfachen Millionär. Ein tüchtiger Manager, sagen alle, die ihn kannten. Verwöhnt vom Glück. War der Erfolgsmann ausgebrannt? Drohte TransNukem die Pleite? »Das glaube ich nicht«, sagt Wilhelm G. (51), Aktionär der Firma. Er war zu einer außerordentlichen Beratung gerufen worden. Die fiel nun aus. Was war der Grund für die Beratung? Wilhelm G. weiß es nicht. Geriet Stettner in Panik? Hat er spekuliert und verloren? Kurz vor dem Fenstersturz verließ ein Mann das Büro. Ende 60, weißes Haar, weißer Bart, leicht gehbehindert. »Er wurde ohne Termin vorgelassen«, sagt Chefsekretärin Iris G. (37). »Als er nach drei Minuten wieder herauskam, war er erregt, schimpfte. Herr Stettner hatte sein Angebot abgelehnt.« Was war das für ein Angebot? Worum ging es bei dem Gespräch? Hauptkommissar Hans Herzen (47) von der Berliner Kripo: »Das wissen wir noch nicht, aber wir haben eine vielversprechende Spur.« Laurenz Stettner war einer von Deutschlands begehrtesten Junggesellen. Das war ihm zu wenig. »Er lebte nur für die Firma«, sagt Iris G. Und gestern ist er dort auch gestorben.

Lächner überflog die anderen Artikel und trug sie mir in dosierter Auswahl vor. Die seriösen Zeitungen berichteten ausführlicher über Stettners Werdegang, hatten aber trotz der drei- bis viermal so langen Texte auch nicht mehr mitzuteilen. Ein rätselhafter Selbstmord.

»Und du hast gedacht, ich habe ihn runtergeschmissen!« triumphierte Lächner.

»Tut mir leid«, entschuldigte ich mich. »Was hättest du denn geglaubt, wenn es mir passiert wäre?«

»Wahrscheinlich dasselbe«, sagte Lächner gutmütig, um dann doch noch nachzuhaken: »Oder auch nicht. Du bist kein Killer, und ich bin auch keiner. Mag ja vieles unklar sein, aber das steht fest!«

»Du kommst von Berufs wegen öfter als ich in Situationen, wo du auf Leute schießt«, verteidigte ich meinen längst abgelegten Verdacht.

»Stimmt gar nicht. Abgesehen von Afrika, und das hatte nichts mit dem Beruf zu tun, warst du jedesmal dabei.«

»In Greifswald nicht!« erinnerte ich ihn.

»Dabei ist doch nichts passiert!« protestierte Lächner. »Nur mir! Dreißig Schuß und kein Treffer. Das ist nicht gerade die Erfolgsbilanz eines Berufskillers.«

»Mensch, Christoph, ich glaub doch gar nicht, daß du ein Killer bist. Sonst würde ich jetzt nicht mit dir mitkommen.«

»Mit Zofia bist du heute nacht auch mitgegangen, und die greift schneller zur Waffe als ich.«

»Dafür sieht sie auch besser aus als du.«

Lächner lachte.

»In deiner gestrigen Bilanz«, fiel mir ein, »fehlten auch die beiden Leute in Schwerin.«

»Der eine, dem du die Hand zertreten hast, lebt noch, und falls der andere nicht mehr leben sollte, geht er mit Sicherheit nicht auf mein Konto!«

»Dreißig Schuß und kein Treffer.«

Wir lachten. Auch mit Lächner konnte man Spaß haben. Selbst dann, wenn man auf dem Weg zu einem Kidnapping war. Über seinen Plan wußte ich gar nichts, und es bedurfte etlicher Fragen und Antworten, bis ich endlich mitbekam, daß Lächner nicht aus Gründen der Mystifizierung schwieg. Er hatte gar keinen Plan. Mit dem Universalschlüssel die Tür öffnen. Reingehen und improvisieren. Reymann die Pistole an die Schläfe drücken. Fragen stellen. Auf Antworten bestehen. – Das ist schon mal schiefgegangen! – Um so größer die Aussicht, daß es diesmal klappt! Das Leben wird vom Zufall beherrscht, und der folgt bekanntlich den Statistiken der Wahrscheinlichkeit. Es ist unwahrscheinlich, daß sich dieselbe Panne wiederholt.

Meine Rolle war klein. Wenn viele Leute in der Wohnung sein sollten, würde er ihn kidnappen; dann müßte ich die beiden in den Wald fahren, wo Reymann ungestört befragt werden konnte. War Reymann allein, wollte Lächner das Verhör gleich in der Wohnung hinter sich bringen. In dem Fall hätte ich gar nichts zu tun, als den Ausflug zu genießen.

»Gefordert wirst du nur, wenn irgendwas schiefgeht und ich abhauen muß«, sagte Lächner. »Für den Fall mußt du mit laufendem Motor bereitstehen und mich aufpicken.«

»Bei eins und drei kann ich hinterher mein neues Auto wegschmeißen«, murrte ich.

»Wieso? Das Kennzeichen ist doch falsch. Aber stimmt schon«, räumte er ein, »aus Sicherheitsgründen wär's besser, es loszuwerden. Ganz schön blöd. Du mußt natürlich nicht.«

»Ich laß dich jetzt nicht im Stich.«

Er strahlte. »Wenn's schiefgeht, kaufe ich dir ein neues Auto. Okay?«

»Und wenn es so schiefgeht, daß du überhaupt nichts mehr kaufen kannst?«

»Bloß keine düsteren Prophezeiungen. Das kann ich jetzt gar nicht brauchen! Was soll denn schiefgehen? Meinst du, ich bin einem Sekretär nicht gewachsen? Aber ich lasse dir meine Brieftasche da. Gestern hatte sie Zofia. Wenn mir was zustößt, ist es besser, ich habe sie nicht bei mir. Alles Quatsch und überflüssig. Diesmal wird es klappen, das habe ich im Urin. Ich lasse sie dir trotzdem da. Paß gut darauf auf. Es sind fast dreißigtausend drin. Ich vertraue sie dir an, weil ich dir traue.«

»Ich traue dir auch«, log ich.

»Das ist gut.«

Obwohl uns der Stadtbezirk Zehlendorf nicht unbekannt war, hatten wir uns Reymann in einer Mietwohnung vorgestellt. Er lebte jedoch in einem Haus auf einem Grundstück. Etwas bescheidener als die benachbarten Anwesen, aber sicher nicht billig. Ein Kompromiß zwischen gehobenen Ansprüchen und dem nur mittelgroßen Geldbeutel. Sollte die TransNukem tatsächlich von einer Pleite bedroht sein, lag es sicher daran, daß ihre Mitarbeiter es sich leisteten, über ihre Verhältnisse zu leben.

»Wenn Reymann auch aus dem Fenster springt, ist es nicht so schlimm«, lästerte Lächner. »Er wird sich höchstens den Fuß verstauchen.«

Wir fuhren hundert Meter weiter. Ich wendete in einer Einfahrt und fuhr ein zweites Mal an Reymanns Minivilla vorbei. Dies war keine Gegend, in der am Morgen reges Treiben herrschte. Viel mehr war sicher auch mittags oder abends nicht los. Kaum ein Mensch zu sehen, kaum ein Auto fuhr vorbei. Selbst die Zahl der parkenden Autos war nicht sonderlich groß. Auch bei Reymann tat sich nichts. Ein langweiliger, überstylter Vorgarten, ein aus dunklen Ziegeln gemauertes einstöckiges Haus mit großen Fenstern und einem überdimensionierten Walmdach. Keine Gardine bewegte sich. Es wirkte verlassen.

Drei Grundstücke weiter hielt ich an.

»Wende am Ende der Straße«, sagte Lächner. Fahr wieder vorbei und halte fünfzig Meter dahinter. Warte ab, was passiert.«

»Gar nichts, wenn ich deinem Urin glauben darf.«

»Der ist klar und hell wie ein Alster.«

Lächner stieg aus und betrachtete die Pforte, vor der ich ihn abgesetzt hatte. Erst als ich abgefahren war, überquerte er die Straße. Ich wendete, wie er mir gesagt hatte. Wenn ich es richtig erkannte, flankte er über die Pforte zu Reymanns Grundstück. Das war für sein tatsächliches Alter eine Leistung und für sein scheinbares Alter völlig unangemessen. Doch in dieser Straße würde das niemand bemerken. Zum dritten Mal fuhr ich am Grundstück vorbei. Es sah so tot aus wie immer, Lächner war verschwunden. Vor dem Nachbargrundstück parkte ich, ließ den Motor laufen, kurbelte die Scheibe herunter.

Gestern hatte Zofia seine Brieftasche, überlegte ich. Wann hatte er sie ihr gegeben? Wann zurückbekommen? Was hätte er getan, wenn ihn die Sekretärin nach seinem Ausweis gefragt hätte? Womit hatte er die U-Bahn bezahlt, wenn er kein Geld bei sich hatte? Nun gut, er konnte schwarzgefahren sein, die Brieftaschenübergaben hatte ich nicht beachtet, und seinen Ausweis hatte er vor dem Besuch bei Stettner herausgenommen oder nicht daran gedacht, daß er ihn brauchen könnte. Alles möglich. Trotzdem hatte ich den Eindruck, er habe es erfunden. Warum? Um mich zu beruhigen?

Ausgerechnet aus dem Anwesen, vor dem ich parkte, kamen Leute, ein achtjähriger Junge und seine Mutter. Ich stellte den Motor ab, um nicht aufzufallen. Der Toyota würde schnell genug anspringen für eine Flucht. Die Frau beachtete mich nicht, und das Kind sah mich nicht einmal.

Es war so ähnlich wie am Vortag. Lächner handelte, und ich konnte ihm nur mit Hilfe meiner Phantasie folgen. Diesmal hatte ich nicht mal Zofia an meiner Seite. Das Hochgefühl der Nacht stellte sich nicht ein. Hatte ich tatsächlich von so einem Leben geträumt, in dem nicht Schauspieler mit Theaterrequisiten, sondern ganz normale Menschen mit echten Waffen bedroht wurden? Nein, ich mochte nicht mit mir hadern, zum Aussteigen war es zu spät, seit die Leute von X auch nach mir fahndeten. Augen zu und durch. Keine müßigen Grübeleien, lieber stellte ich mir vor, was Lächner machte:

Ungesehen umkreist er das Haus, checkt ab, wer sich darin aufhält. Bei seiner zweiten Runde geht er zur Hintertür und probiert das Universalbund durch. Wie immer ist es der letzte Schlüssel. Er öffnet die Tür, geht leise hinein. Jetzt muß er Reymann suchen. Das dauert nicht lange, groß ist das Haus nicht. Wesentlich kleiner als Dehnerts Ruhesitz in Schwerin. Er findet ihn im Bad vor dem Spiegel beim Rasieren. Hält ihm sofort die Beretta an die Schläfe. Reymann sieht ihn nur im Spiegel. Er pinkelt sich in die Schlüpfer, ohne es zu bemerken. Erkennen Sie mich nach der Beschreibung? fragt Lächner und grinst böse. Ich bin Stettners letzter Besucher. Der Todesengel der TransNukem. Wenn Sie nicht reden, werden auch Sie für immer schweigen. Wer im Geheimdienst deckt Ihre Atommüllschiebereien? Wer ist X? Reymann ist so eingeschüchtert, daß er ohne Zögern den Namen herausplauzt...

Glücklicherweise lief der Motor nicht mehr, sonst wäre mir verborgen geblieben, was sich in Reymanns Haus abspielte.

Schließlich war es von meinem Parkplatz fast hundert Meter entfernt. Es knallte, einmal, dann zweimal, dann noch einmal. Pistolenschüsse, da kannte ich mich inzwischen aus. Leise zwar, aber Schalldämpfer wurden nicht benutzt, sonst hätte ich gar nichts gehört. Lächner hatte einen Schalldämpfer aufgeschraubt, seine Waffe war es also nicht – was nicht bedeutete, daß er nicht auch geschossen haben konnte. Das einzige grundlegende und allgemeingültige Gesetz über die menschliche Gesellschaft wurde von Murphy formuliert: Alles, was schiefgehen kann, wird auch schiefgehen.

Ich krallte mich ins Lenkrad. Was sollte, was konnte ich tun? Hineinstürmen und ihn heraushauen, war mein erster Gedanke. Doch bei allem Hang zum Abenteuer: Dazu war ich nicht fähig, wie ich spätestens seit der geglückten Befreiung von Zofia wußte. Wenn im Haus jemand mit einer Pistole auf mich wartete, der mit Lächner fertig geworden war, würde er mich auch niederschießen. Ist das Feigheit oder Vorsicht? Ich kann Lächner doch nicht einfach im Stich lassen! Vielleicht braucht er gar keine Hilfe. Gleich wird er über die Pforte flanken und angerannt kommen. Also warte ich, wie wir vereinbart haben. Und wenn er nicht kommt? Wenn statt seiner die Leute von X über den Zaun springen, mich aus dem Auto zerren oder mir sofort eine Kugel durch den Kopf jagen? Warum verriet mir mein prachtvoller Instinkt nicht, was jetzt angemessen war? Vor zwei Nächten hatte er mich geführt.

Erst mal weg, wenigstens hundert Meter, und wenden. Falls Lächner wider Erwarten herausstürmte, konnte ich ihm entgegenfahren. Ich rechnete nicht mehr damit. Schon wieder hing alles an mir. Wenigstens mußte ich herausbekommen, was im Haus vorgefallen war. Anschleichen am hellichten Tag? Das war nicht mal dem Profi geglückt. Anders als in Schwerin war der Umweg über Nachbargrundstücke nicht möglich. Die Zäune und Hecken waren zu hoch, ohne Hilfsmittel unüberwindlich. Ich konnte ja nicht klingeln und eine Leiter anfordern. Wozu brauchen Sie die? Ich muß dringend über Ihre Hecke klettern. Unsinn. Andererseits ist das Absurde manchmal die beste Lösung. Wir hatten bei Panow auch Dienstausweise mitgehen lassen. Zwar zeigte das Foto einen anderen Mann, doch so genau wird niemand hinsehen, redete ich mir ein.

Noch einmal ein Blick über die Straße. Weder Lächner noch jemand von der X-Bande zu sehen. Ich stieg aus, ließ die Tür unverriegelt. An einem alten Toyota würde sich nicht mal in übleren Gegenden jemand vergreifen. Auf der anderen Straßenseite lief ich an Reymanns Grundstück vorbei. Die Mauern wahrten ihr Geheimnis.

Schräg überquerte ich die Straße, klingelte beim Nachbarn.

»Ja, bitte?« dröhnte eine weibliche Stimme aus dem Lautsprecher.

»Frau Bergius?« las ich den Namen am Briefkasten. »Kriminalpolizei. Ich müßte dringend mit Ihnen sprechen. Direkt, nicht über die Anlage.«

»Warum?« dröhnte der Lautsprecher.

»Es hat nichts mit Ihnen zu tun. Es geht um Ihren Nachbarn. Bitte machen Sie auf.«

Knacken im Lautsprecher, dann summte es, und die Pforte ließ sich aufdrücken. Der Vorgarten mit seinen überzüchteten ausländischen Ziergehölzen, mit den exakt geschnittenen Hecken, mit den durchgestalteten Sommerblumenrabatten, mit dem kurzgeschnittenen Rasen und den Marmortrittplatten wirkte auf mich ähnlich unnatürlich wie Reymanns Schmuckstück. Eine Frau mit blondiertem Pagenkopf erwartete mich in der Tür. Sie trug ein cremefarbenes Kostüm, mochte um die Fünfzig sein und hatte trotz der frühen Stunde schon Gelegenheit gefunden, mehrere Schichten Schminke aufzutragen.

»Hauptm... äh, Hauptkommissar Finke«, stellte ich mich vor und wedelte den Ausweis an ihren Augen vorbei. Wie erwartet, beachtete sie ihn nicht.

»Waren das eben Schüsse?« fragte Frau Bergius.

»Sie haben es also gehört.« Das erleichterte mein Spiel. »Mein Kollege hat soeben Herrn Reymann wegen einer Routinebefragung aufgesucht...«

»Weil sein Chef gestern aus dem Fenster gestürzt ist.« Die Dame war bestens informiert.

»Ja. Merkwürdigerweise wurde im Haus geschossen.«

»Das habe ich gehört.«

»Bitte, Frau Bergius, die Zeit läuft mir davon. Es geht mir um folgendes. Da ich nicht weiß, was geschehen ist, muß ich nachsehen. Von vorn wäre das zu gefährlich. Ich muß ungesehen von hinten auf das Grundstück gelangen. Besitzen Sie eine Leiter, die hoch genug ist, daß ich über Ihre Hecke springen kann?«

»Soll ich Verstärkung rufen?«

»Hab ich bereits getan. Über Funk. Aber bis die Kollegen da sind, kann sonstwas passieren. Besitzen Sie nun eine hohe Leiter?«

»Selbstverständlich. Sie liegt hinter dem Haus. Wenn Sie mir bitte folgen würden.«

»Das halte ich für keine gute Idee. Es könnte gefährlich werden. Bitte bleiben Sie im Haus, bis alles vorbei ist. Zu Ihrer eigenen Sicherheit.«

Ich ließ sie stehen und hoffte, daß sie nicht wirklich die Polizei anrief. Tatsächlich, die Leiter lag an der hinteren Hauswand. Groß, stabil und, obwohl aus Aluminium, recht schwer. Ich trug sie in den hintersten Winkel des Grundstücks, richtete und klappte sie neben der Hecke auf. Die Beretta steckte im Halfter. Was konnte schiefgehen? Alles. Das durfte mich nicht hindern. Ich stieg hinauf und spähte über die Hecke.

Auch von hinten sah das Nachbargrundstück unbelebt aus. Doch war der Natur jenseits der Einsichtmöglichkeiten durch Nachbarn mehr Freiheit gewährt worden. Vier Meter zur Seite und ich konnte im Schutz des um einen Baum wuchernden Gesträuchs hinunterspringen, ungesehen von Reymanns Haus aus. Die Hecke war einen halben Meter breit und mehr als zwei Meter hoch. Kein ungefährlicher Sprung, doch hatte ich keine Wahl. Ich kletterte schnell hinab, versetzte die Leiter und stieg wieder hinauf. Gerade als ich springen wollte, hörte ich die Sirene. Die Verstärkung traf ein. Nur daß ich sie nicht gerufen hatte.

Die Straße konnte ich nicht sehen. Die Sirene wurde abgeschaltet, zwei Autotüren zugeworfen. Der zum Eindringen strategisch günstige Platz war ungeeignet für Beobachtungen. Ich stieg von der Leiter, klappte sie zusammen und transportierte sie wieder zur Hauswand. Nicht, weil ich so überaus ordnungsliebend war, sondern weil ich Zeit gewinnen wollte. Tun konnte ich sowieso nichts mehr. Nur noch zusehen, was geschah. Und das ging am sichersten vom Bergius-Grundstück aus.

Langsam lief ich um das Haus herum. Frau Bergius stand in der Tür und teilte mir mit, meine Kollegen seien eingetroffen.

»Gott sei Dank«, rang ich mir ab. Weil mir partout nichts einfiel, ein unverfängliches Gespräch zu eröffnen, ging ich über die Marmorplatten zur Pforte. Tatsächlich, es war ein Streifenwagen, der vor Reymanns Grundstück stand. Ich wandte mich um. Frau Bergius war mir gefolgt.

»Alles in Ordnung«, sagte ich. »Wir haben die Lage unter Kontrolle.«

»Jetzt können Sie von vorn hineingehen«, teilte sie mir mit.

»Mache ich gleich. Sagen Sie, Frau Bergius, wie viele Schüsse haben Sie gehört?«

»Viele. Bestimmt sechs oder sieben.«

»Wer kann da Ihrer Meinung nach geschossen haben?«

»Herr Reymann.«

»Besitzt er eine Waffe?«

»Mindestens eine. Er ist Mitglied in einem Schützenverein.«

»Kennen Sie ihn gut?«

»Nicht besonders. Er ist ja, wie soll ich sagen, anders.«

»Anders?«

»Anders. Wir sind sehr liberal eingestellt. Heutzutage gilt das ja auch nicht mehr als Schande, doch wenn es nicht unbedingt erforderlich ist, wählt man einen anderen Umgang.«

»Haben Sie überhaupt nicht mit ihm geredet?«

»Manchmal schon. Schließlich ist Herr Reymann unser Nachbar und trotz seiner, hm, Vorlieben ein sehr kultivierter Mann.«

Ein Notarztwagen raste mit eingeschalteter Rundumleuchte,

aber ohne Sirene durch die stille Straße. Er bremste hinter dem Streifenwagen. Zwei Männer in weißen Kitteln sprangen heraus. Ein dritter öffnete von innen die Hecktür und sprang ebenfalls heraus. Er rannte, eine große schwarze Tasche in der Hand, zum Haus. Die beiden anderen zerrten eine Trage aus dem Auto und folgten ihm damit, ebenfalls rennend. Wenn sie das Tempo beibehielten, würden sie in ein paar Sekunden wieder erscheinen. Zeit, das Verhör zu beenden.

»Meinen Dank für Ihre Hilfsbereitschaft, Frau Bergius«, sagte ich und deutete eine Verbeugung an. »Später wird jemand, ich oder einer meiner Kollegen, Ihre Aussage aufnehmen.«

»Ich weiß doch gar nichts!« protestierte sie.

»Das machen wir routinemäßig bei allen Nachbarn«, beruhigte ich die Dame. »Daraus erwachsen Ihnen keinerlei Nachteile. Wir nehmen den Datenschutz sehr ernst.«

Die Sanitäter waren noch immer nicht zu sehen, also mußte ich das Gespräch in die Länge ziehen.

»Da fällt mir noch ein«, zitierte ich einen Filmdetektiv, »ist Herr Reymann eigentlich allein in seinem Haus?«

»Ob er allein war, entzieht sich meiner Kenntnis. Aber außer ihm wohnt niemand ...«

Die Sanitäter kamen mit der Trage heraus, begleitet vom Notarzt und einem Polizisten.

»Ich komme darauf zurück«, sagte ich, öffnete die Pforte und ging auf die Straße. Der Polizist sah mich, achtete aber erst auf mich, als ich neben ihm stehenblieb.

»Gehen Sie weiter«, blaffte er mich an. »Hier gibt's nichts zu sehen.«

Auf der Trage lag Lächner, bedeckt mit einem weißen Tuch, das an mehreren Stellen von Blut verfärbt war. Der Kopf war nicht zugedeckt, also lebte er noch. Die Augen waren geschlossen.

»Gehen Sie weiter«, blaffte der Polizist, während die Trage in den Krankenwagen geschoben wurde.

Ich verwandelte mich in die Person, die ich mir als Besitzer einer Villa in Zehlendorf vorstellte. »Sprechen Sie nicht so laut, mein

Gehör ist in Ordnung«, sagte ich leise, scharf und so arrogant wie möglich. »Bergius mein Name. Ich bin der Nachbar und denke, daß ich ein Recht darauf habe zu erfahren, was hier geschehen ist.«

»Haben Sie nicht«, sagte er unfreundlich, aber eine Spur leiser.

»Ich kenne meine Rechte!« behauptete ich und sah ihn blasiert an. Es wirkte.

»Das ist ein Notfall«, erklärte der Polizist. »Der Mann ist lebensgefährlich verletzt. Er muß sofort ins Krankenhaus.«

»Kommen Sie endlich«, rief der Arzt dem Polizisten zu. Der ließ mich stehen und stieg zum Arzt in den Wagen.

»Und mein Nachbar, der Herr Reymann?« fragte ich.

Keine Antwort. Die Tür wurde mir vor der Nase zugeschlagen. Mit eingeschalteter Rundumleuchte raste der Wagen davon. Den Gedanken, ihnen hinterherzufahren, um zu sehen, in welches Krankenhaus sie Lächner brachten, verwarf ich sofort. Wenn ich ohne Sondersignal so schnell wie ein Notarztwagen fuhr, hatte ich sofort drei Funkstreifen im Schlepp. Mindestens. Und selbst wenn nicht, konnte ich im Unterschied zum verfolgten Auto nicht bei Rot über belebte Kreuzungen brettern. Das einzige, was noch zu tun übrig blieb, war, Frau Bergius von ihrem Zaun wegzulocken, damit sie nicht sah, mit welchem Auto ich abfuhr. Denn falls sie tatsächlich von echten Polizisten befragt werden sollte, flog mein Schwindel natürlich auf. Und die Quelle für frisch gefälschte Kennzeichen war versiegt.

Frau Bergius wirkte recht zufrieden, als ich wieder zu ihr zurückkehrte, meinte sie doch, aus erster Hand erfahren zu können, welche Tragödie sich im Hause ihres Nachbarn ereignet hatte. Trotz ihrer guten Erziehung fragte sie mich sofort: »Und? War es Ihr Mitarbeiter?«

Ich nickte mit tragischer Miene. Die mußte ich nicht vortäuschen, mir war tatsächlich elend zumute. Lächner war niedergeschossen worden, und diesmal hatte es nicht nur den linken Arm getroffen. »Eine rätselhafte Tragödie«, sagte ich. »Noch völlig unklar, wie es dazu kommen konnte.«

Auch an anderen Gartenpforten standen Nachbarn. Ungesehen kam ich sowieso nicht mehr weg.

»Möglicherweise brauchen wir Ihre Aussage doch nicht. Das entscheidet mein Vorgesetzter. Weil Sie so hilfsbereit sind, möchte ich Sie warnen. Wahrscheinlich wird es hier gleich von Presse wimmeln. Wenn Sie nicht wollen, daß Ihr Name in einer Schlagzeile mit dem von Herrn Reymann steht, ist es besser, Sie gehen ins Haus und öffnen auch nicht, wenn es klingelt.«

Das leuchtete ihr sofort ein. Sie nickte dankbar und fragte mich, ob denn etwas gegen Reymann vorliege.

Ich wiegte unbestimmt den Kopf. »Darüber darf ich nichts sagen.«

»Verstehe«, sagte Frau Bergius.

Ähnliches konnte ich von mir nicht behaupten. Ich verstand gar nichts.

11.00 UHR

Der eine überschätzte sich, da waren's nur noch zwei. Ich mußte klingeln, weil ja Lächner den Universalschlüssel bei sich gehabt hatte. Es war eine Tür ohne Spion. Birgit fragte, ehe sie öffnete, wer da sei.

»Ich bin's, Fred. Äh, Franz. Frank? Scheiße, ich hab meinen Namen vergessen.«

»Namen sind ohne Bedeutung«, sagte Birgit, als sie die Tür öffnete.

Sie zog mich in die Wohnung und umarmte mich. Das überraschte mich, und mehr noch, daß Zofia, die neben ihr stand, mich ebenfalls umarmte. Ich ließ es mir gern gefallen.

Natürlich wußten sie längst Bescheid. Nachdem die erste Nachricht im Radio gekommen war, hatten sie auf der Suche nach Informationen sämtliche Stationen durchgeschaltet und bereits drei Berichte gehört. Während ich erzählte, schaltete Zofia immer wieder von einem Sender zum anderen. Das machte mich nervös, doch verstand ich sie. Genaugenommen wußte ich ja selber nicht, was passiert war.

»Halt mal«, unterbrach mich Zofia und drehte das Radio lauter.

»... vor Ort. Was ist los bei der TransNukem, Andy?« fragte der Moderator im Studio.

»So genau kann das zur Stunde wahrscheinlich noch niemand sagen«, begann Andy seinen Bericht. Er hatte eine frische junge Stimme, durch keinerlei Kenntnisse oder Selbstzweifel getrübt.

»Fest steht nur, daß es nicht mit rechten Dingen zugeht, daß die Firma nicht so seriös ist, wie sie die Öffentlichkeit glauben machen wollte. Wie aus gutinformierten Kreisen verlautet, könnten die Gerüchte über eine bevorstehende Pleite durchaus auf Tatsachen fußen. Es ist keine der üblichen Pleiten, die Umstände werden immer mysteriöser. Zum zweiten Mal in nicht einmal vierundzwanzig Stunden hat der Tod die Firma heimgesucht. Gestern stürzte sich Laurenz Stettner, Geschäftsführer und Hauptaktionär der TransNukem, aus dem Fenster seines Bürotrakts. Sekunden vor seinem Selbstmord verließ ein alter Mann das Büro, dessen Identität nicht ermittelt werden konnte. Heute nacht wurde in das Büro der TransNukem eingebrochen. Das Interesse des Diebes galt den geheimen Daten. Gestohlen wurde nichts. Täter unbekannt. Heute morgen kurz nach neun Uhr suchte ein alter Mann – derselbe wie am Vortag – das Haus von Markus Reymann auf, des besten Freundes von Stettner. Insidern gilt er als graue Eminenz der TransNukem. Reymann, ein großer, kräftiger Mann Mitte Dreißig, Mitglied eines Sportschützenvereins, ließ den alten Herren nicht zu Wort kommen. Er streckte ihn mit vier Schüssen aus seiner Walther PPK nieder. Zwar unterrichtete er dann selber die Polizei und den Rettungsdienst, doch damit konnte er den Verdacht nicht zerstreuen, daß es sich um Überschreitung der Notwehr gehandelt habe. Falls die Bedrohung durch einen Greis, der am Stock ging, überhaupt die Anwendung von Notwehr rechtfertigt.«

»Der Junge ist besser, als ich dachte«, murmelte ich.

Angeblich nutzt der Mensch nur zehn Prozent seines Gehirns zum Denken. Wofür der Rest gebraucht wird, ist unklar. Eine der möglichen Lösungen fiel mir jetzt ein: als Reserve für Notfälle. Dies war ein Notfall. Ich hörte und verstand genau, was der Reporter schwatzte. Zugleich dachte ich an etwas anderes. Da waren's nur noch zwei. Eine Frau und ein Amateur. Nur noch zwei ...

Das Mädchen zählte nicht. Zwar hatte bei Birgit ziemlich schnell das Geisel-Syndrom eingesetzt, sie fühlte sich nicht als

Gefangene im eigenen Hause, sondern sympathisierte mit uns, weil wir die Welt vor einer Umweltgeißel schützen wollten. Dennoch war sie eine Last. Wir konnten sie nicht wegschicken, nicht nur deshalb nicht, weil das ihre Wohnung war, sicher hätte sie wieder eine Freundin besuchen können, sondern vor allem deshalb, weil wir einem Teenager einfach nicht zutrauten, ein paar Tage lang den Mund zu halten. Unter dem Siegel strengster Verschwiegenheit würde sie der Freundin von ihren Abenteuern erzählen, die dann vielleicht ihren Eltern oder ihrem Freund, und irgendwann würde die Informationslawine unser Versteck unter sich begraben. Und mit uns vielleicht das Mädchen.

»... lebensgefährlich verletzt, an seinem Aufkommen wird gezweifelt. Er trug keine Papiere bei sich. Die Polizei steht vor einem Rätsel. Hauptkommissar Herzen wollte vor dem Mikrofon nicht Stellung nehmen, die Untersuchung habe gerade erst begonnen. Herr Reymann sei vorläufig festgenommen, mehr könne und wolle er nicht sagen. Neben mir steht eine Augenzeugin, die Nachbarin von Markus Reymann. Frau Bergius, was ist heute morgen hier geschehen?«

»Ach du Scheiße!« murmelte ich. Nach meiner Warnung war sie brav in ihre Villa zurückgekehrt. Ich hatte noch einige Zeit mit Beobachtungen von Reymanns Haus verbracht, aus sicherer Entfernung vom Ende der Straße aus, versteht sich, und niemanden herauskommen sehen als den Fahrer des Streifenwagens. Wenn das Ganze eine Falle mit Reymann als Köder gewesen war, zeigten sich die Fallensteller nicht. Sie kamen auch nicht zum Vorschein, als die Kriminalpolizei eintraf. Ich nahm an, daß es die Polizei war, sie stellten sich mir nicht vor. Als dann auch noch die ersten Reporter eintrafen, zog ich mich endgültig zurück.

»Na ja«, schwatzte die Bergius, »gesehen habe ich erst mal nichts. Aber gehört. Schüsse. Ich wußte sofort, daß es Schüsse sind. Viele Schüsse. Acht mindestens, oder mehr. Ich dachte zuerst, jetzt übt Reymann schon in seinem eigenen Haus, obwohl das verboten ist. Und dann dachte ich, daß vielleicht etwas Ernstes passiert sein muß, daß vielleicht jemand anders geschossen hat.

Ich muß zugeben« – sie hatte ihre Mikrofonscheu überwunden und sprach immer sicherer, begann ihre Sätze zu drechseln wie beim Gespräch mit mir –, »daß ich einige Zeit ratlos war, nicht wußte, was ich tun konnte oder sollte. Doch dann klingelte schon der Polizist an meiner Tür.«

»Ein Polizist?« fragte der junge Reporter und klang zum ersten Mal überrascht; das hatte sie beim Vorgespräch wohl nicht erwähnt.

»Ja. Er sagte mir, daß sein Mitarbeiter in Reymanns Haus gegangen und dort mit Schüssen empfangen worden war. Er wollte eine Leiter haben, um von hinten über die Hecke in das Nachbargrundstück springen zu können.«

»Moment mal«, unterbrach Andy, Eifer in der Stimme. »Der alte Herr, der von Reymann erschossen wurde, war ein Polizist?«

»Das hat Hauptkommissar Finke mir gesagt.«

»Und ist er über den Zaun gestiegen?«

»Das war nicht mehr nötig, weil dann schon die Verstärkung kam.«

»Welche Verstärkung?«

»Die Funkstreife, die er gerufen hatte.«

»Er hatte die Funkstreife gerufen? Nicht Reymann? Wissen Sie das genau?«

»Das weiß ich ganz genau. Er ging nämlich sofort hin, gab dem Wachtmeister eine Anweisung, und der stieg daraufhin sofort in den Krankenwagen und fuhr mit dem verletzten Kollegen mit. Dann kam er noch einmal zu mir und ...«

»Ich darf mal unterbrechen«, sagte eine Baßstimme.

»Hauptkommissar Herzen, der Leiter der Untersuchung«, meldete Andy in sein Mikrofon. »Gibt es neue Erkenntnisse?«

»Kann man wohl sagen. Wie hieß der Polizist?« fragte der Baß.

»Hauptkommissar Finke.« Die Altstimme.

»Gibt's bei uns nicht.« Der Baß. »Wie sah er denn aus, der angebliche Hauptkommissar?«

»Wieso angeblich?« Der Alt. »War er keiner?«

»Das weiß ich noch nicht.« Der Baß. »Wie sah er aus?«

»Ziemlich groß und athletisch gebaut. Fast so groß wie Sie.« Der Alt.

»Ich bin einsvierundachtzig«, verriet der helle Tenor des Reporters. »Also einsachtzig?«

»Ich glaube schon.« Der Alt.

»Da hat sie sich um fast zehn Zentimeter verhauen«, sagte ich.

Zofia blickte mich erstaunt an, wandte sich aber wieder dem Radio zu, ohne mich etwas zu fragen. Mein Gehirn ratterte auf beiden Gleisen weiter. Daß Lächner, nicht gerade Rambo, doch ohne Zweifel ein erfahrener Agent, von einem wehrsportertüchtigten Bürokuli erschossen worden war, konnte ich mir kaum vorstellen. Es war sinnlos, in jeder Hinsicht. X mußte nicht mal in Erscheinung treten. Wir waren ihm keinen Schritt näher gekommen. Statt dessen rückte er uns näher; die Bergius ließ sich die Gelegenheit zur Porträtmalerei nicht entgehen.

»... gut aus, Mitte Dreißig, schätze ich, dunkelblond, mit Schnurrbart. Auf der rechten Wange eine Mensurnarbe ...«

»Eine was?« Andys Stimme.

»Ein Schmiß, wie ihn sich Studenten in schlagenden Verbindungen beibringen.«

»So was gibt es doch heute gar nicht mehr!«

»Nicht in Ihren Kreisen!« Die Bergius, sehr bestimmt. »Das war ein hochgebildeter, gutgekleideter Mann mit feinen Umgangsformen. Aus bestem Hause, so etwas sehe ich!«

Birgit und Zofia starrten mich an. Endlich hatten sie mitbekommen, von wem die Rede war. Obwohl ich mich selbst nicht wiedererkannte in der schmeichelhaften Schilderung. Sie beschrieb allerdings nicht mich, sondern meine Maske. Dahinter konnte ich mich nun nicht mehr verstecken.

»Seine Stimme? Wie sprach er?« Der Baß.

»Sehr angenehm. Tief, dunkel, warm. Er sprach hochdeutsch ohne jeden Akzent oder Dialekt. Eine kultivierte Stimme ...«

Wenn ich mich ohnehin nicht mehr verstecken konnte, war es an der Zeit, X gegenüberzutreten. Nicht zu seinen, sondern zu unseren Bedingungen, auf unserem Territorium. Fünf leitende

Beamte kamen dafür in Frage, X zu sein, aber nur einer war es. Wenn es uns gelang, alle in einem Raum zu versammeln, hatten wir vier potentielle Verbündete, auch wenn sie es anfangs nicht ahnen würden. Um sich vom Verdacht reinzuwaschen, würden sie ihre Kraft und ihre Möglichkeiten daransetzen, den Verräter in ihrer Mitte zu entlarven. Selbst wenn es ihnen wider Erwarten nicht gelingen sollte, wären wir besser dran als jetzt. Wir würden alles erzählen, was wir wußten oder vermuteten. Dann gab es keinen Grund mehr, uns aus dem Verkehr zu ziehen. Zumindest wurde es ihm erschwert, denn außer uns existierten vier weitere Personen, die ihm ihres Einflusses wegen gefährlicher werden konnten als wir. Wenn er sie beseitigte, hatte er keine Tarnung mehr, und wenn er es nicht tat, würden sie ihn irgendwann kriegen. Wir brauchten sie nur gegeneinander auszuspielen. Diese Art der Auftragserfüllung ließ sich zwar nicht mit Lächners Ehrenkodex vereinbaren, doch der Agent lag auf dem Operationstisch, in einer Intensivstation oder schon in der Pathologie; er konnte uns nicht bremsen. Zofia würde etwas einfallen, sie nach Berlin zu locken. Zu einem Treffen nach unseren Bedingungen. Eigentlich brauchte es nur eine Bedingung zu geben: Alle fünf mußten gleichzeitig erscheinen. Es war so simpel, daß ich mich wunderte, weshalb wir nicht früher darauf gekommen waren.

»Sie haben die Beschreibung gehört«, sprach Herzen direkt in das Mikrofon. »Falls der Herr Finke unter den Hörern dieses Senders ist, möchte er sich bitte umgehend mit mir in Verbindung setzen. Und falls Sie jemanden kennen, auf den die Beschreibung des großen Blonden paßt, rufen Sie bitte auch an.« Er gab zwei Telefonnummern durch.

»Wenn der Mann kein Polizist war, was dann?« fragte der Reporter.

»Sie haben genug bekommen für Ihr Geld«, ranzte ihn Herzen an. »Frau Berg ...«

»Bergius. Mein Name ist Bergius!«

»Kommen Sie bitte mit. Ich möchte Ihnen ein paar Fragen stellen, ohne daß ganz Berlin zuhört.«

»Jetzt hat mir der Kommissar meine Gesprächspartnerin entführt«, klagte Andy komisch. »Aber dafür«, er verlieh seiner Stimme ernsthafte Festigkeit, »haben wir eine neue überraschende Wendung in diesem mysteriösen Fall miterlebt. Wer ist der geheimnisvolle junge Mann, der so vertraut mit den Polizisten sprach? Ein verdeckter Ermittler? Ein Beobachter der Mafia? Ein Kollege vom Verfassungsschutz? Im Augenblick gibt es mehr Fragen als Antworten. Ich bleibe für sie am Ball!«

Bei seinen Spekulationen hatte der Jungreporter zum ersten Mal einen Geheimdienst, wenn auch den falschen, erwähnt. Wenn ein Gedanke erst einmal in der Welt ist, läßt er sich nicht mehr so einfach unterdrücken. Indirekt waren wir X also doch ein Stück näher gerückt. Er konnte uns nicht mehr ausweichen.

»Danke, Andy«, sagte der Moderator im Studio. »Wir freuen uns, daß Hauptkommissar Herzen eine so hohe Meinung von unserem Sender hat. Noch hört uns nicht ganz Berlin zu, leider, aber es werden immer mehr, die feststellen, daß wir auf 101,7 die besten Informationen haben und live dabei sind, wenn die Polizei neue Spuren entdeckt. Die beste Musik haben wir sowieso. 101,7 – die größten Hits aus vier Jahrzehnten. Und das sind die BeeGees!!!«

Zofia schaltete das Radio aus, ich riß mir den Schnurrbart ab, und Birgit starrte mich ungläubig an. Ich hatte viel zu erklären.

23.30 UHR

Glückliche Jugend, die jederzeit schlafen kann. In Birgits Zimmer brannte bereits seit einer Stunde kein Licht mehr. Zofia und ich waren, denke ich, wesentlich stärker ermüdet als das Mädchen; schließlich hatten wir kaum geschlafen in den letzten Nächten. Morgen würden wir all unsere Kraft brauchen. Weil wir das wußten, nutzte es gar nichts, daß auch wir uns früh hingelegt hatten. Körper und Geist, Mattigkeit und zwanghafte Grübeleien kämpften gegeneinander. Unruhig wälzten wir uns im Ehebett von Birgits Eltern. In Reichweite und doch jeder für sich allein. Meine werbenden Blicke waren unerwidert geblieben. Oder konnte ich ihre dezenten Signale nur nicht deuten? Ich hatte zu lange allein gelebt. Vom Flirten verstand ich gar nichts.

Es war weniger sexuelle Begierde, die mich zu Zofia zog, als vielmehr Sehnsucht. Die Sehnsucht, einer Frau, der ich mich so nah fühlte wie noch nie zuvor einem Menschen, noch näherzukommen. Nachdem ich zu meiner Überraschung festgestellt hatte, daß es außer mir noch jemand auf der Welt gab, warum nicht die Chance nutzen und die Einsamkeit teilen? Mein Hauptfehler ist, daß ich zuviel nachdenke, doch meine Sehnsucht nach Zofia wurde nicht von der Vernunft gesteuert. Es war ein Gefühl, dem ich ausgeliefert war.

In trüben Stunden, und die gibt's im Übermaß, neige ich dazu, nur mich selbst für real und die Welt für ein Produkt meiner Phantasie zu halten. Ich denke, also ist die Welt, und wenn ich zu denken aufhöre, wird auch die Welt nicht mehr existieren. Jedenfalls nicht meine Welt. Andererseits weiß ich nur zu genau, daß die Welt unabhängig von mir existiert. Sie hält zu viele Qualen für mich bereit, die sich auch die schwärzeste, nächtigste Phantasie nicht vorstellen würde. *Die Ehre eines Mannes beruht nicht auf dem, was er tut, sondern auf dem, was er leidet,* hatte ich Lächner gesagt. Sieht so aus, als werde auch für mich Ehre im Übermaß bereitgehalten. Was hat Zofia gegen mich?

Mein Gefühl für sie ließ sich nicht begründen, nicht mal erklären. Ich wußte wenig von ihr, nur den Vornamen, der so falsch war wie ihr russischer Akzent. In meiner Gegenwart hatte sie drei Männer erschossen, zwei davon vielleicht aus Not, doch nicht in Notwehr. Sie arbeitete in einem Gewerbe, das ich für anrüchig hielt, obwohl ich derzeit, genau betrachtet, selbst für den verhaßten Geheimdienst tätig war. Das einzige, was zwischen uns tatsächlich funktionierte, waren Gespräche. Mühelos konnte sie meinen Einfällen, meinen Gedankensprüngen und Exkursen folgen. Sie war scharfsinnig, voller Ideen und boshaftem Witz. Wir konnten über die gleichen Dinge lachen. Auf der intellektuellen Ebene harmonierten wir miteinander. Unsere Ansichten über das Leben waren sich ähnlich. Und die Art, diese Ansichten zu äußern, war fast identisch. Mich wunderte, daß sie nicht wußte, wie wichtig das ist.

Schlaflos lagen wir nebeneinander, und endlich erlaubte ich meiner Sehnsucht, mich zu führen. Ich streichelte ihr über den Kopf. Sie reagierte nicht. Weder Zustimmung noch Abwehr. Ihr Haar, obwohl in drei Tagen schon zum zweiten Mal gefärbt, war weich, und es schien mir, als würde es knistern unter meiner Berührung. Ich streichelte ihre Schultern, den Hals, das Gesicht, und endlich wandte sie sich mir zu, umarmte mich, drückte mich an sich. Auf meiner linken Hand lag Zofia, die rechte war frei und wanderte über ihren Rücken. Ich suchte ihre Lippen. Sie waren steif, spröde, verschlossen, und auf einmal schob sie mich zurück.

»Nein«, flüsterte sie.

Ich glaubte es nicht, wollte es nicht glauben, tastete wieder nach ihr.

»Das wird nichts«, sagte sie leise.
»Hab keine Angst«, warb ich.
»Es geht nicht.«
»Doch. Es wird gehen. Es wird gutgehen. Es wird ausgezeichnet gehen! Das fühle ich, und du doch auch!«
»Wir passen nicht zusammen.«
»Wir passen wunderbar zusammen.«
So ging das noch eine Weile weiter, obwohl ich wußte, daß sie es ernst meinte. Ich wollte es nicht wahrhaben, weil es nicht wahr sein durfte. Der Absturz war zu tief. Eben hatte ich mich so glücklich gefühlt wie schon lange nicht mehr, und plötzlich goß sie mir mit ihrer Zurückweisung einen Eimer eiskalten Wassers, in dem halbtote Fische zappelten, über den Kopf.
»Stimmt was nicht mit mir?« fragte ich gereizt.
»Mit dir stimmt alles«, versuchte sie mich zu beruhigen.
»Was ist es dann?«
»Ich mag dich sehr, so sehr, wie ich noch nie einen Mann gemocht habe, aber ich liebe dich nicht.«
»Wenn wir zusammen geschlafen haben, wirst du mich lieben.«
»Das macht es auch nicht besser.«
Ich setzte mich auf und schaltete die Lampe über dem Bett ein. Es war eine Neonröhre, nicht gerade die vorteilhafteste Beleuchtung. Sie produzierte heftige Schatten und ließ die Haut bleich aussehen. Von meiner jugendlichen Maske war nichts mehr übrig außer dem ordentlichen Haarschnitt. Natürlich waren die gefärbten Haare nach ein paar Wäschen noch nicht wieder ergraut. Dennoch sah ich sicher, zudem im Neonschein, wieder so alt aus, wie ich tatsächlich war. Wahrscheinlich noch älter.
Zofia zog sich die Decke übers Gesicht. »Mach aus«, bat sie. »Laß uns versuchen zu schlafen. Wir brauchen den Schlaf!«
»Ich will jetzt nicht schlafen!« widersprach ich. Daß ich wie ein trotziger Schuljunge klang, entging mir nicht, doch konnte ich mich nicht bremsen. »Ich will nicht, und ich kann nicht.«
»Laß doch! Bitte!«

»Nein! Sag mir, was los ist. Sag mir, was mit mir nicht stimmt. Oder mit dir. Ich halte das nicht aus! Das habe ich mir doch nicht vorgemacht! Ich hab mir doch nicht eingebildet, daß du was für mich fühlst. Wir verstehen uns so gut. Wir haben uns verstanden, denn jetzt verstehe ich dich nicht. Überhaupt nicht!«

»Bitte...«

»Nein! So geht das nicht. Du weißt selber ganz genau, daß es so nicht geht! Nicht mit mir!«

»Na schön.« Zofia rutschte unter der Decke vor und setzte sich auf.

Sie trug, wie auch ich, ein buntes T-Shirt aus Birgits Beständen. Ihre Brustwarzen waren steif und deutlich zu erkennen unter dem dünnen Stoff. Die Haare waren wieder blond und ungelockt. Die Schlagwunde im Gesicht war zwar längst nicht verheilt, aber kosmetisch fast unsichtbar gemacht. Trotz des häßlichen Lichts sah sie schön und begehrenswert aus. Mich konnte ich nicht sehen, doch wußte ich, wie ich aussah. Ein Mann Mitte Vierzig, kein Beau, grämlich, verbittert, dazu noch albern in dem mit Comic-Figuren bedruckten T-Shirt eines Teenagers. Wenn es das war, wollte ich es von ihr hören.

»Du täuschst dich in mir«, begann sie. »Ich bin nicht die, für die du mich hältst.«

»Für wen halte ich dich?«

»Jedenfalls nicht für die, die ich bin.«

»Ich weiß, daß du deinen Akzent schneller wechseln kannst als ein T-Shirt. Ich weiß, daß du im Unterschied zu mir und auch zu Lächner keine Hemmungen hast, Menschen zu töten. Ich weiß, daß du das Leben nicht nur kaltschnäuzig kommentierst, sondern tatsächlich so betrachtest. Ich weiß, daß du dich so wohl fühlst wie ich, wenn wir miteinander reden. Ich weiß nicht, ob du für den KGB oder für die Bulgaren oder sonstwen arbeitest. Ich weiß nicht mal, wie du wirklich heißt. Das ist mir egal. Es zählt nicht. Wichtig ist nur das starke Gefühl, das wir füreinander empfinden...«

»Das du für mich empfindest«, unterbrach sie mich. Ohne

Akzent. »Vielleicht ist es bei mir ganz anders. Du hast keine Ahnung…«

»Keine Ahnung? Ich habe mich auch mal als Schriftsteller versucht, mit wenig Erfolg, was das Veröffentlichen und das Gelesenwerden betrifft, aber immerhin. Ich verstehe etwas von Menschen, das gehört zum Beruf, ich sehe sie, wenn ich will, ich sehe dich, weil ich es will, und ich weiß, daß du etwas für mich empfindest. Du denkst, es ist keine Liebe, weil es anders ist als das, was du früher dafür gehalten hast…«

»Laß uns einfach Freunde sein!«

»Ein Mann und eine Frau können nur dann befreundet sein, wenn sie sich überhaupt nichts auseinander machen, wenn sie sich nicht begehrenswert finden. Wenn sich beide begehren, dann wird es mehr als Freundschaft, nämlich Liebe, und wenn das Begehren unerwidert bleibt, wenn man sich verschmäht fühlt, wie könnte man da befreundet bleiben?«

»Findest du nicht, daß es kränkend ist, nur als Frau in Betracht zu kommen, nicht als Freundin?«

»Findest du nicht, daß es kränkend ist, nur als Freund in Betracht zu kommen, nicht als Mann?«

»Wir können so gut miteinander reden. Mach das nicht kaputt. Das würde mir leid tun. Ich liebe es, mit dir zu sprechen. Ich arbeite auch gern mit dir zusammen. Wenn wir heil aus dieser Sache rauskommen, kann ich mir vorstellen, daß wir noch viel zusammen machen, wenn du das willst. Du bist ein Naturtalent für meinen Job. Ich weiß nicht, wie du als Schriftsteller warst, aber als Agent bist du gut, und mit etwas Ausbildung wirst du noch besser werden. Ich bringe dir bei, was ich kann. Das würde ich sehr gern tun. Ich möchte mit dir zusammen sein. Nur leben will ich nicht mit dir.«

»Du redest Stuß!« regte ich mich auf. »Was du da beschreibst, ist eine Lebensgemeinschaft. Nur eines wird ausgeklammert: das Möbelstück, in dem wir beide sitzen wie ein altes Ehepaar, dessen Fernsehapparat kaputtgegangen ist und die trotzdem den Blick nicht davon lösen können, weil sie um die Zeit immer hinsehen, denn da läuft ihre Lieblingsserie *Golden Girls*. Gemeinsam durch die Welt reisen, gemeinsam arbeiten, gemeinsam reden, gemeinsam lachen, gemeinsam lernen. Nur nicht zusammen pennen. Das ist grotesk! Du bist doch nicht frigide! Nur in bezug auf meine Person.«

»Vielleicht bin ich frigider, als du denkst. Du weißt nichts von mir. Absolut nichts. Ich bin nicht direkt häßlich, aber auch keine besondere Schönheit. Trotzdem fliegen die Männer auf mich. Noch. Wenn ich erst mal achtunddreißig oder vierzig bin, wird es sicher nachlassen. Wahrscheinlich werde ich es nicht lange bedauern. Mit zwanzig ist es einigermaßen schmeichelhaft, von jedem angebaggert zu werden. Später wird es lästig. Um so mehr, wenn das Aussehen zum Beruf gehört. Ich habe mich mit schmierigen Typen im Bett gewälzt, um Informationen aus ihnen rauszukriegen, und auch mit netten, gutaussehenden Burschen. Ich will nicht behaupten, daß es nur eklig war, daß es nie Spaß gemacht hat, wenn sie zu meinen Füßen lagen und nach meinem Körper winselten und wenn sie bereit waren, ihr Wissen, ihre Erfahrung, ihre Familie und ihr Vaterland für mich zu verraten. Es hat mich erregt, manchmal hatte ich sogar einen Orgasmus, aber ein tiefes Gefühl war damit nie verbunden. Das war keine Liebe, das war Arbeit und ein bißchen sexuelles Vergnügen. Im besten Fall.«

»Wenn ich dich richtig verstehe, willst du mir sagen, daß du mit ein paar hundert Männern ...«

»So viele waren es nicht!« unterbrach mich Zofia.

»... mit hundert ...«

»Nein!«

»... mit jedem Mann, der irgendwie in deine Nähe kam, ein paar Kollegen waren sicher auch dabei ...«

»Klar! Man gönnt sich ja sonst nichts!«

»... daß du mit so ziemlich jedem gepennt hast, nur mit mir willst du absolut nicht.«

»So was kann man doch nicht herbeireden!«

»Ich will es nicht herbeireden, ich will es verstehen. War in deiner ganzen großen Sammlung keiner, den du geliebt hast?«

»Liebe ist nur ein Wort. Versuch das doch mal zu definieren! Jeder versteht etwas anderes darunter. Du bist doch sonst so klar! Kannst du an so einen verschwommenen Begriff glauben?«

»Du hast ihn eben selber verwendet!«

»Er ist trotzdem diffus. Aber... Ja. Es gab einen, den habe ich geliebt. Jedenfalls mehr als alle anderen zusammen. Er war Bulgare. Nicht Panow. Viel jünger. Er war nicht besonders schön, nicht mal besonders klug, treu sowieso nicht, er trank viel und rauchte unmäßig, er war noch streitsüchtiger als ich, wir haben uns nicht mal regelmäßig gesehen, und zusammenarbeiten konnten wir schon gar nicht, weil wir bei verschiedenen Diensten waren, und trotzdem hat es vier Jahre gehalten. Wenn wir uns endlich mal wiedergetroffen haben, war es wie eine Eruption, wie ein Vulkanausbruch. Zwei unterschiedlich gepolte Magnete, die aufeinander zurasen. Liebe ist ein viel zu schwaches Wort dafür. Es war eine amour fou, eine verrückte Liebe ohne Vergangenheit und ohne Zukunft. Es war Leidenschaft. Auf einmal war es vorbei. Er kam von einem Einsatz nicht zurück. Ich weiß nicht mal, ob er tot ist oder ob er am Ende der Welt einen besonders kniffligen Auftrag ausführt und dort unter anderem Namen mit einer anderen Frau lebt. Ich habe ihn seit zwei Jahren nicht gesehen und nichts von ihm gehört.«

»Das ist traurig...«

»Findest du wirklich?«

»Ja. Es ist traurig, wenn jemand, den man liebt, einfach verschwindet. Ich habe das auch erlebt. Vor einem Jahr ist meine Freundin bei einer sinnlosen Schießerei gestorben. Man glaubt es nicht, man kann es nicht glauben, daß jemand, den man liebt, auf einmal nicht mehr da ist. Aber traurig ist auch, wenn man alles nur an dem mißt, was man verloren hat. Dasselbe Gefühl oder keines. Etwas anderes zählt nicht. Es ist schwer zu akzeptieren, daß etwas vorbei ist, unwiederbringlich verloren, doch wenn man es nie akzeptiert, lebt man nicht mehr.«

Schweigend saßen wir nebeneinander im Bett und hingen unseren Gedanken nach. Weil ihr warm war, legte sie ein Bein auf die Decke. Ein nacktes Bein; sie trug nur einen Slip. Zofia bemerkte meinen Blick und ließ das Bein schnell wieder verschwinden.

»Mit dir ist das was anderes«, erklärte sie. »Ich mag dich wirklich, wir verstehen uns so gut, als wären wir füreinander geschaffen. Zumindest fürs Miteinanderreden. Ich habe gute Gefühle für dich. Freundschaftliche Gefühle. Keine Leidenschaft. Ich fühle mich wohl in deiner Gegenwart, aber da knistert nichts. Da ist keine Spannung. Auf deine Art bist du so was wie ein guter Mensch. Du hast mir das Leben gerettet, du bist zuverlässig und wahrscheinlich sogar treu. Du bist zehn bis fünfzehn Jahre älter als ich und doch noch nicht abgeklärt und erstarrt. Eigentlich der ideale Partner. Nur nicht für mich!«

»Sondern für wen?«

»Das mußt du selbst herausfinden.«

»Es war eine rhetorische Frage. Ich meinte: Wenn du mich für ideal hältst, für einen guten Menschen – schönen Dank auch, das war mir bisher entgangen –, warum dann nicht für dich? Warum kann es jeder andere sein, nur nicht ich?«

»Es kann nicht jeder andere sein. Eigentlich will ich gar keinen Mann. Vielleicht mal zum Bumsen, wenn es gar nicht anders geht, aber nicht zum Zusammenleben. Bindungen sind hinderlich im Job, Gefühle erst recht. Man wird erpreßbar mit seiner Familie. Wer erpreßbar ist, ist schwach, wer schwach ist, stirbt. Darauf würde ich pfeifen, wenn ich so überwältigt wäre wie damals bei Sascha, aber ich glaube nicht, daß mir das jemals wieder passieren wird. Mit dir ist es mir nicht passiert.«

»Nicht dasselbe. Etwas anderes. Ist denn das nichts wert? Nicht mal einen Versuch?«

»Es mangelt mir an Leidenschaft für dich. Noch kann ich einigermaßen klar denken. Was hast du mir denn zu bieten? Nichts als deine Liebe. Damit kommt man in dieser Welt nicht weit. Ein kuschliges, muschliges Gefühl. Verschwommen und unbestimmt wohlig. Ich weiß nicht genau, was du machst, wenn du gerade mal keine Doppelagenten jagst. Wahrscheinlich weißt du es selbst nicht genau. Du sagst, du bist Journalist und Schriftsteller. Hast du einen Bestseller geschrieben oder ein Meisterwerk, für das sich Reich-Ranicki alle Finger ableckt beim Umblättern? Stehen die großen Journale Schlange bei dir, mußt du den Stecker vom Telefon herausziehen, weil du sonst vor lauter lukrativen Angeboten nicht mehr zum Schreiben kommst?«

»Nein«, sagte ich resigniert. Endlich war ich wieder so depressiv, wie ich mich kannte. Sie hatte den Finger auf die Wunde gelegt. Und nun bohrte sie darin herum.

»Du bist eine gescheiterte Existenz. Ein guter Mensch geworden, nichts sonst. Wenn ich schon nicht verliebt bin, will ich wenigstens Sicherheit haben. Kannst du mir Sicherheit bieten? Nein. Du kannst mir nichts bieten als deine Nähe, die vielleicht wundervoll ist, aber für die ich gerade nicht allzuviel Verwendung habe.«

»Ja«, sagte ich, »stimmt schon. Ich habe und bin nichts. Ich habe keine Vergangenheit, keine Zukunft, keine Gegenwart. Nichts als einen Stau von kuschligen, muschligen Gefühlen im Magen-Darm-Trakt. Nähe ist nur wunderbar im eigenen Swimmingpool, in den man springt, ehe man das Frühstück auf der Terrasse seines Sommersitzes an der Adria einnimmt und den Mercedes vorfahren läßt für eine Spritztour in die Berge. Das werde ich nie haben, es interessiert mich auch nicht. Als Existenz bin ich gescheitert, jedenfalls nach den Normen der Gesellschaft. Aber als Mensch bin ich nicht gescheitert, auch wenn alles schiefgegangen ist in meinem Leben. Ich bin übriggeblieben. Ich weiß und kann einiges, und das ist auch dann wahr, wenn es niemand außer mir bemerkt. Ich weiß, daß ich über mich hinauswachsen kann, wenn ich nicht allein bin.«

»Man ist immer allein, auch zu zweit.«

»Man kann zu zweit einsamer sein als allein, ich weiß, aber das ist kein Gesetz! Wenn man jemanden neben sich hat, mit dem man sich versteht, ist man nicht allein. Das kann auf Dauer und für die Dauer wichtiger sein als alle mystischen vulkanischen Leidenschaften.«

»Ohne mystische Leidenschaften fängt es nicht mal an. Wie könnte es da Dauer haben? Ja, wir verstehen uns ganz gut. Das reicht für nichts. Im Gegenteil, das macht es kompliziert. Wir leben zu unterschiedlich. Dein Leben hat mit meinem nichts zu tun. Deine Welt nichts mit meiner. Du willst mich, nicht meine Welt. Du lehnst sie ab. Und da ich was darauf gebe, was du denkst, werde ich unsicher. Ist alles falsch? Ohne Sinn und Bedeutung? Irgendwann werde ich aufhören. Und dann? Sind wir zwei gescheiterte Existenzen. Suchen wir uns gleich eine Brücke, unter der wir uns ganz eng aneinanderkuscheln und die schnöde Welt beschimpfen können, oder gönnen wir uns ein paar Monate, ehe wir verkommen? Nähe kann wunderbar sein, aber Versorgtsein auch. Ich denke jetzt schon ab und zu mal ans Alter. Das befördert die Illusion, ich könnte tatsächlich alt werden.«

»Du tust zwar so, als ob du mich für einen gescheiterten Journalisten hältst, aber deiner wahren Meinung nach bin ich im selben Gewerbe tätig. Das müßte doch eine ideale Voraussetzung dafür sein, nicht auf einer Parkbank zu enden.«

»Sondern in einem Doppelgrab. Oder noch schlimmer – einer bei einem Einsatz in Argentinien, der andere in Australien. Außerdem glaube ich nicht mehr, daß du im selben Gewerbe bist. Ich erkenne einen Kollegen, wenn ich ihn sehe. Du bist keiner.«

»Stimmt.« Ich verdrängte den Gedanken an den armen Lächner und sprach weiter: »Aus der Perspektive deiner Welt bin ich ein ganz normaler Mensch. Alles, was mir an Außergewöhnlichem zugestoßen ist, hatte mit deiner Welt zu tun. Wenn morgen alles glattgeht, kann ich sie vielleicht wieder verlassen, diesmal für immer. Ist das nicht auch eine Chance für dich? Die Chance zur Normalität?«

»Wenn Normalität mir Spaß machen würde, dann wäre ich Friseuse geworden.«

»Ein starkes Schlußwort!« Ich schaltete das Licht aus, rutschte tiefer und warf den Kopf auf das Kissen.

Zofia lachte. »Eine starke Geste. Hochdramatisch und doch nicht übertrieben.«

Zu meiner Überraschung mußte ich auch lachen.

»Ein anregender Dialog«, sagte ich. »Falls ich jemals ein Buch über uns schreibe, werde ich ihn in voller Länge wiedergeben.«

»Über uns? Spiele ich eine Hauptrolle?«

»Möchtest du?«

»Die positive oder die negative?«

»Ganz, wie du wünschst.«

»Unbedingt die Böse! Die Guten sind langweilig.«

»Für eine andere Rolle warst du auch gar nicht vorgesehen.«

»Das freut mich. Ich bin nämlich nicht die Gute, auch wenn du dich in mich verliebt hast. Nichts ist so, wie es aussieht. Nicht nur in meiner Welt. In der ganzen Welt. Ich bin nicht die, für die du mich hältst.«

»Jetzt fangen wir an, uns zu wiederholen.«

»Wir haben uns nichts mehr zu sagen«, lästerte sie. »Schon jetzt nicht.«

Wir schwiegen eine Weile. Die Erheiterung ob unserer dramatischen Gesten und Worte schwand dahin. Bei uns beiden; wir fühlten ähnlicher, als sie glaubte. Ich war nur noch traurig. Wäre zu schön gewesen, eine Frau zu haben, mit der ich mich verstand.

»Da sich«, ich räusperte mich, »da sich unsere Wege morgen trennen werden, wie ich annehme, würde ich wenigstens gern deinen Namen wissen. Auch wenn Namen ohne Bedeutung sind.«

Sie schnaufte belustigt oder unwillig.

»Barbara Zofia Jäger.«

»Das haut mich um.«

»Was?«

»Daß du wirklich Zofia heißt.«

»Nicht, daß ich keine Russin bin?«

»Du bist Deutsche, das weiß ich längst.«

»Nur zur Hälfte. Meine Mutter ist Bulgarin.«

»Für welches Land spionierst du?«

»Für mein Vaterland. Was dachtest du?«

»Für das Land deines Vaters?«

»In Lächners Verein.«

»Warum hast du die Russin gespielt?«

»Willst du das wirklich wissen?«

»Natürlich.«

»Ich erzähle es dir morgen, wenn alles vorbei ist.«

»Morgen, morgen, nur nicht heute.«

»Morgen.«

»Warum nicht jetzt?«

»Weil du vielleicht nicht mehr mit mir sprichst, wenn ich es dir gesagt habe. Und dann stehen wir unsere Party nicht durch. Außerdem bist du jetzt dran.«

»Womit?«

»Wie heißt du wirklich? Sag nicht, Frank Herrmann. Oder war es Fred?«

»Martin Parr.«

»Also doch.« Zofia richtete sich auf und schaltete das Licht an. Sie sah mich ernst an, fast böse. Ich setzte mich auch wieder auf. Was hatte sie auf einmal? Dann wurde es mir klar.

»Du denkst, ich bin Holger Schüssler, dessen Daten du gefunden hast. Ich bin nicht Schüssler. Ich bin Parr.«

»Der Name Parr war in derselben Datei derselben Person zugeteilt.«

»Trotzdem bin ich nicht Schüssler. Es ist eine absurde Geschichte. Nennen wir sie *Der unsichtbare Zweite*. Ich werde sie dir morgen erzählen, wenn du mir deine erzählt hast. Falls ich dann noch mit dir spreche.«

Zofia betrachtete mich lange. Dann nickte sie langsam. »Ich glaube dir, Martin Parr. Das macht es nicht leichter.« Sie schaltete das Licht aus, legte sich wieder hin. »Versuchen wir zu schlafen. Morgen wird ein harter Tag.«

Sie ahnte nicht, wie recht sie hatte.

17. Juli, 09.00 Uhr

Das Mädchen mußte endlich aus der Schußlinie. Das meinte ich weniger metaphorisch als wörtlich. Zwar waren in unserem Plan gar keine Schüsse vorgesehen, doch in Zofias Welt griff man schneller zur Pistole als in meiner zum Brotmesser. Leider sah Birgit nicht ein, daß es in ihrem Interesse war zu verschwinden.

»Das ist meine Wohnung«, trotzte sie.

»Da hat sie recht«, stimmte Zofia ihr zu.

»Hat sie nicht!«

»Natürlich is det meine Wohnung«, sagte Birgit. »Jedenfalls eher meine als eure«, korrigierte sie sich dialektfrei. Das Berlinern versuchte sie nach Möglichkeit zu vermeiden; sie hatte die Phase, es als vulgär und sich als unvollkommen zu empfinden, wenn ihr ein Ick herausrutschte.

»Morgen wieder«, beharrte ich auf meinem Standpunkt. »Heute ist das der Treffpunkt für eine Handvoll sehr undurchsichtiger Männer, von denen einer hemmungslos über Leichen geht. Wir haben nicht das Recht, dich dieser Gefahr auszusetzen.«

»Ich bin fast siebzehn, ich kann selbst für mich entscheiden.«

»Nicht in dieser Sache. Du hast keine Ahnung, was uns erwartet. Selbst ich kann es mir nicht richtig vorstellen.«

»Was soll schon passieren«, wiegelte Zofia ab. »Es ist nur eine Besprechung.«

»Ja, wenn es nach Plan abläuft. Aber bis jetzt ist alles schiefgegangen, was wir angepackt haben. Warum sollte es gerade diesmal klappen?«

»Du hast eine Art, einem Mut zu machen«, murrte Zofia, doch sah sie es offenbar ein, denn nun rückte sie damit heraus, weshalb sie Birgit scheinbar unterstützt hatte: aus Angst. »Wenn sie irgendwem was sagt, sind wir am Arsch.«

Jetzt wußte ich, wie ich das Mädchen aus der Wohnung verscheuchen konnte. Das Schweigen mußte zur ehrenvollen Aufgabe geadelt werden.

»Sie kann schweigen!« behauptete ich. »Sie ist noch nicht alt genug, um erschossen zu werden, aber alt genug, um zu begreifen, daß sie unser Leben gefährdet, wenn sie zur falschen Zeit plaudert.«

»Klar«, sagte Birgit. »Das habe ich längst verstanden. Aber warum wollt ihr eigentlich nicht die Polizei rufen? Ist doch sicherer!«

»O Gott!« stöhnte Zofia. »Die Polizei kann Schnellfahrer blitzen und Knöllchen verteilen. Manchmal verhaften sie sogar einen gemeingefährlichen Hütchenspieler, oder wenn sie schon lange keinen mehr verprügelt haben, auch einen vietnamesischen Zigarettenhändler. Wir haben es aber nicht mit Verkehrssündern und Kleinkriminellen zu schaffen, auch nicht mit einem armen Schwein, das seiner Frau mit einer Kaffeekanne den Schädel eingeschlagen hat, weil sie ihm keinen blasen wollte, und hinterher weinend um seine Festnahme bettelt. Die Typen, die wir erwarten, sind ausgebuffte Geheimdienstprofis. Wichtige Meldungen bekommen sie sowieso auf den Tisch, und wenn eine Aktion läuft, hören sie den Polizeifunk auch nach unwichtigen Meldungen ab. X weiß, was er riskiert, wenn er meiner Einladung folgt, aber er wird es machen, solange er es nur mit mir zu tun hat. Es bleibt ihm nichts anderes übrig. Wenn es von Bullen wimmelt, sieht die Sache ganz anders aus. In eine Polizeifalle würden auch die anderen vier nicht freiwillig tappen. Die Besprechung fällt aus, wir können ihn nicht demaskieren. Dafür weiß er, wo wir stecken, und wir sind so gut wie tot. Nein, Mädchen, laß uns den Job anständig erledigen und kümmere dich um deine Mathehausaufgaben.«

»Ich hab Ferien.«

»Frank ... Fred ...«

»Franz«, half ich. Beinahe hätte ich Martin gesagt, doch wäre das gar zu unvorsichtig gewesen. Es reichte schon, daß Zofia meinen richtigen Namen kannte.

»Franz hat recht«, setzte Zofia fort. »Du mußt hier verschwinden. Das ist sicherer für dich. Aber vorher mußt du schwören, bei allem, was dir heilig ist ... Ist dir etwas heilig?«

»Ich bin nicht in der Kirche.«

»Dir wird doch irgend etwas heilig sein!«

»Nein.«

»Na, komm, Birgit«, half ich, »du willst nicht, daß die Umwelt vergiftet und die Erde zerstört wird, also ist dir wenigstens die Natur heilig oder das Leben auf der Erde.«

»Na ja ... Schon.«

»Dann schwöre«, begann Zofia wieder, »bei der Heiligkeit der Natur und des Lebens, daß du uns nicht verraten wirst.«

»Okay, mach ick nich. Ich meine, ich werde euch nicht verraten. Großes Ehrenwort.«

Am Vortag hatte Zofia auf Birgits Computer ein Fax getippt und in fünffacher Ausfertigung, jeweils mit einer anderen Anrede versehen, ausgedruckt. Aus fünf verschiedenen Copyshops hatte sie es an dieselbe Nummer gefaxt. Der Text klang lächerlich. Sie dürfe sich auf einer offenen Leitung keiner erkennbaren Verschlüsselungen und Codes bedienen, doch werde das Fax seine Wirkung nicht verfehlen, hatte sie mir versichert.

Lieber Georg,
Onkel Christoph ist sehr schwer erkrankt. Mit der Wohnung gibt es auch Probleme. Allein werde ich damit nicht mehr fertig. Deine Hilfe wird ganz dringend gebraucht. Schon morgen früh! Bring die Bridgerunde mit, Willi, Xaver, Karl und Heinz. Ich habe sie ebenfalls eingeladen. Bitte kommt auf jeden Fall gemeinsam, der Arzt hat nur einen Besuch erlaubt! Aber bloß ihr, mehr Leute wären zuviel für das kleine Krankenzimmer. Es ist ganz wichtig – für Onkel Christoph,

für mich und auch für Euch. Ich rufe Euch morgen früh um 9.30 Uhr im Hotel an und beschreibe Euch genau, auf welchem Zimmer der Onkel liegt. Besuchszeit ist ab zehn.
In hoffnungsvoller Erwartung

Deine Sophie

Nachdem Birgit zwar keinen heiligen Eid geschworen, aber wenigstens ihr Ehrenwort gegeben hatte, war sie, wenn auch immer noch widerstrebend, endlich bereit, sich unserer Einsicht zu unterwerfen und zu einer ihrer Freundinnen zu verschwinden. Viel Zeit war nicht mehr, bis Zofia im Berliner Büro des BND – das war mit dem Hotel im Fax gemeint – anrufen und die fünf Männer zu uns einladen mußte, wenn sie denn angereist waren. Also drängten wir zur Eile. Birgit nahm nur eine kleine Tasche mit. Schon am Abend, spätestens am nächsten Morgen durfte sie wieder in die Wohnung zurückkehren. Sie sagte uns den Namen ihrer Freundin. Die Telefonnummer würden wir im Adreßverzeichnis ihres Computers finden. Wenn alles vorbei sei, sollten wir anrufen.

»Werden wir uns wiedersehen?«

»Klar. Vielleicht schon in ein paar Stunden«, log ich.

»Und wenn nicht? Wenn ihr wieder Pech habt? Wenn sie euch umbringen?«

»Wir schaffen es.« Auch Zofia wollte Optimismus verbreiten, doch fiel ihr noch etwas ein, was sie unbedingt loswerden mußte. »Falls doch nicht, darfst du auf keinen Fall etwas erzählen. Keinem Menschen! Wenn wir es nichts schaffen, hast du erst recht keine Chance. Denk nicht, daß du die Welt retten kannst. Du kannst nicht mal dich retten. Nicht vor Geheimdienstprofis. Sag nicht mal was, wenn alles gutgeht. Man weiß nie, wie sie reagieren.«

Birgit schluckte, umarmte uns zum Abschied und verließ die Wohnung.

»Hoffentlich passiert ihr nichts«, sagte ich.

»Das ging zu leicht«, murmelte Zofia.

»Leicht? Wir haben gepredigt wie die Schweinepriester...«

»Trotzdem.« Sie ging in Birgits Zimmer und schaltete den Computer ein. Ich stellte mich neben sie und sah ihr zu.

»Adreßprogramm... Hier.« Sie suchte den Namen der Freundin. Als er erschien, tippte sie mit dem Zeigefinger auf den Bildschirm. »Habe ich mir gedacht. Ich kenne diese Sorte Mädchen. War selbst mal eins.«

Wir traten an Birgits Fenster und schauten hinaus. Das Haus auf der anderen Straßenseite war zwanzig Meter entfernt. Genau in dieser Entfernung stand Birgit. Sie blickte durch das gegenüberliegende Fenster und lächelte uns zu. Ich erhob die rechte Hand, legte Zeige- und Mittelfinger zusammen und tippte demonstrativ mit dem linken Zeigefinger darauf. Schon vergessen? Du hast geschworen, sollte das heißen. Sie nickte und zog sich zum Zeichen, daß sie mich verstanden hatte, in das Zimmer zurück.

Wir konnten nichts mehr daran ändern. Die Zeit für den Anruf war gekommen. Das Telefon stand im Wohnzimmer. Wir brannten Zigaretten an, um unsere Nerven zu beruhigen. Nach ein paar hastigen Zügen straffte sich Zofia und wählte eine Nummer.

»Zofia«, meldete sie sich. Ihre Stimme klang ruhig.

Ich rückte mit meinem Kopf so nah an ihr linkes Ohr heran, daß ich die Antworten verstehen konnte.

»Xaver«, meldete sich der Angerufene. Xaver Isensee, Referatsleiter beim BND.

Ich kannte die Leute, obwohl ich keinen von ihnen je gesehen hatte.

»Ist die Bridgerunde beisammen?«

»Nicht ganz komplett, fürchte ich. Willi und Heinz sind in Urlaub gefahren. Wir konnten sie leider nicht erreichen. Georg und Karl stehen neben mir. Ändert das deine Pläne?«

Sie sah mich ratsuchend an. Ich hob die Achseln, wiegte den Kopf.

»Ich würde gern mit ihnen sprechen«, sagte sie in den Hörer.

»Kein Problem.« Xaver gab den Hörer weiter.

»Hallo, Zofia!«

»Guten Morgen, Georg.«

»Morgen? Für uns ist es schon fast Mittag. Weißt du, wie früh wir aufstehen mußten, um es zu schaffen?« Georg Wellershoff, Leiter der Abteilung 3, zuständig für Auswertung. Was immer das bedeuten mochte.

»Ja, das weiß ich.«

»War wohl Absicht?«

»Gibst du mir bitte Karl?«

»Ich bin auch da.« Karl Geishirt, Referatsleiter.

»Wir versuchen es in kleiner Runde«, entschied sie. »Wenn ihr euch beeilt, schafft ihr es in einer halben Stunde. Kommt nicht zu spät, sonst verpaßt ihr mich.«

»Wohin kommen?«

»In eine sichere Wohnung. Ganz normales Mietshaus.« Sie gab die Adresse durch. »Und bringt niemanden mit, das Zimmer ist klein. Ich leide unter Klaustrophobie. Menschenmassen in engen Räumen machen mich nervös. Wenn ich nervös bin, kann ich nicht für mich garantieren.«

»Hoffentlich ist es auch wirklich wichtig!« sagte Karl.

»Ihr werdet euch wundern, wie wichtig es ist!« Zofia legte auf. Sie sah mich ernst an, und dann fragte sie mich: »Bin ich eigentlich alt genug, um erschossen zu werden?«

10.15 Uhr

Auf mich wirkten sie wie Drillinge, obwohl sie sich nicht ähnlich sahen. Einer war dick und riesig, zumindest aus meiner Perspektive, fast einen Meter neunzig groß, die beiden anderen mittelgroß und schlank. Es war ihre Aufmachung, der knappe Haarschnitt, die uniforme Seriosität ihrer Kleidung, der hellbraunen Anzüge, der dunklen Wildlederschuhe, der weißen Seidensticker-Hemden, der dezenten Krawatten mit den goldenen Nadeln. Hinzu kam eine Ausstrahlung, die ich so deutlich witterte wie ein Rüde die Läufigkeit der Hündin: Gefahr. War es die Art, wie sie liefen, wie sie dastanden, wie sie mich anschauten? Oder doch nur ein Produkt meiner Einbildung?

Als sie klingelten, lief ich die Flurtreppe hinunter, beantwortete das »Grüß Gott« eines der schlankeren Herren mit einem knappen Nicken. Ein Mieter des Hauses auf dem Weg zur Arbeit oder zum Einkaufen, sollten sie denken, und das taten sie wohl auch, denn sie wandten sich wieder der Tür zu, klingelten noch einmal. Ich lief an ihnen vorbei, ein halbes, ein ganzes Stockwerk tiefer, beugte mich über die Treppe. Niemand außer mir im Hausflur, soweit ich sehen konnte.

Vernehmlich fluchte ich vor mich hin, als habe ich etwas vergessen, und kehrte um. Sie standen noch immer vor der Tür. Der Dicke schenkte mir einen eigentümlichen Blick, als würde er mich kennen und wolle sich das nicht anmerken lassen.

»Keiner da?« fragte ich.

»Scheint so«, sagte der Dicke. Der Stimme nach war es Xaver; der Name paßte auch am besten zu ihm.

»Die Kunzes sind in Urlaub gefahren, glaube ich«, gab ich Auskunft.

»Ach so?«

Daß ich ein unverfängliches Gespräch begann, war für Zofia das Zeichen, alles sei in Ordnung. Zudem lenkte es die Aufmerksamkeit der drei Herren auf mich. Leise kam sie die Treppe herunter und stellte sich zu uns.

»Unverhoffter, lieber Besuch«, sagte sie. »Entschuldigung, hab gerade die große Wäsche auf dem Dachboden aufgehängt.« Zofia schloß die Tür auf und trat beiseite. Die Herren gingen in die Wohnung. Nur der Dicke schien nicht sonderlich erstaunt, daß ich ihnen folgte.

Ich hatte bei der Planung vorgeschlagen, daß wir sie zu unserer Sicherheit sofort entwaffnen sollten. Zofia hatte mich angesehen wie einen Geisteskranken.

»Du bist ein Naturtalent, ich vergesse immer wieder, daß dir das einfachste Rüstzeug fehlt«, hatte sie gesagt. »Lächner hat mir erzählt, daß er dir mühelos die Beretta abgenommen hat, obwohl er verletzt war und Schmerzen hatte. Die fünf« – sie war noch davon ausgegangen, daß alle kommen würden – »sind unverletzt und gut bei Kräften. Zwar sitzen die meisten schon seit Jahren an Schreibtischen, machen wenig Außendienst, doch so was verlernt man nicht. Sie sind besser ausgebildet als du. Sie haben eine Ausbildung hinter sich, von der du nicht mal weißt, daß es sie gibt. Wenn sie keine Waffe dabeihaben, verschaffst du ihnen eine. Haben sie Waffen dabei, was sehr wahrscheinlich ist, bekommst du sie nur zu Gesicht, wenn sie damit auf dich zielen.«

»Okay«, hatte ich zugestimmt, »mag sein, ich bin ihnen nicht gewachsen. Dann entwaffnest du sie! Du kannst das bestimmt. Jemand, der mit zwölf Leuten fertig wird ...«

»Eh, komm mir nicht immer damit, hatte sie sich verteidigt. Das war nur ein flotter Spruch, wie du ganz genau weißt. Ich kann nicht fünf Leute in Schach halten und gleichzeitig entwaffnen. Einen ohne Probleme, vielleicht auch zwei oder drei. Aber nicht Clausen und nicht Isensee. Clausen ist zu schnell und

Isensee zu stark. Einer der stärksten Männer, die ich kenne. Der hält mich mit einer Hand fest, und mit der anderen erschießt er dich, ohne zu zittern, wenn's denn sein muß. Nach so einer Aktion haben nicht wir ihre Waffen, sondern sie unsere. Falls es zum Äußersten kommt, müssen wir X auf Distanz erledigen. Wir wären schön blöd, wenn wir die einzige Chance verschenken! Außerdem ist es unnötig. Zwar verliert X seine Waffe, wenn wir es wider Erwarten schaffen, aber unsere Verbündeten ebenfalls.«

Das hatte mir eingeleuchtet, also wanderten wir nun alle fünf brav zur Sitzecke der Familie Kunze. Zwei unserer Besucher setzten sich auf das Sofa, Zofia, ich und der dicke Isensee in Sessel.

»Fang endlich an, Mädel«, sagte der älteste unserer Gäste, einer der beiden auf dem Sofa, und entzündete eine Zigarette.

Da ich mich als Hausherr fühlte, schaffte ich einen grünglasernen Aschenbecher aus den Beständen unserer trotz eines Telefonats mit ihrer Tochter noch immer ahnungslosen Gastgeber herbei.

»Ich nehme an, daß ich damit zur Versammlungsleiterin eingesetzt wurde. Gegenstimmen? Dann beginne ich mit der Vorstellung, weil, wie ich annehme, nicht jeder jedem gleichermaßen bekannt ist. Herr Georg Wellershoff, Herr Karl Geishirt, Herr Xaver Isensee – leitende Beamte im Bundesnachrichtendienst. Frank Herrmann, ein freier Mitarbeiter.«

Sie deutete bei jedem Namen mit eleganter Handbewegung auf den angesprochenen Herren. Wellershoff war der älteste; Mitte bis Ende Fünfzig schätzte ich ihn. Er hatte ein rundes, solariumgebräuntes Gesicht und wirkte durchaus sympathisch. Anders der hagere Geishirt mit seinen mürrisch herabhängenden Mundwinkeln und der spitzen Nase. Er mußte keine finstere Miene aufsetzen, er hatte sie von Natur aus. Am jüngsten war Xaver Isensee, der Riese mit der Figur eines Sumo-Ringers. Mitte Vierzig, schätzte ich, höchstens so alt wie ich. Als ich vorgestellt wurde, hob er eine Augenbraue. Er wußte, daß der Name falsch war. Testweise zwinkerte ich ihm zu, und er zwinkerte zurück.

»Meine Person setze ich als bekannt voraus. Leider sind wir

nicht vollzählig«, fuhr Zofia fort, der unsere Vertraulichkeit entgangen war. »Von unserer Seite aus fehlt Herr Clemens Christoph Muhlack, einigen auch als Christoph Lächner bekannt. Er ist leider verhindert, weil er in Erfüllung seiner Dienstpflicht niedergeschossen wurde.«

»Hör auf, Blödsinn zu quatschen!« fuhr Geishirt sie an. »Sag endlich, worum es geht!«

»Um die Dienstpflicht, Karl, worum sonst? Wir sind bereits beim Thema. Immer der Reihe nach. Warum fehlen zwei der Eingeladenen?« Sie wandte sich mir zu: »Die Herren Wilhelm-Eberhard von Clausen und Heinz Rösch.«

»Klarnamen gegenüber einem Fremden?« grollte Geishirt. »Das wird Ärger geben.«

»Solange nur Ärger kommt und kein Rollkommando, sehe ich gelassen in die Zukunft«, parierte Zofia. »Warum fehlen die beiden?«

»Mensch, Zofia, es ist Sommer!« sagte Isensee. »Die sind in Urlaub gefahren. Ist doch kein Wunder! Ein Wunder ist, daß wir noch hier sind bei dem beschissenen Wetter. Ein Wunder ist, daß wir auf deinen Notruf sofort herbeigeeilt sind und du uns mit blöden Spielchen hinhältst und wir immer noch nicht ausgerastet sind.«

»Wohin sind sie gefahren?«

»Clausen in die Karibik und ...«

»Wann?«

»Vor einer Woche.«

»Und Rösch?«

»Nach Rußland.«

»Nach Rußland?«

»Hat mich auch gewundert«, gab Isensee zu.

»Wann?«

»Gestern. Ziemlich überraschend. Morgens war er noch im Dienst, mittags hat er sich abgemeldet. Dringend nach Italien, hat er gesagt. Erträgt das Wetter nicht mehr. Wir haben es routinemäßig überprüft. Er stieg ...«

»Genug, Xaver«, stoppte Wellershoff den Dicken. »Ich will endlich wissen, nach welchem Auswahlprinzip Zofia ihre Gästeliste zusammengestellt hat. Ich hoffe, sie rückt damit heraus, ehe ich bereue, so früh aufgestanden zu sein.«

»Nach dem Opportunitätsprinzip, Georg«, erklärte Zofia. »Falls ich das richtige Wort getroffen habe. Du weißt ja, ich manchmal nix gut deutsch sprechen. Ich hielt es für die einzige Möglichkeit, am Leben zu bleiben.«

»Dein Leben ist bedroht?« fragte Isensee.

»Ja. Nicht nur auf Lächner ist geschossen worden.«

»Habt ihr das Massaker bei Panow angerichtet?«

»Gezwungenermaßen. Laß es mich der Reihe nach erzählen, Xaver. Ich werde euch nicht mit Details langweilen, das kann alles später geklärt werden. Am Anfang war es eine Routinesache. Jemand aus unserer Atomlobby mauschelte mit den Russen herum. Ein Geschäft mit radioaktivem Müll, wie wir annehmen. Abgesehen von den Summen, die über den Tisch wandern, keine große Sache, jedenfalls nicht für unsere Firma. Erstaunlich war nur, wie gut sie sich getarnt haben. Da waren Meister der Vertuschung am Werk, die Untersuchung kam nicht voran. Als dann auch noch Akten und Daten verschwanden, stand fest, daß ein hauseigener Profi zur Mannschaft gehört. Der große Unbekannte wurde X getauft; ihr wißt ja, wie originell die Firma sein kann. Nach Lage der Dinge hatten nur zwanzig Leute uneingeschränkten Zugang zu den Daten und Papieren, die gelöscht oder durch den Reißwolf gejagt wurden. Und hundertfünfzig oder zweihundert hätten ihn sich mit viel Erfindungsgeist und Risiko vielleicht verschaffen können. Es begann, wie stets in solchen Fällen, eine Tiefenprüfung. Das werdet ihr mitbekommen haben, so etwas bleibt in unserem Verein nicht lange geheim.«

Wellershoff und Geishirt nickten, während Xaver durch seinen Gesichtsausdruck signalisierte, er habe von nichts eine Ahnung. Inzwischen rauchten alle Kette vor Nervosität. Nur das Riesenbaby war eingeschworener Nichtraucher.

»Daß eure Namen auf der Liste der zwanzig stehen, nicht auf

der Liste der zweihundert, könnt ihr euch denken. Das ist nicht ehrenrührig, wir alle werden immer mal wieder überprüft. Daher wißt ihr natürlich auch, was bei solchen Tiefenprüfungen rauskommt. Die Gesamtpunktzahl in Flensburg, die Frequenz der Bordellbesuche im vergangenen Jahr und die Anschrift der Geliebten, wenn die Untersucher clever sind. Meistens nicht mal das. Diesmal gab es eine Besonderheit, eine Abweichung von der Norm. Auf besonderen Wunsch eines Referatsleiters, der auf keiner der beiden Listen stand, wurde, übrigens ohne Absprache mit unserem neuen Primgeiger, zusätzlich ein Außenteam verpflichtet. Clemens Muhlack, Enrico Lange und ich. Weshalb gerade wir und warum überhaupt, spielt in diesem Zusammenhang keine Rolle. Unser Herr X wußte das auch nicht. Er kannte nur den Plan, nicht den Grund dafür. Und der Plan machte ihm Angst. Die Affäre hatte etwas mit dem Atommüll aus Lubmin bei Greifswald zu tun. Wir reisten nach Mecklenburg-Vorpommern, um ein paar Leute zu kontaktieren. Bei dieser Gelegenheit stieß durch eine Verkettung von Zufällen, die aufzuzählen zu weit führen würde, ein Amateur zu unserem Team, der hier anwesende Fred ... Frank Herrmann. Kurz nachdem wir unseren ersten Anlaufpunkt in Schwerin erreicht hatten, traf ein Trupp ein, der Lange erschoß und auch uns erledigen wollte. Wir waren schneller und besser.«

»Das in Schwerin wart ihr auch?« fragte Isensee. »Ihr habt ja ziemlich viele Planstellen freigemacht!«

Ich wunderte mich mehr als der Dicke über Zofias Bericht. Sie hatte die Schießerei in Greifswald ausgelassen, mit der alles begonnen hatte. Warum? Um mein Inkognito zu schützen? Das wäre so nobel wie kurzsichtig. Zumindest X wußte ebenfalls davon, und einzig der war gefährlich. Es mußte einen anderen Grund haben, den ich mir nicht denken konnte. Noch verwirrender war, daß sowohl Zofia als auch Lächner mir mitgeteilt hatten, Wellershoff sei ihr Auftraggeber. Lächner hatte ihn sogar angerufen in der Nacht nach der Schießerei in Berlin. Und nun tat Zofia, als wisse er von nichts, und Wellershoff spielte mit. Der

Primgeiger – sie meinte den neuen Geheimdienstchef – wußte entgegen ihren Behauptungen gar nichts von der Aktion. Am meisten überraschte mich, daß Enrico Lange, den wir unter Lebensgefahr überwältigt und im Keller von Dehnerts Haus gefesselt hatten, post mortum zu unserem Teamkollegen gekürt wurde. Verfolgte Zofia eine Taktik, die sie nicht mit mir abgesprochen hatte, oder war es die Wahrheit?

Sie merkte, was mir durch den Kopf ging, und signalisierte mir durch eine beschwichtigende Handbewegung, ich solle ruhig bleiben, sie werde mir später alles erklären. Langsam begann ich es für möglich zu halten, daß ich nach ihrer Eröffnung tatsächlich nicht mehr mit ihr sprechen würde.

»Vier, fünf Leute, mehr waren es nicht, nach Schwerin zu schicken, das hätte jeder der zwanzig tun können, wahrscheinlich sogar die meisten der zweihundert. Er brauchte nur auf den Plan zu reagieren. Doch nun hielten wir uns nicht mehr daran. Es gab zwei Möglichkeiten. Entweder wir geben die Außenermittlung auf und kehren reumütig nach Pullach zurück, oder wir machen weiter. Im ersten Fall hätte X gewonnen. Zwar wäre die Prüfung noch schärfer ausgefallen, nachdem es zwei Tote gab, aber offenbar ist er so gut abgesichert, daß die Recherchen in der Firma ihn nicht ernstlich gefährden können. Im zweiten Fall wollte er auch gewinnen. Es reichte nicht, unsere Akten zu wälzen, weil darin ja nicht stand, wohin wir uns wenden. Das wußten wir selber nicht, als wir aus Schwerin flohen. Er mußte Zugriff auf unsere komplette Akte haben, um unsere Schritte vorausberechnen zu können, und dann mußte er einen Teil unseres Apparates in Bewegung setzen, damit wir überall abgefangen werden können. Beinahe hätte es auch funktioniert. Wir wollten uns bei Panow eine neue Identität verschaffen. Er fand es heraus und stellte uns eine Falle. Ich tappte hinein, Muhlack hätte es vermutlich auch erwischt. Womit X nicht rechnete, weil er nichts von seiner Existenz wußte, war unser dritter Mann, der Amateur. Frank schaltete den Schläger aus, der sich meist Müller II nennt, lenkte den Posten im Hausflur ab, daß Muhlack ihn überwältigen konnte.

Dann stürmten sie die Wohnung und holten mich raus. Das Ergebnis kennt ihr. Drei unserer Leute und Panow tot. Ich nenne sie unsere Leute, weil sie auf derselben Gehaltsliste standen wie wir.«

Dieser Teil ihres Berichts deckte sich mit meinen Wahrnehmungen und Folgerungen. Das ließ hoffen.

»Da wir entkommen sind, hat sich die Falle gegen X gekehrt. Den Apparat in Bewegung setzen, ohne daß hinterher festgestellt wird, wer es war, kann nicht jeder. Dazu gehört Macht, Einfluß, eine gewisse Position. Wäre X nicht in Panik geraten, würde er jetzt besser dastehen. Wir hatten nämlich nichts herausgefunden, absolut nichts. Er hätte sich zurücklehnen und unser Scheitern abwarten sollen. Weil er nicht die Nerven dazu hatte, grenzte er selbst den Kreis der Verdächtigen ein.«

»Nur noch wir fünf.« Isensees Stimme klang belegt.

»Genau«, Zofia nickte ihm zu. »Freut mich, daß du mitdenkst. Ich hoffe, du bist nicht der einzige.«

Wellershoff und Geishirt sahen sie mit undurchdringlichen Mienen an.

»Weiter«, forderte Wellershoff.

»Das war es eigentlich schon«, sagte Zofia. »Sehr viel mehr kommt nicht. Wir waren zu ehrgeizig, wir wollten unbedingt herausfinden, wer X ist. Wenn wir uns an seine möglichen Auftraggeber wenden, dachten wir, haben wir ihn am Schwanz. Leider wissen wir bis heute nicht, mit wem er gemauschelt hat. Ich tippte auf die TransNukem und Stettner. Was passierte, habt ihr in den Nachrichten gehört. Er sprang aus dem Fenster. Bei unserem nächtlichen Einbruch haben wir gar nichts gefunden, und als Muhlack gestern morgen Stettners Spezi unter Druck setzen wollte, war der auf seinen Besuch vorbereitet und empfing ihn mit Blei. Was darauf schließen läßt, daß mein blinder Tip nicht so verkehrt gewesen sein kann. Selbst das wissen wir nicht genau. Der Sinn dieser Zusammenkunft ist, X mitzuteilen, was wir ermittelt haben: Er ist einer von fünfen. Nur das, sonst nichts. Die Notwendigkeit, uns auszuschalten, ist damit entfallen. Oder er muß noch mehr Leute beseitigen, denn mindestens zwei seiner

Kollegen wissen jetzt genau dasselbe wie wir. Vielleicht sogar drei, falls sich X in die Karibik oder nach Moskau verdrückt hat. Gestern überraschend nach Moskau – das klingt verdächtig. Zu verdächtig für meinen Geschmack, so eindeutige Hinweise hat X bisher nicht hinterlassen. Oder er glaubt, es ist aus, und hat sich abgesetzt. Ich kann jetzt nicht den Arm ausstrecken und mit dem Zeigefinger auf einen von euch deuten und dramatisch verkünden: Du bist der Mann. Schön wär's. In meinem Interesse hoffe ich, daß X im Raum ist und mir glaubt. In eurem Interesse hoffe ich natürlich, daß es einer der Abwesenden ist. Oder daß er sich freiwillig meldet, wenn er unter uns weilt. Nun seid ihr dran.«

Zofia lehnte sich zurück und betrachtete die drei. Langes Schweigen.

»Unglaublich«, murmelte Wellershoff. Er suchte Blickkontakt mit seinen Kollegen.

Isensee hob eine Hand.

»Ja, Xaver«, erteilte ihm Zofia das Wort.

»Ich sollte mich doch melden«, sagte der Riese schüchtern. »Ich bin X.« Dann lachte er dröhnend. Wellershoff stimmte ein, selbst Geishirt grinste über sein grämliches Gesicht.

»Mach keine blöden Witze, Xaver«, sagte Zofia.

»Das ist kein Witz!« Isensee lachte noch lauter.

Wellershoff und Geishirt hielten auf einmal Pistolen in den rechten Händen. Damit zielten sie auf Zofia und mich.

»Langsam aufstehen«, ordnete Wellershoff an. »Hände unten lassen. Keine schnellen Bewegungen.«

Sie hatten nicht nur mich total überrumpelt, was kein besonderes Kunststück war, sondern auch Zofia. Folgsam erhoben wir uns.

»Einen Schritt zur Seite. Noch einen. Weg von den Sesseln.«

Nun erhob sich auch Isensee. Er trat hinter Zofia, preßte mit seinem linken Arm beide Arme an ihren Körper, zog mit der rechten Hand ihre Glock aus dem Halfter und warf sie auf das Sofa. Dann ließ er sie los und machte dasselbe bei mir. Sein Griff drückte mir die Luft ab. Dabei strengte er sich nicht mal sonderlich an. Als er mich losließ, schmerzten meine Rippen.

»Tut mir leid, Holger«, sagte er.

Der Name war ihm herausgerutscht; er bedauerte, ihn ausgesprochen zu haben, was man ihm ansah.

»Holger?« fragte Geishirt. »Du kennst ihn?«

»Ein kleiner Spitzel, der ein paarmal für uns gearbeitet hat«, erklärte Isensee in bemüht lässigem Ton. »Ist schon sehr lange her. Kennen würde ich das nicht nennen.«

»Ihr könnt euch wieder setzen«, sagte Wellershoff und steckte seine Waffe weg.

Geishirt vertauschte seine Pistole mit einem Sprechfunkgerät.

»Hier Zentrum«, meldete er sich. »Lage unter Kontrolle.«

»Team zwei«, schnarrte es aus dem Gerät. »Bei uns auch. Alles ruhig.«

»Nachricht von Team eins?« fragte Geishirt.

»Noch nicht.«

»Immer noch nicht? Sie können uns direkt rufen, wenn sie endlich fertig sind. Zentrum Ende.«

»Verstanden. Team zwei Ende.«

Inzwischen saßen wir alle wieder. Zofia und ich sahen uns in die Augen. Sie wirkte beunruhigter als ich, wahrscheinlich, weil sie sich viel genauer vorstellen konnte, was uns erwartete. Vielleicht bedauerte sie auch, mich am Abend so harsch zurückgewiesen zu haben. Wer kennt sich schon aus mit Frauen.

»Team eins soll Muhlack den Rest geben«, vermutete sie.

»Du bist ein kluges Mädchen«, anerkannte Wellershoff. »Wenn auch längst nicht klug genug für unser Spiel. Wie bist du bloß auf die Schnapsidee gekommen, daß X nur eine Person ist? Meinst du wirklich, das kann man allein durchziehen? Bei dieser Sorte Geschäfte geht es um Milliarden. Da ist für jeden von uns eine Million drin. Mindestens. Und fürs Fußvolk ein paar Hunderttausend.«

»Von der TransNukem?« fragte ich.

Sehr überlegen winkte Wellershoff ab. »Ihr dürft nicht alles glauben, was in der Zeitung steht. Stettner wirkte gut auf Fotos, konnte einigermaßen reden und hatte keine Scheu vor lukrativen

Nebengeschäften. Trotzdem hat er Pleite gemacht. Ein ganz kleiner Fisch.«

»Die Gruppe X gibt sich nur mit Haien ab.«

»Mit Walen, um genau zu sein.« Wellershoff grinste.

»Sie haben doch einen Eid geschworen«, sagte ich. Nicht, weil ich an Eide glaube, geschweige denn daran, daß Leute wie Wellershoff sich etwas daraus machen. Ich wollte nur das Gespräch in Gang halten. Solange wir redeten, würde uns nichts passieren.

»Einen Eid!« biß Wellershoff an. »Dafür kann man sich keine Villa in Tessin kaufen! Sollen sie uns doch besser bezahlen, wenn sie auf unsere Eide Wert legen! Außerdem verletze ich keinen Eid. Ich mache das nicht, damit es dem Vaterland schlechtgeht, sondern damit es mir gutgeht.«

»Und was ist mit den Leuten, die von dem Giftmüll verstrahlt werden?«

»Das sind Russen«, Wellershoff winkte ab.

»Was ist...«

»Genug!« unterbrach mich Wellershoff scharf. »Wenn du Spaß an Moralpredigten hast, hättest du Pfarrer werden sollen. Die Spritzen«, wandte er sich an Geishirt.

»Sodium-Amytal«, erklärte mir Zofia, was ich mir denken konnte. »Sie werden uns damit vollpumpen und ausfragen, ob wir mehr wissen, als ich erzählt habe, und wer außer uns noch eingeweiht ist. Wenn wir alles gesagt haben, bringen sie uns um.«

Seltsamerweise machte ich mir kaum Sorgen um uns. Wir waren sowieso verloren. Birgit, dachte ich. Sie werden auch Birgit umbringen. Ein Schulmädchen. Das darf nicht sein. Und es wird nicht sein, wenn wir tot sind, ehe sie uns die beschissene Wahrheitsdroge spritzen.

Ohne weiter nachzudenken, schnellte ich aus meinem Sessel über den Tisch hinweg an Geishirts Kehle. Zofia dachte wieder einmal so ähnlich wie ich. Wahrscheinlich hatte sie mich mit ihren Sätzen bewußt auf den Gedanken kommen lassen, der mich zum Handeln trieb. Fast synchron mit mir sprang sie an Wellershoffs Kehle. Wären es nur die beiden gewesen, hätten wir es vielleicht sogar geschafft. Sie kamen nicht dazu, ihre Waffen zu ziehen, die im Nahkampf ohnehin wenig genutzt hätten, und physisch waren wir ihnen gewachsen. Denke ich; wir hatten keine Gelegenheit, es herauszufinden. Isensee packte mit der rechten Hand mich, mit der linken Zofia im Genick, zog uns über den Tisch und stauchte uns in unsere Sessel.

Wellershoff und Geishirt drehten ihre Hälse. Alles noch dran, leider.

Geishirt grinste. »Zwei recht temperamentvolle junge Leute«, sagte er.

»Sie brauchen dringend Beruhigung«, stimmte Wellershoff zu.

Nichts war gewonnen. Geishirt griff in die Innentasche seines Jacketts. Allerdings kam die Hand ohne Spritze wieder vor. Sie war naß. Er betrachtete sie angeekelt.

»Ich hasse Außeneinsätze«, sagte er. »Schlecht für die Garderobe.«

Eine der beiden Spritzen war bei meinem Angriff zerbrochen. Die andere allerdings kam beim zweiten Griff unversehrt zutage.

»Für Zofia«, entschied Wellershoff.

Geishirt erhob sich und erstarrte in der Bewegung. Es klingelte. Zweimal kurz. Pause. Zweimal kurz. Pause. Zweimal lang. Da wir mit niemandem ein Zeichen vereinbart hatten, konnte es nur der Gruppe X gelten, und so war es auch. Ihre Gesichter entspannten sich. Geishirt setzte sich wieder hin. An seiner Stelle erhob sich Wellershoff und ging zur Tür.

Ich suchte Zofias Blick. Sie sah verzweifelt aus. In meinem Gesicht entdeckte sie vermutlich ebenfalls nichts Tröstliches. Wir waren gescheitert, obwohl wir den Fall gelöst hatten. Wir hatten den Fall durch unser Scheitern gelöst.

Es dauerte ein paar Minuten, bis Wellershoff zurückkehrte.

»Probleme?« fragte Isensee.

Wellershoff sah kurz Zofia und mich an, dann nickte er. Es kam nicht mehr darauf an, was wir hörten.

»Team eins ist gescheitert«, sagte er.

»Was?« fuhr Geishirt auf.

»Wie?« fragte Isensee ruhig.

»Muhlack hat sie bei den Eiern gekriegt.« Zofia grinste.

»Etwas vulgär formuliert«, kritisierte Wellershoff, »aber korrekt. Offenbar war er nicht so schwer verletzt, wie die Medien uns eingeredet haben. An der Wache vor der Tür kamen sie mühelos vorbei, dann war Schluß. Im Bett lag niemand. Auf einmal stand er hinter ihnen und hatte Jakows Waffe. Der Teamführer ist tot, und Jakow so schwer verletzt, daß es fast ein Wunder ist, daß er sich noch melden konnte.«

»Oh, ihr müßt schon auf eure russischen Reserven zurückgreifen«, höhnte Zofia. »Armes Deutschland!«

»Und Muhlack?« fragte Isensee, ohne sie zu beachten.

»Verschwunden. Hat sich die Pistolen eingesteckt und ist aus dem Krankenhaus marschiert.«

»Hierher?« Geishirt erbleichte.

»Wohin sonst? Mach dir nicht ein, wir sind darauf vorbereitet. Müller II sichert den Hausflur, Nowak ist in der Wohnung geblieben. Er steht hinter der Tür. Einen schafft Muhlack vielleicht. Nicht beide. Und wenn doch, sind immer noch wir da. Er ahnt ja nicht, worauf er sich einläßt.«

»Nein. Das ahnt niemand.« Isensee lachte lärmend.

»Mach weiter«, sagte Wellershoff zu Geishirt.

»Muhlack läßt keinen ausversehen nur halbtot und mit einem Sprechfunkgerät liegen.« Geishirt war kreidebleich, seine Hände zitterten. »Er wollte, daß Jakow uns benachrichtigt. Er will uns aufhalten!«

»Ein Grund mehr, uns zu beeilen«, Wellershoff winkte ab. »Außerdem überschätzt du ihn. Er ist älter als du und wahrscheinlich noch viel abgewrackter.«

»Gerade hat er zwei junge Burschen erledigt.«

»Die hat er überrascht. Uns wird er nicht überraschen! Gib das Ding her, ich mach's selber!«

Mit Geishirt war im Augenblick nicht zu rechnen. Wellershoff nahm die Spritze, wies Isensee an, uns beide festzuhalten. Der Sumo-Ringer, der jetzt gar nicht mehr wie ein Baby wirkte, packte uns im Nacken, und sein Chef verpaßte Zofia die Spritze in den Arm. Sie schrie, ich schrie auch, das interessierte niemanden, wahrscheinlich nicht mal die Nachbarn. Isensee drückte kräftiger zu, und ich verstummte. Auch Zofia war ruhig geworden. Xaver löste den Würgegriff und ließ sich in seinen Sessel plumpsen, der vernehmlich aufstöhnte. Beim nächsten Mal würde er wahrscheinlich zusammenbrechen.

Wellershoff legte die Spritze auf den Tisch und baute sich vor Zofia auf.

»Dauert nicht lange«, sagte er. »Wird gleich wirken.«

»Leck mich doch am Arsch.«

»Hinterher vielleicht. Erst die Arbeit.«

»Haben Sie Spaß daran, sich wie ein Schwein zu benehmen?« schrie ich ihn an.

»Großen Spaß«, versicherte Wellershoff gutgelaunt.» Versuch's doch auch mal bei Gelegenheit. Es wird dich verändern!« Er wandte sich Zofia zu. »Na? Sind wir soweit?«

Keine Antwort. Zofia sackte im Sessel zusammen, legte den Kopf auf die Lehne, starrte an die Decke.

»Wie heißt du?«

»Barbara Sophie Jäger.« Ihre Augen waren halb geschlossen, die Stimme matt.

»Nicht Zofia?«

»Doch. Das ist dasselbe. Ich habe die Schreibweise geändert.«

»Sehr interessant. Nun zu den wichtigeren Fragen. Hast du uns vorhin die Wahrheit erzählt?«

»Ja.«

»Ihr wißt nicht mehr über uns, als du gesagt hast?«

»Nein.«

»Hast du einen Bericht geschrieben?«

»Angefangen.«

»Wo ist er?«

»Im Computer.«

»In welchem Computer?«

»Hier in der Wohnung.«

»Gibt es andere Sicherheitsvorkehrungen?«

»Nein.«

»Kein Anruf beim Boß? Kein Tonband? Kein Brief?«

»Nein.« Ihre Stimme wurde immer schwächer.

»Schlaf jetzt nicht ein!« brüllte Wellershoff. »Wer weiß außer uns hier im Zimmer, was du über X herausgefunden hast?«

»Lächner...«

»Wer?«

»Das ist Muhlack«, erklärte Geishirt.

»Weiß ich selbst! Ich will es von ihr hören!« brüllte Wellershoff. »Wer ist Lächner?«

»Muhlack.«

»Sind das alle?«

Sie sträubte sich, wollte nicht antworten, doch sie schaffte es nicht. »Nein.«

»Wer noch?«

»Das Mädchen.«

»Welches Mädchen?«

»Birgit.« Sie stöhnte.

»Wer ist Birgit?«

»Birgit Kunze.«

»Kenne ich nicht.« Wellershoff klang erstaunt. »Wer ist Birgit Kunze?«

»Das Mädchen...«

»Nimm dich zusammen! Sprich im ganzen Satz! Welches Mädchen?«

»Ein Schulmädchen. Sie wohnt hier.«

»Was? Ihr habt einem Schulmädchen Dienstgeheimnisse anvertraut? Seid ihr verrückt geworden?«

»Nein. Nicht verrückt.«

Da sie derzeit nicht lügen konnte, war das ihre ehrliche Einschätzung. Zwar hatten wir uns in jeder Hinsicht wie Idioten aufgeführt, waren jedoch nicht verrückt. Warum bot dieser Gedanke nur so wenig Trost?

»Hat sich so... ergeben«, setzte sie fort.

»Wo ist sie jetzt?«
»Gegenüber.«
»Wie meinst du das?«
»Im Haus ... gegenüber. Bei einer ... Freundin. Auf der ...« Sie wehrte sich vergebens gegen den Wahrheitsdrang. »... auf derselben Etage ... genau gegenüber.«
»Wie sieht sie aus?«
»Nett ...«
»Genauer. Wie groß?«
»Einszweiundsechzig, einsvierundsechzig.«
»Wie alt?«
»Sechzehn.«
»Die Haare?«
»Halblang. Dunkelblond bis hellbraun.«
»Gefärbt?«
»Natur.«
»Besondere Kennzeichen?«
»Ein bißchen ... pummlig. Nicht ...«
»Sprich weiter. Bleib wach! Nicht – was?«
»Nicht ... dick.«
»Sonst noch jemand?«
»Was?«
»Weiß sonst noch jemand über uns Bescheid?«
»Nein ...«, hauchte sie. Die Augen klappten zu.
»Sie ist völlig fertig«, sagte Geishirt.
»Ich noch nicht! Hast du vorhin alles erzählt?«
Zofia versuchte, die Augen zu öffnen. Erfolglos.
»Wer hat euch den Auftrag gegeben?«
Keine Antwort. Zofia hatte das Bewußtsein verloren.
»Scheiße!« fluchte Wellershoff. »Die Spritze war zu stark. Dabei war es nicht mal die Hälfte. Ich hab was für ihn übriggelassen.«
»Wir müssen uns um das Mädchen kümmern«, sagte Geishirt.
»Ah, du weilst wieder unter uns. Das freut mich.«
»Ich war die ganze Zeit da. Hatte nur ein bißchen Panik«, verteidigte sich Geishirt.

»Panik kann tödlich sein.« Wellershoff nahm das Sprechfunkgerät vom Tisch. »Hier Zentrum.«

Rauschen. »Team zwei.«

»Müller, wenn du ein Mädchen siehst, sechzehn, klein, dick, halblange dunkelblonde Haare, dann achte darauf, was sie macht.«

»Warum?«

»Sie weiß etwas. Vielleicht zuviel.«

»Ich glaube, ich hab sie gesehen.«

»Wann?«

»Vor zehn Minuten. Sie ist aus dem Haus gegenüber gekommen.«

»Und?«

»Wegge ... Code grün.«

Wellershoff warf das Gerät auf den Tisch und rannte zur Tür. »Hast du mitgehört?« fragte er in den Flur.

Auch die beiden anderen waren aufgesprungen. Sie rannten zum Fenster. Einen Augenblick lang kehrten mir alle den Rücken zu. Ich beugte mich über den Tisch zur Couch und griff mir eine der Pistolen. Es war Zofias Glock. Aus dem Augenwinkel nahm ich eine Bewegung am Fenster wahr und wandte mich schnell Zofia zu. So unauffällig wie möglich ließ ich die Waffe im Achselhalfter verschwinden. Code grün? Keine Ahnung, was das bedeutete, aber für uns schien es gut zu sein, da die anderen so hektisch reagierten.

Zofias Stirn war schweißbedeckt. Ihr Puls war schwach, der Atem kaum zu spüren. Ich tupfte ihr mit meinem Taschentuch die Stirn ab.

»Eine Funkstreife«, sagte Isensee.

»Nur eine?« Wellershoff war wieder an den Tisch zurückgekehrt. Meine Bemühungen um Zofia beachtete er nicht.

»Mehr ist nicht zu sehen.«

»Muhlack wird uns doch nicht die Bullen auf den Hals hetzen!« Geishirt löste den Blick nicht von der Straße.

»Nicht Muhlack«, sagte Wellershoff. »Das Mädchen!«

»Dann sind wir am Arsch!« sagte Isensee ruhig.

»Sieht so aus«, gab Wellershoff zu.

Die Wohnungstür flog mit einem Knall auf. Kampfgeräusche vom Flur. Isensee raste durch das Zimmer. Ich hätte nicht für möglich gehalten, daß sich ein so großer, so dicker Mann so schnell bewegen kann. Geishirt verließ seinen Posten am Fenster nicht. Wellershoff blieb wie gelähmt sitzen und starrte geistesabwesend an mir vorbei. Das war meine Chance. Ich steckte das Taschentuch ein, griff unter meine Jacke ins Holster...

Isensee war wieder da. »Erledigt«, sagte er.

»Tot?« fragte ich.

»Wir bringen doch keine Bullen um!« verwahrte sich Isensee. »Bloß Schulmädchen.«

»Selten. Sehr selten. Nur wenn's unbedingt sein muß. Ein Kind umbringen, damit kommt man vielleicht durch. Aber wenn man einen von ihnen umlegt, können die Bullen ziemlich halsstarrig werden und so lange suchen, bis sie den Täter gefunden haben. Das riskiert man ungern. Sogar in unserem Gewerbe.«

»Red keinen Stuß«, fuhr ihn Wellershoff an. »Was ist passiert?«

»Sie hatten einen Wohnungsschlüssel. Waren plötzlich drin. Nowak wollte nicht schießen, sie auch nicht. Fast hätten sie ihn gehabt, aber gegen mich... Sie sind bewußtlos. Jetzt fesselt er sie mit ihren Handschellen.«

Nowak steckte seinen Kopf zur Tür herein. »Sie haben nur ein Paar Handschellen dabei.«

»In dem anderen Paar wird Müller II stecken«, vermutete Wellershoff.

»Ich weiß«, sagte Nowak, »ich wollte nur...«

»Klar. Sammle ihn ein, und verpißt euch. Keine Rückmeldung. Wir brechen die Zelte ab.«

»Okay.« Nowak verschwand.

»Immer noch nichts«, meldete Geishirt und verließ endlich sein Fenster.

»Laßt uns aufräumen und verschwinden«, sagte Wellershoff. Er tastete neben sich nach unseren Waffen. Fand nur eine. Sah genauer hin, stand auf.

Meine letzte Chance. Mir war klar, was er mit Aufräumen meinte. Ich riß die Glock aus dem Halfter. Schnell war ich, ungewöhnlich schnell für meine Verhältnisse. Mindestens so schnell wie Revolverhelden im Western. Und mindestens so entschlossen.

Isensee hielt meinen Arm fest und nahm mir die Pistole weg. Dabei sah er mich mit seinem Ach-Holger-Blick an. Auf einmal wußte ich, wer er war.

»Du bist Holger Schüsslers Quelle beim BND. Du hast ihm die Papiere ...«

»Stimmt«, sagte Xaver Isensee. Er hob die Glock, zielte auf meine Stirn. Bewegte den Finger am Abzug. Ich schloß die Augen.

Es ploppte zweimal. Das war's dann also. Es tat nicht weh. Genaugenommen hatte ich gar nichts gemerkt. Er wird doch nicht aus einem Meter Entfernung vorbeigeschossen haben? Ich klappte die Augenlider wieder auf.

Wellershoff lag verdreht auf dem Sofa und blutete es voll. Geishirt hatte sich ordentlich auf dem Teppich ausgestreckt, die Hände an der Hosennaht. Mitten in der Stirn ein Loch, an derselben Stelle wie Wellershoff.

Isensee grinste mich finster an. »Ziemlich clever von dir«, sagte er.

Ich wußte nicht, was er meinte. Nur eines war mir klar, und das sprach ich aus: »Sieht so aus, als ob du die Seiten gewechselt hast.«

11.10 Uhr

»Du hast mir keine Wahl gelassen«, sagte Isensee. »Als du von den Papieren angefangen hast ...«

Jetzt schnell nachdenken. Keinen Fehler machen. Viel wußte ich nicht von Holger Schüssler, der mir so ähnlich gesehen hatte, daß ich heute noch mit ihm verwechselt wurde. In den vier Tagen, als wir im Haus seiner Frau in Hamburg belagert wurden, hatte er lieber blöde Witze gerissen, als etwas Substantielles zu verraten. Immerhin hatte ich herausgefunden, daß er einen Verbindungsmann oder Freund beim BND hatte. Ich fand Protokolle, die der Freund ihm zugespielt hatte. Pelzer hatte Schüssler überwacht, weil der ihn auf die Spur von brisanten Geheimpapieren führen sollte, die ein anderer Agent gestohlen hatte. Die Aktion endete mit einem Fiasko für Pelzer. Zwar erwischten sie den diebischen Mitarbeiter, aber Schüssler war schon mit den Papieren auf und davon und versuchte, sie gewinnbringend weiterzuverkaufen. Als ich eben Papiere erwähnt hatte, meinte ich die Protokolle von Schüsslers Observation, die einzigen, die ich zu Gesicht bekommen hatte. Isensee, Holgers Verbindungsmann, hatte jedoch an die anderen Papiere gedacht und sofort seine Kollegen erschossen. Warum sie und nicht mich? Weil niemand ihn mit dem tödlichen Dokument in Verbindung bringen sollte. Weil er es vielleicht sogar hatte! Klar, die ganze Aktion war eine Nummer zu groß für den kleinen Schwindler Holger gewesen. Isensee war nicht Holgers stiller Teilhaber, sondern der Kopf des Unternehmens, der Drahtzieher. Er hatte seine Marionette vorgeschickt, als der Erpressungsversuch gefährlich wurde, und Holger war in der Gefahr umgekommen. Mit ihm seine Frau und meine Freundin. Wenn ich dem Dicken geschickt genug den Holger vorspielte, konnte ich endlich erfahren, was in der mörderischen Akte stand. Wurde mir die Lösung frei Haus geliefert? Und das zudem in einer Situation, die vor wenigen Minuten noch völlig aussichtslos gewesen war?

Ich hatte zu lange nachgedacht. Isensee deutete mein Schweigen falsch.

»Ist dir doch wohl nicht auf den Magen geschlagen!« Er wies mit dem Kopf auf die beiden Toten.

Nein, war es nicht. Inzwischen hatte ich mich daran gewöhnt, daß immer mal wieder Leichen neben mir herumlagen. Solange ich keine davon war, ging das in Ordnung.

»Na ja ...«, wich ich einer klaren Antwort aus. »Hättest du mich wirklich erschossen?«

»Weißt du einen Grund, warum ich's nicht hätte tun sollen?«

»Mehrere. Einer ist mir ja auch gerade noch rechtzeitig eingefallen ...« Ich grinste ihn fröhlich an.

Isensee grinste zurück. »Warum hast du dich eigentlich nie gemeldet?«

»Keine Zeit. Die Geschäfte ...«

»Ich dachte, du bist tot.«

»Du kennst mich doch. Irgendwie glitsche ich überall durch. Sogar beim Tod direkt unter der Sichel.«

»Heute sieht es nicht so besonders günstig aus für dich.«

»Willst du mich etwa immer noch erschießen?«

»Von wollen kann keine Rede sein. Wie soll ich sonst die Leichen hier erklären?«

»Dir wird schon was einfallen.«

»Ist bereits geschehen. Ich schieb's dir in die Schuhe.«

»Etwas mehr Mühe könntest du dir ruhig geben bei 'nem alten Freund!«

»Bei einem Freund würde ich mir auch mehr Mühe geben.«

Noch immer standen wir einander gegenüber wie vor den

Schüssen. Isensee wälzte einen Gedanken in seinem Kopf. Geistesabwesend stopfte er die Glock in die rechte Außentasche seiner Jacke, wandte sich zum Sofa um und nahm meine Beretta in die Hand. Jetzt nur keinen Fehler machen!

»Ich weiß, daß du mich ausgenutzt hast«, ich sprach sehr schnell, um zu kaschieren, daß ich nach Ideen suchte, »das habe ich die ganze Zeit gewußt, na und, trotzdem bist du so was wie ein Freund.«

»Freunde sind Luxus. Bei meinem Gehalt kann ich mir keinen Luxus leisten.«

»Es wird ja durch ordentliche Nebenverdienste gesteigert ...« Das war es nicht, also weiter. »Sieh es mal so: Mit mir hast du bessere Chancen, heil hier durchzukommen. Die beiden waren X, du hast uns herausgehauen. Sie suchen nicht weiter, und du bist ein Held.«

»Bin ich sowieso.« Er ließ den Arm mit der Waffe sinken. Mein Einfall war zu verlockend, als daß er ihm widerstehen konnte. Ich war stolz auf mich.

Zofia stöhnte und bewegte sich. Isensee riß die Beretta hoch. Ich sprang ihn an, rammte ihn genau in dem Augenblick, als es ploppte. Auch meine Waffe hatte inzwischen einen Schalldämpfer. Trotz seiner zweieinhalb Zentner wankte Xaver. Er glotzte mich erstaunt an, ließ die Waffe aber sinken. Ich beugte mich über Zofia. Blut in den Haaren. Kein Loch in der Stirn, wenigstens das nicht. Er hatte den Kopf getroffen, doch lebte sie noch. Sie öffnete sogar die Augen, um mir zu signalisieren, daß sie bei Bewußtsein war.

»Die Weiber sind noch mal dein Untergang«, sagte Isensee. »Weißt du etwa nicht, wer das ist? Pelzers Mädchen für alles!«

»Was?« Ich fuhr auf.

»Gott, du hast wirklich keine Ahnung! Bist wieder mal reingelegt worden, wies ausschaut. Du lernst es nie!«

»Immerhin bin ich noch am Leben.«

»Ich frag mich, wie du das gedeichselt hast. Dein Nachruf ging zu Herzen. Im Tod vereint mit Gattin und Mätresse.«

»Kann man sich was Besseres wünschen?«

»Wie hast du's gedreht? Pelzer läßt sich so leicht nicht täuschen.«

»Du überschätzt ihn. Warum hast du nichts gegen ihn unternommen?«

»Gegen Pelzer?«

»Hört sich an, als ob du ihn fürchtest.«

»So soll es sich auch anhören.«

»Du hast Angst vor Pelzer? Du?«

»Er ist der gefährlichste Mann, den ich kenne.«

»Du unterschätzt dich.«

»Körperlich bin ich ihm natürlich überlegen. Nur boxen wir nicht gegeneinander. Normalerweise schießen wir nicht mal aufeinander. Wenn ich vorher gewußt hätte, daß wir es mit ihm zu tun bekommen, hätte ich mich mit Sicherheit nie auf die Sache eingelassen.«

Obwohl ich im Nebel herumstocherte, lief das Gespräch gut. Bis ich einen Fehler machte. »Also hast du die Akte aus Angst vor Pelzer ruhen lassen.«

»Die Akte?«

»Die Papiere«, erklärte ich.

»Ich hab sie nicht, und das weißt ...« Er betrachtete mich genau. Ich sah, wie ihm die Erleuchtung kam, und hätte mir am liebsten auf die Zunge gebissen. Dafür war es zu spät, ich hätte es zwei Sätze eher tun sollen. »Das würdest du wissen, wenn ... Du bist nicht Holger Schüssler.«

»Sondern?«

»Du siehst ihm ähnlich, aber du bist es nicht.«

»Habe ich nie behauptet«, sagte ich, um ihn bei Laune zu halten. Jetzt bloß nicht noch einen Fehler!

»Nicht direkt gesagt«, gab er zu. »Nur den Eindruck erweckt. Recht geschickt übrigens. Wer bist du?«

»Der Mann, der für dich aussagen wird, wenn gleich die Bullen anrücken. Wo bleiben sie eigentlich?«

»Werden schon kommen.« Das Problem, auf das ich ihn zu

lenken versucht hatte, beschäftigte ihn weniger als die Frage nach meiner Identität. »Wer bist du?«

Das hatte ich vor elf Monaten auch endlich herausfinden wollen nach über vierzig vergeudeten Lebensjahren. Auf der Suche nach meiner Vergangenheit war ich in Holger Schüsslers Geheimdienstaffäre gestolpert. Gefunden hatte ich mich nicht. Im Gegenteil, auch die letzten Reste meiner kläglichen Existenz waren durchs Klo gespült worden. Ich saß ohne Namen, ohne Freunde, ohne Zukunft in einer miefigen Kammer herum und wartete auf ein erlösendes Wunder. Ich wußte nicht, wer ich war. Doch nicht die philosophische Dimension der Existenz des Individuums interessierte Isensee. Er brauchte eine simple Antwort. Die konnte ich ihm geben.

»Holgers Bruder«, sagte ich.

»Red keinen Quatsch!« fuhr er mich an und baute sich drohend vor mir auf. »Ich kenne die Familie. Er hat keinen Bruder!« Mit seiner linken Hand packte er mich an der Kehle. »Wer bist du!« brüllte er, schüttelte mich, hob mich – wahrscheinlich ohne es zu merken – sogar ein Stück an. Ich gurgelte nach Luft und Worten. Warum war ich nicht so stark wie er? Er hielt mich in seiner Pranke wie einen schlecht ausgewrungenen, dreckigen Scheuerlappen. Genauso fühlte ich mich mich auch. »Rede endlich! Wer bist du?«

Bei dem Krach, den er veranstaltete, hätte er eigentlich nicht mitbekommen dürfen, daß schon wieder jemand die Wohnung betreten hatte. In unserem geheimen Notquartier ging es heute zu wie in einem Taubenschlag. Wir hatten in einer Stunde mehr Besuch als die Kunzes in der ganzen Woche.

Daß die Wohnungstür aufgeschlossen wurde, hatte Isensee vermutlich so wenig wie ich gehört, doch sah er trotz seiner Rage, daß sich die Zimmertür bewegte. Was er dachte, weiß ich nicht. Vielleicht, daß einer der bewußtlos im Flur liegenden Polizisten erwacht war und sich zum unrechten Zeitpunkt einmischen wollte. Vielleicht dachte er überhaupt nicht, sondern handelte nur aus einem Reflex heraus. Ohne mich loszulassen, hob er meine Beretta und zielte auf die Tür. Wahrscheinlich war es auch ein Reflex, mich festzuhalten, um hinter mir in Deckung zu gehen. Ein aussichtsloses Unterfangen. Selbst wenn er mich als Schild vor den Leib gebunden hätte, würde oben und an den Seiten immer noch genug von ihm hinter mir hervorquellen, um ihn dreimal erschießen zu können, ohne mich auch nur zu streifen. Manchmal ist es von Vorteil, nur einen Meter siebzig groß und kein Herkules zu sein.

Wer eingetreten war, konnte ich nicht sehen, da ich mit dem Rücken zur Tür stand. Birgit oder Lächner, vermutete ich, und rammte ihm mein Knie mit Wucht zwischen die Beine. Jeder andere hätte sich wimmernd zusammengekrümmt. Isensee schoß. Ich riß mich los. Er schoß zum zweiten Mal. Endlich sah ich, auf wen. Am Eingang stand Lächner.

Es ist schwer, in der Erinnerung eine Szene zu rekonstruieren, die insgesamt keine fünfzehn Sekunden dauerte, in denen ungewöhnlich viel geschah, und dies so schnell, daß ich das meiste gar nicht richtig verfolgen konnte. Der Gedanke ist schneller als das Auge. Manchmal sind Kugeln schneller als Gedanken.

Lächner hatte die bewußtlosen Polizisten im Flur passiert. Er hörte Isensee brüllen und drückte die angelehnte Tür auf. Vorsichtig, doch nicht vorsichtig genug. Er sah, daß der Riese mich schüttelte, sah vielleicht auch Zofia hinter uns im Sessel liegen, Blut in den Haaren, sah die Toten und konnte sich keinen Reim darauf machen. Obwohl er eine Pistole in der Hand hielt, war er zu langsam. Isensees erster Schuß überraschte ihn. Da ich im selben Augenblick zutrat, verfehlte ihn die Kugel. Etwas Wirkung hatte mein Tritt in die Weichteile also doch gehabt. Zuwenig, selbst der zweite Schuß kam immer noch zu schnell. Im gleichen Augenblick riß ich mich jedoch los, und wieder schoß Isensee vorbei.

Endlich drückte auch Lächner ab. Niemand behinderte ihn, also traf er; das Ziel war groß genug. Ein sonderlich guter Schütze war er tatsächlich nicht. Mit einer Neun-Millimeter-Patrone kann ein Fleischberg wie Isensee nur außer Gefecht gesetzt werden, wenn sie lebenswichtige Organe zerreißt, den Kopf oder das Herz. Die Kugel traf nur die Brust. Wenigstens schwankte Isensee; auch seine dritte Kugel verfehlte Lächner.

»Nicht schießen!« brüllte ich. »Ich habe alles unter Kontrolle!«

Das glaubte mir niemand, nicht mal ich. Isensee richtete sich auf, zielte sorgfältig. Als er abdrückte, traf ihn Lächners zweite Kugel. Der Riese blieb stehen. Lächner flog rückwärts gegen die Tür. Die Pistole fiel ihm aus der Hand. Ein Blutfleck erschien auf seiner Brust, wurde größer.

Xaver Isensee taumelte. Seine rechte Schulter war getroffen, er konnte die Waffe nicht mehr halten, doch ließ er sie nicht fallen. Er nahm sie in die linke Hand und hob den Arm, um Lächner endgültig zu erledigen. Ich sprang ihm in die Seite, verkrallte mich in die Schulterwunde. Es war unglaublich. Trotz der zwei Treffer und der Schmerzen fegte er mich einfach beiseite. Ich flog auf den Teppich und landete neben Geishirts Leiche. Mein einziger Erfolg war, daß Isensee wieder nicht traf.

Mein Angriff hatte Lächner die Zeit verschafft, die er brauchte, um die zweite Pistole zu ziehen. Er drückte ab. Nur klick, nicht plopp. Die Waffe, die er einem der beiden Killer im Krankenhaus abgenommen hatte, war mechanisch gesichert. Hektisch entsicherte er sie und drückte wieder ab, gleichzeitig mit Isensee. Diesmal trafen beide Geschosse. Isensee wurde in die Brust getroffen, Lächner in den Bauch. Der große Mann schwankte, doch stand er noch immer. Die Wirkung auf den kleineren Mann war verheerend. Er brach zusammen und verlor auch die zweite Pistole.

Ich lag noch immer am Boden, demoralisiert von dem Sturz. Ohne Waffe konnte ich nichts ausrichten. Mein Blick fiel auf Geishirt. Ich krabbelte neben ihn und zog seine Pistole aus dem Holster. Keine Beretta, sondern eine Walther, nahm ich an. Ich würde schon damit umgehen können.

Während ich mich über den Toten beugte, stemmte sich Zofia aus dem Sessel hoch, benommen und schwach, doch hatte sie mitbekommen, was vor sich ging. Sie wußte, wenn Lächner ausgeschaltet war, würde Isensee auch die beiden anderen erschießen und verschwinden. Der Riese hatte ihr nur die Glock abgenommen, sie jedoch nicht nach anderen Waffen abgetastet und auch das Holster nicht näher untersucht. In einer spezialangefertigten Außentasche des ledernen Halfters steckte ein Messer. Sie zog es heraus und rammte es in Isensees Rücken, gerade als er auf Lächners Kopf zielte. Wäre sie klarer im Kopf gewesen, hätte sie ihm wahrscheinlich die Halsschlagader aufgeschlitzt oder wenigstens kräftiger zugestoßen. Vielleicht war auch nur die Klinge zu kurz für den fetten Leib. Isensee wehrt auch diesen Angriff ab. Er fegte sie mit der linken Hand beiseite wie Sekunden zuvor mich. Zofia war wesentlich leichter und zarter als ich. Sie flog vornüber, landete bäuchlings auf dem Tisch, der unter ihr zusammenkrachte, und schlug mit dem Kopf gegen die Kante eines der Couchfüße. Der gläserne Aschenbecher wirbelte durch die Luft, entleerte Kippen und Asche über ihrem Körper und landete unversehrt in ihrem Kreuz. Der Dicke wollte auf sie schießen, doch nahm er aus dem Augenwinkel wahr, daß Lächner nach einer Pistole tastete. Da er ihn für den Gefährlichsten hielt, wandte er sich wieder zur Tür um.

Seit er mich beiseitegewedelt hatte, beachtete er mich nicht mehr. Doch blieb er trotz seiner schweren Verletzungen gefährlich. Als er zur Tür blickte, bemerkte er, daß ich auf ihn zielte.

»Schluß!« schrie ich.

Er wirbelte zu mir herum. Ich schoß ihm in die Seite. Er stoppte seine Bewegung nicht, sah mich an und zielte mit schwankender Hand auf mich. Ein zweites Mal drückte ich ab. Die Kugel traf seine Brust. Xaver Isensee ließ die Hand sinken, sah mich erstaunt an, und endlich fiel er um. Nach vorn. Das Messer steckte noch in seinem Rücken.

Das Gespenstischste an der Szene war ihre Lautlosigkeit gewesen. Alle Pistolen waren mit Schalldämpfern versehen. In einem Film hätten die Pyrotechniker es mörderisch knallen lassen. Die Verletzten hätten geschrien, und als würde das nicht hinreichen, hätte auch noch Musik über alle vier Kanäle geröhrt. Ich hatte noch immer Isensees Gebrüll in den Ohren, als er wissen wollte, wer ich war. Danach nur noch das Ploppen. Kein Schrei, nicht mal ein Stöhnen.

Ich hatte auf dem Boden liegend geschossen. Langsam richtete ich mich auf. Mein rechter Ellbogen schmerzte. Ein Bluterguß. Ansonsten war ich unversehrt. Das konnte man von meinen Mitstreitern nicht behaupten. Lächner krümmte sich blutend vor der Tür und tastete noch immer nach einer Pistole, weil er nicht mitbekam, daß die Show vorbei war. Und Zofia bewegte sich überhaupt nicht.

»Alles in Ordnung?« fragte ich, weil das in den Filmen, die ich mir fast täglich reinzog, in so einer Situation immer gefragt wird. Normalerweise erwiderte der Gefragte, dem die Eingeweide und ein Auge heraushängen: Ja, mir geht es gut. Auf diese Antwort wartete ich vergebens. Immerhin hörte Lächner endlich mit dem Herumtasten auf und versuchte, sich aufzurichten.

Zuerst ging ich zu Zofia. Blut und Asche klebten in ihren Haaren. Ich fand den Puls an ihrem Hals nicht und drehte sie vorsichtig auf den Rücken. Blut auch im Gesicht, die Augen geschlossen, kein Atem zu spüren.

»Sie hat sich das Genick gebrochen!« rief ich Lächner zu, obwohl der wahrscheinlich mit seinen eigenen Verletzungen ausgelastet war und sich nicht dafür interessierte. Doch er hörte mich.

»Unkraut vergeht nicht so schnell«, beruhigte er mich. Aufstehen konnte er nicht ohne Hilfe, immerhin saß er an der Wand unter einem grauenvollen Ölgemälde mit Sommerblumen und sah zu uns herüber.

»Nicht das Genick«, sagte Zofia und schlug die Augen auf. »Nur ein paar Rippen und die Nase. Glaube ich.«

Sie stöhnte, als ich ihr auf die Füße half, und setzte sich vorsichtig auf das Sofa zu Wellershoffs Leiche. Ich ging zu Lächner.

»Wir haben's geschafft! Wir haben den Sauhund geschafft!« triumphierte er.

Isensee stöhnte.

»Nicht ganz, wie es aussieht«, sagte ich.

»Fürs erste reicht's! Hilf mir hoch.«

»Bleib unten. Die Polizei wird gleich da sein.«

»Ist besser, wir sind dann weg. Soll er es doch erklären«, er zeigte mit dem Kopf auf Isensee.

»Diesmal nutzt dir keine Erste Hilfe. Du brauchst einen Arzt.«

»Das weiß ich allein. Ich will nur nicht hier sein, wenn sie das entdecken. Ihre Kumpels im Korridor sehen nicht gut aus. Da werden Bullen zu Hyänen ...«

»Christoph hat recht.« Zofia stützte sich auf Wellershoffs blutiges Gesicht und erhob sich unter Schmerzen vom Sofa. »Erst mal ein paar Kilometer Distanz zwischen uns und die Bescherung. Dann werden wir weitersehen. Wird schwer, das zu vertuschen. Aber sie werden es schaffen. Fahr uns ins nächste Krankenhaus.«

Vorsichtig zog ich Lächner auf die Füße. Er verzerrte das Gesicht. »Schlimm ist nur der Bauchschuß. Alles andere ...« Er sah sich im Zimmer um, betrachtete mich. »Ein stattlicher Haufen von Toten und Verletzten. Nur du hast wieder nicht mal einen Kratzer. Wie schaffst du das bloß?«

»Begabung«, sagte ich.

11.20 Uhr

Wodurch er sich aufrecht hielt, weiß ich nicht. Lächners alten Wunden waren zwar versorgt, aber keinesfalls verheilt. Und um zu erkennen, wie ernst die beiden neuen Verletzungen waren, bedurfte es keiner speziellen medizinischen Kenntnisse. Trotzdem lief er ohne meine Unterstützung die Treppe hinunter. Langsam, aber stetig. Mit dem rechten Ärmel polierte er das staubige Geländer, weil er sich abstützte wie der Greis, den er so gut spielen konnte. Die Kleidung war sowieso versaut. Außerdem war es nicht seine. Im Jeansanzug hatte ich ihn noch nie gesehen. Wahrscheinlich gehörte er einem der Killer, die ihn im Krankenhaus beseitigen sollten.

Zofia kam nicht aus ohne meine Unterstützung. Isensees Kugel hatte ihren Kopf zwar nur gestreift, doch das Nasenbein schien tatsächlich gebrochen, ein paar Rippen waren es wohl auch. Außerdem wirkte das betäubende Medikament. Vermutlich hatte sie auch noch eine Gehirnerschütterung. Ihr Gesicht, soweit es unter dem Blut vorschimmerte, war kreidebleich, die großen dunklen Augen unter den Lidschlitzen waren kaum zu erkennen.

Die Hausbewohner hatten nichts mitbekommen von der Schießerei. Eine Frau, die aussah wie ein Pudel, öffnete ihre Tür, als wir auf dem Treppenabsatz vorbeigingen. Sie starrte uns an, wurde so bleich wie Zofia, taumelte rückwärts in die Wohnung zurück und schloß hinter sich ab. Zweimal.

Vor den Briefkästen stand ein junger Mann und stopfte sie mit bunten Blättern voll. »Tach«, sagte er, ohne aufzublicken, und zwängte den nächsten Prospekt in einen Kasten ohne Namensschild, der von Wochenzeitungen und Handzetteln überquoll.

Die Sonne schien. Auf der Straße kaum Menschen, keiner davon in unserer unmittelbaren Nähe. Auf einem Balkon des gegenüberliegenden Hauses stand eine alte Frau und beobachtete uns. Entweder sie war abgestumpft oder kurzsichtig; sie verzog keine Miene.

Ich versuchte, mich zu orientieren. Wo stand das Auto? Mußten wir nach rechts oder nach links gehen? Das kann ich mir schon unter normalen Umständen kaum merken, und so abgebrüht ich mich auch gab, die Umstände empfand ich nicht als normal.

»Was ist denn?« fragte Lächner, weil ich entschlußlos stehenblieb.

»Das Auto.«

»Wieder vergessen?« Er kannte mein Problem, hatte an den Tagen davor ausreichend Gelegenheit gehabt, es zu studieren. Nur war er diesmal nicht beim Parken dabeigewesen, also konnte er nicht helfen. »Nehmen wir den Streifenwagen«, entschied er.

Der parkte ein paar Meter weiter. Die Türen waren abgeschlossen. Mit dem geeigneten Werkzeug hätte ich ihn öffnen können, doch das hatte ich nicht bei mir. Die Scheibe einzuschlagen oder ein Loch hineinzuschießen verbot sich ebenfalls. Man kann nicht am hellen Tag mitten in Berlin ein Polizeifahrzeug mit einer Pistole aufbrechen. Schon gar nicht, wenn jeden Augenblick die Verstärkung zu erwarten ist. Warum passiert immer mir so etwas? Wir hatten eine Übermacht besiegt, und nun scheiterte unsere Flucht daran, daß ich nicht wußte, wo mein Auto stand!

Aus dem Hauseingang gegenüber kam Birgit. Sie rannte über die Straße. Als sie vor uns stand, fror ihr Lächeln ein. Zofia und Lächner sahen zum Erbarmen aus. Ich vermutlich auch, die beiden hatten inzwischen ausreichend Gelegenheit gehabt, mich vollzubluten.

»Wat is denn ... Um Gottes willen!« stammelte sie.

»Etwas lädiert, aber noch lebendig«, sagte ich.

»Ein Rettungswagen ... Krankenhaus ...« Sie brachte keinen ganzen Satz heraus.

»Wir sind auf dem Weg zum Krankenhaus.«

»Zum Auto?« fragte sie, etwas ruhiger, da wir endlich einmal taten, was sie für richtig hielt.

»Ja. Hab bloß vergessen, wo es steht.«

»Da drüben.« Birgit zeigte schräg über die Straße.

In Sichtweite! Ich wollte mir an die Stirn schlagen, doch Zofia lehnte sich schwer auf mich.

Das Mädchen überwand die Verwirrung. Sie legte Lächners Arm um ihre Schulter, damit er sich auf sie stützen konnte. Die beiden liefen los. Zofia und ich folgten.

»Ich hab die Polizei gerufen«, sagte Birgit über die Schulter zu mir. »Schlimm?«

»War richtig. Wie bist du auf die Idee gekommen?«

»Die drei Männer sahen so gefährlich aus. Besonders der große Dicke. Zehn Minuten später kamen noch zwei. Ick hab gesehn, daß die dazugehören. Da geht wat schief, det schafft ihr nicht, hab ick gedacht. Einer stand vor der Tür wie ein Posten, und dann hat er ein paarmal telefoniert. Da bin ick runter und hab 'ne Streife gesucht. Ick sollte ja nich anrufen, weil sie das mitbekommen.« Sie blieb am Straßenrand stehen, weil ein Auto vorbeifuhr.

»Kam lange keine«, sprudelte sie weiter. »Dann aber doch. Ich hab sie angehalten und gesagt, sie sollen mal in meiner Wohnung nachsehen, da sind lauter fremde Männer mit Waffen.« Sie setzte sich wieder in Bewegung, überquerte die Straße. »Ick hab ihnen den Schlüssel gegeben. Sie haben's nicht geglaubt, aber sie sind nachsehn gegangen.«

Den Rest ihrer Geschichte wurde sie nicht mehr los. Ich schloß den Toyota auf, entriegelte die Hintertür, öffnete sie. Zofia ließ sich auf die Bank sinken und verlor das Bewußtsein. Mit Birgits Hilfe plazierte ich Lächner auf dem Beifahrersitz.

»Danke«, sagte ich und drückte das Mädchen an mich.

»Ick komme mit!«

»Nein.« Lächner kurbelte sein Fenster herunter. »Geh zu deiner Freundin. Laß dich 'ne Weile nicht blicken. Und bei all deinem naiven Vertrauen zur Polizei: Sag ihnen nichts über den Fall. Sie können dich nicht schützen. Uns haben sie auch nicht geschützt. Ich glaube, wir haben es geschafft ...«

»Zwei sind weggerannt«, unterbrach Birgit.

»Um so schlimmer! Sag kein Wort! Nur daß ...«

»Falsch«, rief ich. »Sie wissen, wer du bist. Sie wissen, wie du aussiehst.«

»Was?« fragte Lächner.

»Amytal«, erklärte ich ihm und wandte mich wieder dem Mädchen zu. »Die Polizei ist deine einzige Chance. Sag ihnen alles, was du weißt. Alles! Beschreib die Typen, so genau du kannst. Sie nennen sich Müller II und Nowak. Die Namen sind sicher falsch, aber sag, daß sie beim BND arbeiten.«

»Freie Mitarbeiter«, korrigierte Lächner.

»Freie Mitarbeiter«, wiederholte ich. »Erzähl ihnen, daß ich dir gesagt habe, sie sollen dich umbringen.«

»Mich?« Sie schluckte. »Mich?«

»Sie werden dir glauben, wenn sie die Leichen sehen.«

»Leichen?«

»Geh auf keinen Fall in deine Wohnung. Erst wenn die Toten weg sind. Und melde dich erst, wenn sich die Bullen beruhigt haben. Dann aber sofort! Schließ dich mit deiner Freundin ein und mach nicht auf, egal, wer vor der Tür steht.«

Fern heulte eine Sirene auf.

»Es tut mir leid«, sagte ich und drückte sie noch einmal an mich. Dann stieg ich in den Wagen, startete und fuhr los. Verloren stand Birgit am Straßenrand und sah uns hinterher. Als ich in die Hauptstraße abbog, kam endlich die Verstärkung. Eine Funkstreife nur. Und das in der Stadt mit der höchsten Polizeidichte in Deutschland. Die Polizisten beachteten uns nicht.

11.30 UHR

Wir hätten doch den Streifenwagen knacken sollen. Ohne Blaulicht kamen wir zu langsam vorwärts. Baustellen und Umleitungen sorgten für Staus, die länger als gewohnt waren und sich zäher auflösten. Zofia lag wie tot im Fond, während Lächner recht munter wirkte. Was wir herausgefunden hatten, interessierte ihn nicht sonderlich. Aha, ihr habt eine Konferenz einberufen. Aha, es waren alle drei. Er wollte selber reden. Trotz der ungezählten alten und der beiden neuen Wunden saß er ziemlich aufrecht neben mir und sprudelte wie ein Wasserfall. Mit zunehmender Fahrtdauer ging es mir schlechter bei seiner Erzählung. Nur der Anfang war harmlos, jedenfalls für mich.

Wahrscheinlich war es ein Fehler gewesen, am hellichten Tage in der Greisenmaske über ein Vorgartentor zu flanken. Reymann hatte ihn dabei beobachtet und sofort seine Pistole geholt. Lächner schlich durch den Hintereingang ins Haus. Reymann lauerte ihm in einem Versteck auf. Die Beschreibung von Stettners letztem Besucher war ihm bekannt wie jedem rundfunkhörenden und boulevardzeitunglesenden Berliner. Wahrscheinlich noch besser, denn er war als Zeuge vernommen worden. Vielleicht dachte er, der Alte habe seinen Freund umgebracht – »habe ich nicht, er ist wirklich aus dem Fenster gesprungen, ich kann es mir nicht erklären, und seinem Spezi konnte ich es auch nicht erklären –, denn Reymann ließ ihn gar nicht zu Wort kommen. Er schoß ohne Warnung auf den Eindringling – »schien ihm sicherer, ich hatte schließlich auch eine Pistole in der Hand, die nutzte mir bloß nichts« –, die erste Patrone traf, na was, den linken Arm. Lächner wollte in Deckung springen, doch hatte er nicht gesehen, woher der Schuß kam. Er rannte in die falsche Richtung. Der zweite Schuß streifte den Kopf, riß ein Ohrläppchen ab. Das war mir noch gar nicht aufgefallen. Sieht man ja meist nicht mal, wenn es noch dran ist. Die dritte Patrone erwischte ihn. Fast hätte sie ihn umgebracht. Knapp unterhalb der linken Schulter durchschlug sie seinen Brustkorb. Nicht mal zehn Zentimeter vom Herzen entfernt. Er warf sich zur Seite. Die vierte Kugel riß ihm Kleidung und Haut auf, prallte aber unter Mitnahme eines Knochensplitters von einer Rippe ab. Das war kaum schlimmer als der Verlust des linken Ohrläppchens, doch sah es sehr eindrucksvoll aus. Der Notarzt hatte es für die bösartigste der Verletzungen gehalten und damit die Legende vom Koma des geheimnisvollen Greises in die Welt gesetzt. Beim Röntgen im Krankenhaus merkten sie natürlich, daß die zweite Brustwunde unerheblich war, doch Lächner war lädiert genug, um die Mediziner an die Schwäche glauben zu lassen, die er ihnen vorspielte. Die Ärzte hatten die Polizei abgewimmelt. Keinesfalls sei der Patient vernehmungsfähig. Frühestens in drei Tagen. Endlich einmal konnte Lächner ausschlafen. Am Morgen ging es ihm wesentlich besser. Bei der Visite verbarg er das. Er schloß die Augen und beantwortete keine Fragen, nicht mal die nach seinem Namen. Da Lächners Brieftasche in meiner Jacke steckte, wußten sie gar nichts über ihn. Nur daß er einen falschen Bart trug, denn der hatte sich bei der Operation gelöst.

Als er erzählen wollte, wie er die beiden Killer überwältigt hatte, sank er vornüber auf die Konsole. Der Gurt bewahrte ihn vor dem Aufschlagen.

»Was ist? Christoph!«

Er richtete sich auf. »Geht schon«, keuchte er. Ein Blutfaden zog sich vom Mundwinkel zum Kinn.

»Scheiße!« Wir steckten mitten in einem Superstau. Von drei Spuren, die normalerweise um diese Zeit auch nicht gerade leer sind, stand nur eine zur Verfügung, und weißrote Leitplanken hinderten uns am Ausbrechen. »Wir hätten doch auf die Polizei warten sollen.«

»Wäre nicht schneller gewesen. Die müssen einen Krankenwagen bestellen. Das dauert.«

Er klang etwas munterer und setzte seine Erzählung fort, allerdings an einer anderen Stelle. Nach den ersten Sätzen wurde ich so bleich wie Zofia.

Das Ganze war ein Bluff. Ersonnen hatte ihn mein Intimfeind Pelzer eigens für mich. Der Müllschmuggel interessierte ihn nicht. Nur die Papiere. Die beschissenen Papiere, die Holger geklaut hatte und von denen ich nichts wußte. Auch Lächner hatte keine Ahnung, was darin stand. Schmutz, wie ihn Politiker täglich hinter sich zurücklassen, nahm er an, und seine Firma wurde zum Herunterspülen gerufen. Nicht zum ersten, nicht zum letzten Mal.

Ein Schlapphut hatte mich in Greifswald auf der Straße gesehen und für Schüssler gehalten. Die übliche Verwechslung. Da er Holgers Bekannter war, nicht meiner, war er mir nicht aufgefallen. Er fragte bei Pelzer an, wie es möglich sei, daß der in Hamburg erschossene V-Mann seelenruhig über die Straßen einer ostdeutschen Provinzstadt schlendert. Pelzer setzte ein Team auf mich an. Einen Monat lang wurde ich rund um die Uhr beschattet, ohne es zu bemerken. Muß ein ätzend langweiliger Job gewesen sein bei meinem ereignislosen Leben.

Wie ist das möglich? fragte sich Pelzer. Schließlich hatte er den Toten gesehen, hatte die Bestattung und die Vertuschung der Todesumstände organisiert. Offenkundig war Schüssler cleverer, als er sich je vorgestellt hatte. Entkam aus einem belagerten Haus, schob ihm die Leiche eines anderen unter, dessen Gesicht bis zur Unkenntlichkeit zerschossen war, doch damals hatten sie ja keinen Grund gehabt, an der Identität des Toten zu zweifeln. Wie hat er das gemacht? Und warum verwendet er die Papiere nicht? Keine durch Rachsucht inspirierte Pressekampagne gegen die freiheitlich-demokratische Grundordnung und ihre Repräsentanten, auch kein neuer Versuch, Kapital aus den Papieren herauszuschlagen. Hat er sie insgeheim verkauft? An wen?

Der Mann, den er beobachten ließ, lebte völlig zurückgezogen in einer kleinen Wohnung. Pelzer studierte die Berichte. Falscher Name, den jemand in den Computer des Sozialamtes geschummelt hat. Falsche Papiere. Kassiert Sozialhilfe. Einzige Aktivitäten: Einkauf bei Plus, Ausleihen von Videos. Kein Telefon. Keine Kontakte. Ich war ihm ein Rätsel. Kein Wunder, ich verstand mich ja selbst nicht.

Pelzer wollte, mußte etwas unternehmen. Nur was? Mich von der Straße wegzufangen und mit Amytal zu spritzen, wie er es bei jedem anderen getan hätte, schied aus. Mit Wahrheitsdrogen hatten vor einem Jahr seine französischen Kollegen an mir herumexperimentiert und waren gescheitert. Auch wenn sämtliche von ihm befragten Ärzte versicherten, das sei unmöglich, war ich dagegen resistent. Daß ich nichts gestanden hatte, weil ich gar nichts wußte, ahnte er nicht. Mich mit Foltern zur Aussage zwingen, mochte er auch nicht.

»Bei uns wird nicht so leicht gefoltert, eigentlich gar nicht«, sagte Lächner.

»Wer's glaubt!«

»Ist wahr!« schwor er. Zum anderen: Selbst wenn man foltert, und die dubiosen Papiere scheinen es wert zu sein, Grundsätze zu brechen, ist der Erfolg ungewiß. Das Opfer schreit, solange es schmerzt, legt jedes gewünschte Geständnis ab, doch wenn es weiß, daß die Wahrheit den Tod bedeutet, wird es sie dennoch verweigern. Und sterben durfte ich nicht, falls ich für den Fall meines Todes Vorkehrungen zur Veröffentlichung getroffen haben sollte. Nicht mal lange aus dem Verkehr ziehen durften sie mich.

»Ich hab eure beschissenen Papiere nicht«, schrie ich Lächner an.

»Ich weiß«, sagte er. »Jetzt weiß ich es. Damals noch nicht.« Er krümmte sich, sabberte Blut, doch sein Redezwang war nicht zu bremsen. Und wir steckten noch immer in demselben Stau. Wenigstens konnte ich inzwischen schon die Ampel sehen. Rot, tiefrot, die Straßenbahnen mit ihrer Vorrangschaltung verkürzten unsere ohnehin zu knappe Grünphase beträchtlich. Mit leeren Wagen kreuzten sie vorbei, während sich die Autos kilometerweit stauten und die Straße einnebelten. Doch von der Kreuzung aus waren es nur noch ein paar hundert Meter bis zum Städtischen Krankenhaus.

Pelzer ließ sich etwas anderes einfallen. Der Kerl ist einsam und verbittert, weil seine Frau und seine Freundin tot sind, dachte er. Versuchen wir es auf die sanfte Tour. Geben wir ihm einen Freund, eine Freundin und dazu noch eine Aufgabe. Inszenieren wir ein paar Gefahren, die schmieden zusammen. Geben wir der Freundschaft die Chance, sich zu bewähren. Dann wird er von ganz allein reden. Er braucht jemanden, dem er sich anvertrauen kann.

Alles Notwendige wurde arrangiert. Lange sollte den Buhmann mimen, der war nicht so wichtig. Auf die Wahl der Freunde kam es an.

»Ich bin gar nicht ein so guter Kerl, aber ich wirke auf fast jeden sympathisch«, sagte Lächner. »Ein flotter, seriöser Mann in den besten Jahren. Einigermaßen gebildet und wortgewandt. Nicht übermäßig klug, doch voller Lebensweisheit. Sicher genug, andere zu beraten, und erfahren genug, selbst Ratschläge anzunehmen. So kam ich zum Team, obwohl ich gar nicht zu seinen Leuten gehöre. Ich arbeite wirklich für Wellershoff.«

Der Fall, mit dem sie mich ködern wollten, mußte ein übles Licht auf den Geheimdienst werfen; Pelzer war sicher, daß ich darauf anspringen würde, um mich zu rächen. Zudem mußte er einigermaßen echt sein, weil ich eine pure Illusion irgendwann durchschaut hätte, clever, wie ich war. Doch ging es nie darum, ihn zu lösen. Pelzer hatte andere Prioritäten. Das Team sollte ein paar Leute befragen, die vielleicht etwas über Atommüll wußten, vielleicht auch nicht. Das war unwichtig. Damit es nicht öde wurde, mußten Gefahren inszeniert werden. Sie bereiteten ein paar Stationen vor. Welche, war inzwischen ohne Bedeutung, denn wir hatten nur eine erreicht.

Ein Geniestreich war die Kontaktaufnahme. Natürlich hatte es gar keine Schießerei in Greifswald gegeben. Der linke Arm war auch nicht durchschossen. Nicht beim ersten Mal. Die Wunde hatten sie ihm auf chirurgischem Wege beigebracht. Sie sah wesentlich schlimmer aus, als sie war. Gegen die Schmerzen hatten sie ihm ein Mittel mitgegeben – das angebliche Herz-Kreislauf-Tonikum – und zum Desinfizieren medizinisch reinen Alkohol im Wodka-Flachmann. Auch daß Lächner dadurch als Trinker erschien, gehörte zum Plan. Laut Akte war Schüssler Alkoholiker. Es würde ihn freuen, in Lächner eine verwandte Seele zu entdecken. Gemeinsames Saufen schmiedet Männerbünde. Desgleichen die Gemeinsamkeit bei der Wahl der Waffe; Pelzer wußte, daß ich eine Beretta besaß, und stattete auch Lächner damit aus.

Lächner hatte zu sichern, daß ich mitmachte. Das gelang ihm. Mit dosierten Informationen und mit Geld fütterte er mich an. Wenn ich schwankte oder wenn er befürchtete, ich könnte demnächst schwanken, bot er mir ein paar Tausender oder ein paar Informationen mehr. Gemeinsam liefen wir die erste Station an: Dehnerts Villa in Schwerin. Obwohl nicht vorgesehen war, daß ich ihm begegnete, war Dehnert keine fiktive Person. Zu leicht hätten wir bei unseren vorgesehenen echten Recherchen zu hören bekommen können, einen Herren dieses Namens gebe es nicht. Der Pensionär wurde nicht eingeweiht. Er durfte auf Firmenkosten eine Weltreise antreten und mußte sich dafür ein paar Um- und Einbauten in seinem Haus gefallen lassen. Den Trick mit der Verandatür. Den Safe hinter dem Bücherregal. Die James-Bond-Spielereien, die sie dem vermuteten Weltbild eines kleinen Spitzels für angemessen hielten. Die Theatralik war mir nicht entgangen. Trotzdem war ich darauf abgefahren. Pelzer hatte mich richtig eingeschätzt, auch wenn er gar nicht mich meinte.

Enrico Lange, der designierte Buhmann, erwartete uns und ließ sich auftragsgemäß von Lächner überwältigen und fesseln. Dann kam endlich Pelzers Trumpf ins Spiel. Die geheimnisvolle, schöne, blonde KGB-Agentin, die ihr geliebtes Heimatland vor

Schaden bewahren will und darum an der Seite der Guten kämpft oder die von ihren Auftraggebern ausgenutzt, aber durch den Einfluß des Helden geläutert wird. Frei nach *Liebesgrüße aus Moskau*; ich kannte den Film. Zofia, eine Frau, von der nicht nur einsame, verbitterte Mittvierziger träumen, war langjährige Mitarbeiterin in Pelzers Sondereinsatzgruppe.

»Er wußte, daß du auf sie abfährst, und das ist ja auch passiert. Eine feine kleine Liebe auf den ersten Blick. Deinen Blick. Für sie war es nur ein Auftrag. Sie sollte mit dir pennen. Im Bett werden alle Männer schwach.«

»Und warum hat sie ihren Auftrag nicht erfüllt?«

»Hat sie nicht? Nicht mal heute nacht, als ich nicht bei euch weilte? Dann bist du nicht ihr Typ. Wundert mich trotzdem. Ich bin's bestimmt auch nicht.«

»Willst du sagen, du und sie ...? Du könntest ihr Vater sein!«

»Noch nichts vom neuen Lolita-Komplex gehört? Guck nicht so dramatisch. Ich bin der Schwerverletzte. Sie mag dich wirklich, glaube ich. Du bist so anders ...«

»Als wer?«

»Als die Männer, die sie kennt. Als Schüssler.«

Die ersten Zweifel waren ihm sofort gekommen; ich war nicht nur anders als die Männer, die Zofia kannte, sondern auch anders als die Männer, die Lächner kannte. Das wollte er Zofia auf russisch mitteilen; als ich es verstand, sorgte ich für die nächste Irritation. Sie kannten Schüsslers Akte auswendig. Er hatte in der Schule Englisch und Französisch gelernt, später ein paar Brocken Italienisch – aber nicht Russisch! Da Pelzers Leute gründlich waren, hätten sie es herausgefunden, wenn ich in Greifswald einen Sprachkurs besucht hätte. Ihrer observatorischen Aufmerksamkeit wäre ich nur entgangen, wenn ich heimlich im einsamen Zimmer studiert hätte. Was nicht unmöglich, aber unwahrscheinlich war.

Auf einmal wurde aus dem geplanten Spiel tödlicher Ernst. Die Gruppe X hatte von Pelzers Aktion erfahren. Daß es weniger um ihre Entlarvung als vielmehr darum ging, mich gründlich einzuseifen, ahnten sie nicht. Das stand in keinem Computer, zu dem sie Zugang hatten. Dafür aber, schon wegen der notwendigen Terminabsprachen, sämtliche der für uns vorgesehenen echten Kontakte. Was die X-Leute so nervös machte, daß sie sich für die Brachialvariante entschieden, wird wohl für immer unbekannt bleiben. War es die Teilnahme von Wellershoffs Mitarbeiter Muhlack an der Mission, die den Verdacht nahelegte, man habe es ausdrücklich auf Wellershoff abgesehen? Stand auf unserer Kontakteliste der Name eines Mannes, dem wir auf keinen Fall begegnen durften? Oder reichte als Panikmacher bereits, daß der allgemein als fähig geltende Pelzer die Ermittlung angeordnet hatte? Das Exekutionskommando – genau darum ging es: um unsere Hinrichtung – traf kurz nach uns ein. Von der patentierungswürdigen Möglichkeit, die Verandatür ohne Schlüssel zu öffnen, wußten sie nichts, durch den Vordereingang wagten sie sich nicht, also drangen sie wohl durch ein Kellerfenster ein. Das ist die einzig logische Erklärung für Langes Tod. Sie wußten nicht, warum er gefesselt war. Als er uns durch Schreie warnen wollte, erschossen sie ihn. Daß ich die Leiche fand, ehe sie im Haus und im Garten ihre Positionen eingenommen hatten, rettete uns.

Wenn ein Plan der Gegenseite bekannt ist, muß man ihn aufgeben. Normalerweise wären sie in die Zentrale zurückgekehrt. Nur daß der eigentliche Plan nicht den großen Mülldeal betraf, sondern mich. Wenn ich mich in unechten Gefahren mit ihnen anfreundete, dann gewiß erst recht in echten. Sie wollten sich an unbedeutende Randfiguren wie Stettner heranmachen – in der Hoffnung, die Recherche würde mich bei Laune halten, jedoch nicht die Aufmerksamkeit von X erregen. Trotz der Pleite in Schwerin unterschätzten sie die Gefahr. Sie waren auf sich gestellt und mußten improvisieren. Da es nach Lage der Dinge zu gefährlich war, ein abhörsicheres Telefon aufzusuchen, konnten sie nicht mal Pelzers Rat erfragen. Lächner hatte ihn zweimal über offene Leitungen kontaktiert. Beim ersten Anruf hatte Pelzer sein Okay für die Fortsetzung ihrer Aktion unter den erschwerten Bedingungen gegeben. Das zweite Gespräch hatte ich gehört; natürlich war in jener Nacht nicht Wellershoff, sondern Pelzer am anderen Ende der Leitung gewesen.

An der Kreuzung am Freizeit- und Erholungszentrum, auf die wir uns so mühsam zubewegt hatten, erwartete mich eine Enttäuschung. Die Landsberger Straße war eine Baustelle. Ich konnte nicht zum Krankenhaus abbiegen, denn da war kein Asphalt, sondern eine langes, tiefes Sandbecken. Das war mir in der Nacht, als ich in Panows Begleitung dieselbe Strecke gefahren war, nicht aufgefallen. Zofia rührte sich nicht, und Lächner verfiel zusehends. Ich mußte mir eine andere Strecke suchen. Wenigstens war das Ende der Fahrbahneinengung in Sicht. Der Verkehr rollte wieder.

Nach und nach bemerkten Zofia und Lächner, daß ich absolut nicht so war, wie sie nach Lektüre der Akte erwartet hatten. Weniger großmäulig, viel netter, mit tiefem Abscheu vor dem Schießen.

»Da mußte ich mir mächtig was einfallen lassen, um dich an der Fahnenflucht zu hindern. Einen ganzen Vortrag!«

»Mozambique?« fragte ich.

»Ja. Ich bin noch nie in Afrika gewesen. Nicht mal im Urlaub.«

Und ob der serbische Geheimdienstchef, der den Thronfolger ermorden ließ, wirklich für Deutschland spionierte, war unklar; Admiral Canaris hatte das in die Welt gesetzt, vielleicht nur, um die deutsche Abwehr, deren Chef er war, als erfolgreichen, effizienten Dienst zu preisen.

Mein Verhalten Zofia gegenüber brachte sie endlich auf den naheliegenden Gedanken, ich sei nicht nur einfach ein wenig anders als der Mann, dessen Akte sie kannten, sondern tatsächlich ein anderer Mann. Zofia lief nackt durch die Hotelsuite, und anstatt sie mir zu schnappen, beschränkte ich mich auf verstohlen schmachtende Blicke. Ich wartete auf deutliche Signale der Ermunterung. Schüssler hätte sie wahrscheinlich vor Lächners Augen angesprungen. So sehr kann sich ein Mensch nicht ändern. Kaum in seinem ganzen Leben, gewiß nicht in einem Jahr. Langsam begann sich die vorgespielte in echte Freundschaft zu verwandeln.

Inzwischen lief Lächner das Blut aus beiden Mundwinkeln. Er konnte kaum noch sprechen, und ich hatte mich im Gewirr von Einbahnstraßen, Umleitungen und Umleitungen der Umleitungen verfahren. Ich bog in eine mir unbekannte Straße. Wenigstens kein Stau, der Wagen rollte.

»Du bist nicht ... Schüssler«, sagte Lächner. »Wer bist du?«

»Nein, ich bin nicht Holger Schüssler. Und? Hilft es mir?«

Er schüttelte den Kopf und sonderte schaumige hellrote Blasen ab.

»Wirst du es Pelzer sagen?«

»Hat keinen ... Sinn.«

»Warum nicht? Er wird mich endlich in Ruhe lassen, wenn er weiß, daß ich ein anderer bin.«

»Im ... Gegenteil. Schüssler lebt ... so lange, bis Pelzer die ... Papiere hat. Auf dich muß er ... keine Rücksicht ...« Er sackte wieder auf die Konsole, diesmal so langsam, daß der Gurt mitrollte und der Kopf aufschlug. Im Liegen sprach er weiter. »Du bist ... nicht Schüssler. Du ... weißt zuviel. Ein ... lästiger Zeuge. Pelzer ... darf das ... nie erfahren, sonst bist du ... tot ... Weiß es ... Zofia?«

»Ja.«

»Hoffentlich ... schweigt sie.«

Endlich eine bekannte Gegend. Ich orientierte mich. Die Friedenstraße nach rechts, vorbei an der Kirche mit dem Turm ohne Spitze, dann wieder nach rechts in die Landsberger. Keine zwei Kilometer mehr.

»Du ... mußt ... unter ... tauchen ... Nicht ... zurück nach ... Greifs ...« Er verlor das Bewußtsein.

Betrogen, dachte ich. Sie haben mich die ganze Zeit betrogen. Sogar noch, als sie selbst in Lebensgefahr gerieten. Und ich war darauf hereingefallen! Hatte mich lächerlich gemacht, als ich von Freundschaft sprach, gar von Liebe! Wahrscheinlich hatten sie sich hinter meinem Rücken ausgeschüttet über den einfältigen, altmodischen Trottel. Es war unerträglich! Nichts, was geschehen war, hatte mit mir zu tun. Es ging wieder nur um einen Fremden, das war Holger für mich, auch wenn ich vielleicht mit ihm verwandt war, es ging um einen Fremden und seine blöden Papiere. Papiere! So was Unzeitgemäßes! Könnte es nicht wenigstens eine Diskette sein?

Endlich das Krankenhaus. Ich kurbelte mein Fenster herunter, brüllte jemanden an, keine Ahnung, ob er Arzt, Patient oder Besucher war: »Die Notaufnahme! Wo ist die Notaufnahme?«

Er wies mir den Weg. Ich fuhr die Rampe hoch. Nur für Krankentransporte. Genau das war mein Auto. Ich schaltete die Zündung aus, rannte zur Tür. Sie war offen. Ich stürmte hinein. Ein Weißkittel sah mich fragend an.

»Zwei Schwerverletzte. Draußen im Auto.«

»Unfall?«

»Ja. Es war wohl ein Unfall.«

»Schwer?«

»Sehr schwer.«

Er hatte nur scheinbar müßig herumgestanden. Per Knopfdruck hatte er einen Arzt und zwei Schwestern herbeizitiert.

»Zwei!« rief er ihnen entgegen. Er schnappte sich eine fahrbare Trage, die Schwestern griffen sich ebenfalls eine, und sie rannten zur Rampe. Vorsichtig klaubten sie Zofia vom Rücksitz, legten sie auf die erste Trage. Lächner hatte zwar wesentlich mehr Gewicht als Zofia, war aber leichter herauszuholen, weil er direkt an der Tür saß. Ich folgte ihnen in das Aufnahmezimmer. Der Arzt horchte die beiden ab, klappte die Augenlider hoch, betastete die erkennbaren Wunden, letzteres nur bei Zofia.

»Hat sie Drogen genommen?« fragte er mich.

»Nicht freiwillig.«

Er hob eine Augenbraue. »Heroin?«

»Sodium-Amytal.«

»Ach was!« Er wandte sich den Schwestern zu. »Die Frau sofort zum Röntgen. Den Schädel.«

»Und die Rippen«, ergänzte ich.

»Die Rippen?« Er beugte sich noch einmal über sie, betastete ihre Brust. Sie stöhnte. »Den Brustkorb auch«, bestätigte er. »Und ein Blutbild«, fiel ihm noch ein.

Die Schwestern schoben Zofia aus dem Raum.

»Bei ihm ist es dringender!« Ich zeigte auf Lächner.

»Ein Verwandter?«

»Nein.«

»Ist nicht mehr dringend. Er ist tot. Schon eine ganze Weile.«

»Eben hat er noch mit mir gesprochen.«

»Glaube ich nicht.«

»Es ist wahr!«

»Na ja. Sie wissen, daß ich die Polizei rufen muß?«

Ich nickte. Soll er nur, wenn er muß. Ehe die kommen, bin ich längst weg.

»Erst mal die Namen.« Er zückte ein Formular.

»Namen sind ohne Bedeutung.«

»Bei uns nicht. Sie kennen die beiden?«

»Dachte ich. War aber ein Irrtum.«

Nun sah er mich zum ersten Mal genauer an. Das Blut auf meinem Anzug war seinem professionellen Blick natürlich nicht entgangen, doch hatte er sicher auch bemerkt, daß es nicht meins war. Steht unter Schock, dachte er wohl und setzte den besorgten Berufsblick auf: die dezente Kombination von Mitgefühl und fachlicher Kompetenz. Er zog, ohne es vorher anzukündigen, mit zwei Fingern mein rechtes Lid empor und starrte mir aus zwanzig Zentimeter Entfernung in die Pupille. Ein Fan der Augendiagnose.

»Geht es Ihnen nicht gut?«

»Danke für die Nachfrage«, sagte ich. »Mir geht's blendend.«

In der Zweiten Reihe sind bisher erschienen:

Band 2001 Michael Nava: Der kleine Tod
Band 2002 Waldtraut Lewin: Dicke Frau auf Balkon
Band 2003 Michael Nava: Goldjunge
Band 2004 Tom Wittgen: ... liebes Kind, komm, geh mit mir
Band 2005 Frigga Haug: Jedem nach seiner Leistung
Band 2006 Tamara Domentat: Ende eines Tanzvergnügens
Band 2007 Frank Augsburg: Aufschwung Ost
Band 2008 Hartmut Mechtel: Der unsichtbare Zweite
Band 2009 Lewin & Margraf: Jochanaan in der Zisterne
Band 2010 Shelley Singer: Glänzende Aussichten
Band 2011 Michael Nava: In einer Stadt so nett
Band 2012 Tom Wittgen: Crossbody – Der Wrestling-Krimi
Band 2013 Bernie Bookbinder: Das Baseball-Outing
Band 2014 Wolfgang Kienast: Der Galgenbaum
Band 2015 Marge Piercy: Frau am Abgrund der Zeit
Band 2016 Hartmut Mechtel: Das Netz der Schatten
Band 2017 Waldtraut Lewin: Alter Hund auf drei Beinen